十二年之後（即一九七八），中國中央統戰部、國務院文化部等聯合在北京八寶山革命公墓為老舍舉行骨灰安放儀式，算是為他平反。這時骨灰已沒有了，骨灰盒裡面只放著他生前用過的一副眼鏡和兩支筆。老舍死後不但骨灰被「抄走」，他的著作更加如此❷。他的女兒舒濟下面的話真叫人辛酸：

老舍先生在家中的書稿，在他去世後全被抄走，圖書館中他的著作目錄卡也被抽掉。打倒「四人幫」後，人民文學出版社決定編輯出版多卷本《老舍文集》。文稿的搜集、整理、編輯工作就只能從零開始❸。

因此老舍逝世十四年後（一九八〇），《老舍文集》第一卷才出版，然後又過了十一年（一九九一），《老舍文集》最後一卷（即第十六卷）才得以出現。換句話說，老舍逝世二十五年後，《老舍文集》才完全出版❹。這是令人難於理解，而且簡直是荒謬的事。不過更可怕的是老舍書

---

❷ 同上注。

❸ 舒濟《老舍書信集》（天津：百花文藝出版社，一九九二），頁二八二。

❹ 《老舍文集》共一六卷（北京：人民文學出版社，一九八〇－一九九一）。本文所引老舍的著作文字，均出自此《文集》，為了省略，引文後面只注明卷數及頁碼。

老舍小說新論的出發點（序）

一、從完善的版本出發：恢復因政治避諱刪改的作品原貌

老舍在一九六六年八月廿四日午夜時分，投湖自盡。前一天，即廿三日下午，他被紅衛兵從北京市文聯辦公室拉出，推上卡車送到孔廟。紅衛兵以「掃四舊」名義，在孔廟大院中大成門前，焚燒戲裝道具，把老舍和二十多位著名作家、藝術家一起侮辱和毒打。老舍當場被打暈在地，滿臉血迹。深夜二點鐘，胡絜青才將老舍從文聯接回家。第二天，由上午到晚上，老舍到北郊太平湖公園獨坐整天，至午夜才自盡。遺體被發現後，匆忙火化，骨灰不得保留。如今北京太平湖已被填平，成了北京地鐵車輛的集散地。但老舍的悲劇是無法填掉的❶。

❶ 甘海嵐《老舍年譜》（北京：書目文獻出版社，一九八九），頁五二一—五二三；李犁耘《老舍在北京的足迹》（北京：北京燕山出版社，一九八六），頁七七—八一；舒乙《老舍》（北京：人民出版社，一九八六），頁一七七—一八二。

國立中央圖書館出版品預行編目資料

老舍小說新論／王潤華著. --初版. --
臺北市：東大發行：三民總經銷，
民84
面；　　公分. --(滄海叢刊)
參考書目：面
ISBN 957-19-1748-6（精裝）
ISBN 957-19-1749-4（平裝）

1. 老舍-作品集-評論

857.7　　　　83012485

著作人　王潤華
發行人　劉仲文
著作財產權人　東大圖書股份有限公司
臺北市復興北路三八六號
發行所　東大圖書股份有限公司
地　址／臺北市復興北路三八六號
郵　撥／〇一〇七一七五一一〇號
印刷所　東大圖書股份有限公司
總經銷　三民書局股份有限公司
門市部　復北店／臺北市復興北路三八六號
重南店／臺北市重慶南路一段六十一號
初　版　中華民國八十四年二月
編　號　E 81072
基本定價　肆元貳角貳分
行政院新聞局登記證局版臺業字第〇一九七號

ISBN 957-19-1749-4（平裝）

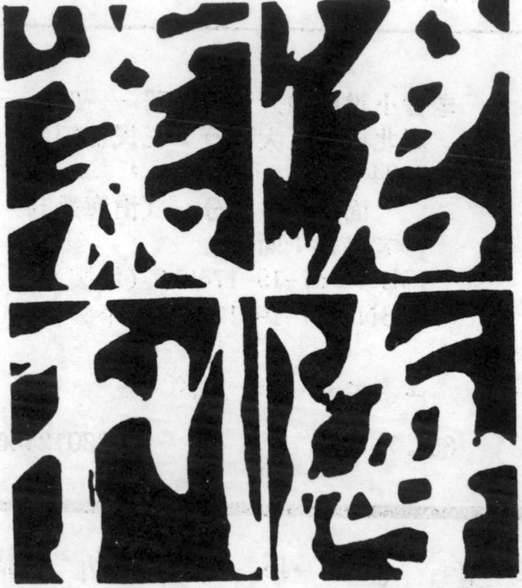

老舍小說新論

王潤華 著

東大圖書公司 印行

信所遭受的命運。再聽聽舒濟的感嘆：

從一開始我就盼望能找到他的書信，但得到的回答多半是「沒有了」「毀掉了」❺……羅常培本有五百多封，趙水澄（老舍在南開中學同事）也有五百多封，趙家璧也保存了二百多封，可是都在「文革」中被抄走，而且大概全毀了。目前唯一尋獲的是收集在一九九二年首次出版的《老舍書信集》內的一六一件，而且其中四十多封還是英文信，存於美國哥倫比亞大學巴特勒圖書館❻。

《老舍文集》是目前研究工作者最好而且也是最完整的老舍著作。可是對研究者來說，它處處還有陷阱，不能完整深入地去了解老舍。原因很簡單，首先這不是一本《全集》，所收作品，遺漏很多。舒濟目前努力搜集及編輯《老舍全集》，預定一九九九年全部出版。她說《全集》比《文集》大約要多一倍的篇目和三分之一的篇幅。當《全集》出版，它將從《文集》的十六卷變

❺同注❸。

❻同上注。

成二十大卷⑦。

由於中國大陸政治審查文藝的結果，現代作家的作品之殘缺，有時是故意的，是遮掩查禁的手法，並不全是編者沒有能力找全，或資料無法找到。所以陳子善像一般認真的學者一樣，對目前各種集子的可靠性或準確性，都抱著極大的懷疑態度：

作爲一個中國現代文學研究者，我之所以這樣做，是衆多的歷史教訓，使我不大相信事後編輯出版的各種作家選集、文集、全集和合集，寧可自己是去查閱原始的報刊書籍，至少也要把前者與後者加以對照⑧……

後來「發現」的許多老舍著作，特別是《文學概論講義》等作品，對研究老舍及其作品極有價值，特別是有關他的小說藝術技巧與主題內容的形成，《文學概論講義》具有「羅盤針」的重要性⑨。

⑦ 這是舒濟在一九九二年八月二一－二五日北京語言學院辦的首屆國際老舍學術討論會的報告，關於她的發言摘要，見舒乙《國際老舍學術討論會漫記》見《香港文學》，第九十八期（一九九三年二月），頁四－一九。

⑧ 陳子善《遺落的明珠》（臺北：業強出版社，一九九二），頁二五七。

⑨ 《文學概論講義》收集於《老舍文集》第一五卷。

同樣地，我相信，還有不少在一九四九年以前發表，評論老舍及其著作的文章，仍然沒有「挖掘」出來，原因也是故意忽略的，因為這些文章的作者或論點不為掌管文藝的中共文藝政策者所接受。一個最具體的例子，就是被陳子善發現的，梁實秋在一九四二年三月廿六日《中央周刊》（重慶）第四卷第三十二期的《書報春秋》裡發表的〈讀《駱駝祥子》〉。梁實秋從文學技巧的優異性與嚴肅的內容意義讀《駱駝祥子》，發現它是一部描寫人性的藝術上乘作品⑩。這篇論文肯定是一九四九年前研究《駱駝祥子》的重要文獻，也代表以文學論文學的公正論析，可是目前所見到的，許多如《老舍研究資料》的有關一九四九年前的評論，給人的印象是，許杰、巴人等的論斷就是當時人的定論。這對老舍是不公平的，會導至極大錯誤的認識。我相信，這一類資料，還可以找到，如果我們不故意去逃避或阻擱它的出現⑪。

其次正如宋永毅等人所考證過的，《老舍文集》中不少作品是經過因政治避諱而修改過的版本。像〈趙子曰〉、〈老張的哲學〉與〈離婚〉根據的是老舍在中華人民共和國成立前夕，上海晨光公司出版的修改本。《駱駝祥子》雖然已把各種修改本刪去的恢復過來，第二十三章寫祥子到下等妓院「白房子」去找小福子，遇上「白面口袋」大奶妓女，這一段關於她身世的描寫，在《文集》裡還是被省略了。《文集》第八卷中〈黑白李〉、〈斷魂槍〉、〈犧牲〉、〈上任〉、

---

⑩ 陳子善〈梁實秋與老舍的文字交〉，見《遺落的明珠》，見前注❽，頁四四-四六。

⑪ 曾廣燦、吳懷斌《老舍研究資料》上下冊（北京：北京十月文藝出版社，一九八五）。

〈柳屯的〉、〈月牙兒〉等十二篇，全是根據一九五六年出版的《老舍短篇小說選》的刪改本發排。這選集正是中共閹割現代小說的典範作品。像〈斷魂槍〉的幽默題詞「生命是鬧著玩，事事顯出如此，以前我這麼想過，現在我懂得了。」它被刪掉，顯然是出於政治避諱，犯上「歷史虛偽主義」之大忌⑫。

老舍對自己著作的刪改（一些是編者執刀，作者點頭）出於藝術、為了純語言文字的錘煉，如把土語改成普通話，對不貼切的加以修飾，當然影響不大，那些由於時勢的變化和個人思想覺悟的提高，政治的考慮與避諱，則會破壞對老舍及其作品的基本精神，即使是一些髒話的刪掉，也會影響人物性格心態及其粗鄙的氣質，至於因對極左文學思想的屈從而刪改的，則損害了作品的思想深度與結構。

在重新研究老舍及其作品時，一套完整無缺的《老舍全集》正是最迫切需要的。要不然就會妨礙我們更準確、更全面和深入地認識老舍。

二、拆除一九四九年以後作品中的地雷

老舍是一位從國民黨時期創作到中共時期的跨代作家，他不像其他現代作家（如沈從文），

⑫ 宋永毅《老舍與中國文化概念》（上海：學林出版社，一九八八），頁二〇一－二五二。

一九四九年以後就不從事嚴肅的文學論述與創作了。老舍的論述與作品在一九四九年以後，還是繼續不斷發表與出版。這對研究老舍及其作品的人來說，帶來了很大的困難與混淆。它的問題比因政治避諱而刪改一九四九年以前的作品更複雜，更難於解決。由於時勢的變化和個人思想覺悟的「提高」，老舍在一九四九年以後，經常為他的舊作出版修訂版本時，在序、跋中不斷自謙地自我檢討自己，自貶其舊作，同時在大量談論文藝問題的文章，提出跟一九四九前矛盾的意見與主張。幸好除了戲劇曲藝的作品，小說創作不多。

老舍在〈我的創作經驗〉（一九三四）中說，「設若我始終在國內，我不會成了個小說家。」他還承認：「五四運動，我並沒有在裡面。」（《文集》，一五之二九一）⑬。此外在〈我怎樣寫短篇小說〉（一九三六）中，老舍指出他的第一篇小說是出國前在南開中學寫的：「在我的寫作經驗裡也沒有一點重要，因為它並沒引起我的寫作興趣。我的那一點點歷史由〈老張的哲學〉算起。」（《文集》，一五之一九四）。在〈我怎樣寫「老張的哲學」〉（一九三五）及其他文章中，老舍承認寫小說是在倫敦受了西方小說的啓發與影響。可是在一九四九年以後寫的文章裡，老舍不敢再說上面的真實寫作經驗，更不敢提起受過西方的影響。一九五〇年後寫他的創作如何

⑬ 老舍在一九二三年曾在《南開季刊》上發表短篇小說〈小鈴兒〉（收集在《文集》，九之二五七－二六三）。近年又發現更早寫的短篇小說〈她的失敗〉，發表在日本廣島高等師範《海外新聲》一卷二期（一九二一）裡。尚未收進《文集》裡。

開始，總要把五四扯在一起，因為那是中共肯定的運動。譬如在《老舍選集．自序》（一九五一）中，他說：「到了五四運動時期，白話文學興起，不由得狂喜，那時候，凡能寫幾個字的都想一躍而成為文學家，我也是一個。我開始偷偷地寫小說。」（《文集》，一六之二二一）。在一九五七年發表在《解放軍報》的〈「五四」給了我什麼〉，他更誇大「五四」對他的影響，請看下面二段：

> 沒有「五四」，我不可能變成個作家。「五四」給我創造了當作家的條件。（《文集》，一四之三四五）

> 感謝「五四」，它叫我變成了作家，雖然不是怎麼了不起的作家。（《文集》，一四之三四六）

全文沒有提到在英國讀外國小說的啓發而成為作家的事。其實老舍遲至一九四四年，還否認五四並沒有引起他寫作的興趣。老舍在〈習作二十年〉中說：

> 雖然五四運動使我醉心文藝，我可沒有想到自己也許有一點文藝的天才，也就沒有膽量去試寫一篇短文或小詩。直到二十七歲出國，因習英文而讀到英國的小說，我才有試驗自己

的筆力之意……（《文集》，一五之五二八）

在更早的時候，即一九三五年，老舍在〈我怎樣寫《二馬》〉中甚至說「五四運動時我是個旁觀者。」（《文集》，一五之一七六）在〈我怎樣寫《趙子曰》〉（一九三五）他說的更清楚：

「五四」把我與「學生」隔開。我看見了五四運動，而沒在這個運動裡面，我已作了事……可是到底對於這個大運動是個旁觀者。（《文集》，一五之一七〇）

他在出國前根本沒看過任何新文學的作品，只讀過唐人小說與《儒林外史》，怎麼「五四」後來叫他成了作家？怪不得《老舍論創作》一書並沒有把〈「五四」給了我什麼〉一文收進去。（一

在利用一九四九年以後老舍的著述時，如何小心折除這些地雷，就要靠個人的學識與判斷能力了。比這些地雷更難於應付的，恐怕是一九四九年以後創作的作品了。因為它的出現，有時會構成我們對一九四九年以前作品的解釋的威脅，前後作品的主題思想意義的矛盾，會造成黑白難分的混淆。

老舍的短篇〈斷魂槍〉發表於一九三五年。（《文集》，八之三三一—三三八）它寫沙子龍的鏢局已改成客棧，西洋的槍炮，取代了中國的刀槍。神槍沙子龍及他的徒弟，從此不能以走鏢來

生活，功夫的神話在西洋快槍大炮之轟打下破滅了。可是一位來自河間小地方的孫老頭還興致勃勃來向沙子龍學斷魂槍，而沙子龍決定不傳那套槍法，讓它一齊與他入棺材。老舍在這篇小說中，顯然以「鏢局」代表的中國來象徵義和團的中國，意義很含蓄而複雜。可是到了一九五九年，老舍在《解放軍文藝》（一九五九年元月號）發表的〈人物、語言及其他〉中，只避重就輕地說，小說的「底」是關於中國有許多好的技術，就因為人的保守而不傳。（《文集》，一六之五九）原因是在一九四九年以後，為了配合大陸的人民革命思想，義和團被中共肯定為農民革命的先驅。他後來在一九六〇年寫的〈義和團〉（後易名為〈神拳〉）（《文集》，一二之一一一一八六），就是採用中共對義和團的新評價而寫的。他說：「去年……我看到了一些有關的史料與傳說，和一些用新眼光評論義和團起義的文章。」（《文集》，一二之一八二—一八五）。他以前對義和團的認識是不一樣的，因為那是「知識份子」的記載，都是責難團民的，而現在「民間的」義和團傳說，是稱讚的。老舍有意無意中，說明了〈斷魂槍〉是用以前的觀點寫，而〈神拳〉已改用中共的政治解說。

老舍在〈神拳．後記〉中說很久以前他就想寫一本敘述義和團的小說，這就是指縮短成為〈斷魂槍〉的《二拳師》那本長篇小說吧？像這一類作品中前後言論意見之不同，是研究老舍及其作品中最難處理的問題。處理不好，是個陷阱，使人掉落誤解與曲解的深坑裡。

三、打破限制在「創作目的」詮釋法

老舍夫人胡絜青在《老舍序跋集》的序中指出，老舍喜歡通過序跋和自評文章，解釋他創作每部或每篇作品的動機與目的：

在序之外，老舍對自己的作品寫了大量自評文章，幾乎每寫一部作品，他都要寫一篇「我怎樣寫……」，深刻剖析自己的得失。字數往往相當多，匯集成册，便是創作經驗集《老牛破車》和它的擴充本《老舍論創作》……

這兩種文體——序與自評——對老舍來說，是互爲補充的。常常是有自評則無序或序短簡；反過來，偶爾序寫得詳盡一些，像三、四千字的那種，就不再寫自評了⑭。

《老舍論創作》⑮與《老舍序跋集》固然是研究老舍與解讀其作品必讀的文章，而且非常有參考價值，但是目前研究老舍及其作品的著述，多數都受到老舍自己的見解的影響與限制，變成老舍這些自評文章，是最高也是唯一的權威。這是目前需要打破的一種解釋框框。一部藝術作品

---

⑭《老舍序跋集》（廣州：花城出版社，一九八四），頁一－二。

⑮胡絜青、舒濟編《老舍論創作》（上海：上海文藝出版社，一九八二），第二版第二次印刷。

的意義，不等於作者的創作目的，也不停留在其動機與目的中。一篇短篇或長篇小說、一首詩、一篇散文，都有它藝術價值的獨立生命。作品的意義不受作者或他的同代人所看見的意義所局限。文學作品甚至在不同時代具有不同的意義⑯。

我在研究老舍一些創作問題與解讀其作品時，經常要超越老舍自己的說法。譬如老舍在〈我怎樣寫「老張的哲學」〉及其他文章，承認讀了狄更斯現實主義小說，便放膽寫起小說來。其實深入了解老舍其他論述文章與小說後，我發現康拉德的影響，遠比狄更斯深入長遠⑰。但是許多學者，只因表面的老舍的自述文章，便全相信了⑱。我在上面已指出，老舍在一九五九年，由於政治環境之變遷，他避重就輕地說〈斷魂槍〉的「底」是因個人的保守，而造成寶貴遺產如功夫被埋葬掉！這又造成不少人以這個「底」作為這篇小說的權威性答案⑲。

---

⑯ 簡單的討論有關作者目的與詮釋學，見Rene Wellek & Austin Warren, *Theory of Literature*, 4th Edition (New York: Harcourt, Brace & World, 1956), pp. 41-43；更專門的研究，見M. H. Abrams, *A Glossary of Literary Terms*, 5th Edition (New York: Holt, Rinehart and Winston, 1988)，頁八四-八九中的書目。

⑰ 見本論文集裡的三篇文章〈從康拉德的熱帶叢林到老舍的北平社會：論老舍小說人物「被環境鎖住不得不墮落」的主題結構〉、〈《駱駝祥子》中《黑暗的心》的結構〉與〈從康拉德偷學的招數：《二馬》解讀〉。

⑱ 同前注⑫，頁四一-五六。

⑲ 如陳孝全《老舍短篇小說欣賞》(南寧：廣西教育出版社，一九八七)，頁一七七。

老舍因為在〈我怎樣寫《二馬》〉中，說明寫作的動機是「比較中國人與英國人的不同處」，於是學者便不敢跨越這個「動機」的範圍，把《二馬》的主題意義限制得那樣狹窄，使它失去獨立的藝術生命⑳。其實老舍自己早已點明，這個動機，「缺乏文藝的偉大與永久性」，因為「比較根本是種類似報告的東西」。這本小說成功是在「文字上」的。(《文集》，一五之一七五)因此我嘗試從康拉德在文學技巧上對老舍的影響下去解剖《二馬》，在裡面找到它的主題。它不但是為中國命運困擾，而且對全人類的未來也失去信心。老舍要表現的，不但是中國社會的病態，也是世界性的病態與危機。我的〈從康拉德偷學來的招數：《二馬》解讀〉，就是嘗試從「比較中國人與英國人的不同處」之寫作動機之外，回到小說《二馬》中找尋新的意義，給老舍小說重新思考的機會，發揮我們探求的精神。

四、從老舍對現代小說的認識來解讀其作品

老舍在〈文學概論講義〉(一九三〇—一九四八)以及他自評文章與許多序跋裡的思考，提供重新解讀他的作品的視野與線索。在這些文章裡，老舍對現代小說的主題、題材、技巧的認識

⑳ 從這角度來解釋的好著作，有吳小美、魏韶華《老舍的小說世界與東西方文化》(蘭州：蘭州大學出版社，一九九二)，頁一一七—一三一；Ranbir Vohra, *Lao She and the Chinese Revolution* (Cambridge, Mass: Harvard University Press, 1974), pp. 38-52.

與省思，很清楚地告訴我們，他傾心學習與努力創造的是那一類小說，那一類技巧，那一類主題。老舍對現代小說的評斷，基本上顯示出他是一個詩人批評家 (poet-critic) ㉑。這種批評家所推崇的作品的主題與技巧，實際上就是他自己的創作所要追求的。上述老舍那種著作的寫作動機與目的，固然往往使人掉進陷阱中，但這種著作如果小心妥善加以利用，它是一把打開老舍作品的鑰匙。

老舍開始寫小說，寫實主義對他有極大的吸引力，因為它拋開幻想和夢境，直接剖析人類有美也有醜、有明也有暗、有道德也有獸欲的心靈，但醜的、暗的、獸欲的更應該注意。老舍注意到在左拉的作品中，都是壞人、强盜、妓女、醉漢，沒有一個高尚的靈魂，因為人們受著自然律的支配。在康拉德的作品中，人類被環境鎖住，往往不得不墮落的主題，大大吸引了老舍。我們明白他對這類寫實作品的喜歡，就容易進入像〈眼鏡〉、《駱駝祥子》的主題內容了。老舍小說中使人墮落的北平受了康拉德的原始叢林與左拉的自然律很大的影響㉒。

把老舍的小說與中國三、四十年代的寫實主義小說比較，他的作品與一般寫實作品不同，因

㉑ T. S. Eliot 在 "The Frontiers of Criticism" 和 "The Music of Poetry" 等論文中承認他就是這種批評家，並給予定義，見 T. S. Eliot, *On Poetry and Poets* (New York: The Noonday Press, 1961), pp. 17-187, 117-118.

㉒ 參考前注⑰。

為他認識到寫實主義所帶來的種種危險：為了寫真象而忽略了文藝的永久性，為了改造不完整的社會，寫實小說負起了改造的宣傳與訓誨的任務，這樣浮淺的感情與哲學便攙入作品中。他的作品不易被時間殺死，因為他早就知道「寫實派所信為足以救世的辦法，並不完全靈驗。」（《文集》，一五之一一六）就因為老舍的小說不能符合寫實的框框，所以一九四九年以後再版的小說，就需要把很多東西切割掉。《駱駝祥子》就被人大刀闊斧地砍掉所謂屬於自然主義的部分㉓。

老舍認為新浪漫主義能解救現實主義的一些危機，更有效地找出些東西來解釋生命，因為新浪漫主義直接在人心中取到錯綜複雜的材料，用科學的刀剪去解剖心靈。變態心理學、性欲學、象徵主義等等表現技巧都為老舍所肯定，他認識到，現實主義敢大膽地揭破醜陋，但是沒有新心理學等技巧，就表現得不深入與不夠藝術化。

我在〈老舍對現代小說的思考〉已討論過老舍對現代小說，從主題內容到技巧的認識與評價，這裡不需詳談。我要指出的是，在解讀他的小說之前，非弄清楚老舍對構成現代小說各個重要部位與結構不可，要不然只能追問祥子為什麼不像典型的農村出身的窮人，《二馬》如何比較中英民族性格。

㉓ 史承鈞〈論解放後老舍對《駱駝祥子》的修改〉，見《老舍研究資料》（見前注⓫，見七一九－七二六。

要更完整了解老舍的小說，我們有必要把這些小說放在他的所有作品中（小說、理論、詩及任何他寫的東西）來考察，要不然偏見就容易出現。這個方法，對研究任何作家都是一樣的。

五、超越感時憂國的狹窄精神，探索現代人與社會的病態

老舍的小說觀是世界的。他在一九四九年之前一再宣稱他到英國後才走上創作之路，那是表示他的作品的世界觀是超越狹窄的愛國主義，也因此老舍第一部自我肯定的作品是《二馬》，它探討的是全人類、全民族、所有社會的危機，病源是：人是偏見的，種族是互相歧視的。馬威對人的本質、宗教的信仰全起了懷疑。梁實秋早在一九四二年，就看到《駱駝祥子》寫的是人性，與當時的看法不同，他並沒有狹窄的從寫窮人如何在中國不合理的制度下去爭取翻身的日子去解釋這本小說。

過去很多學者都相信，中國現代文學作品，只探索中國的問題，人民的窮困、政府的腐敗、社會的黑暗，他們從不逾越中國的範疇，更不注視現代人類與世界的病態㉔。由於熟讀康拉德、哈代等人的現代小說，老舍並不止於表現一種狹窄的愛國主義，感時憂國的精神，從《二馬》到《駱駝祥子》，老舍都以世界的目光來探討現代人、現代社會的病態。

㉔ 夏志清就有這樣的結論，見《現代中國文學感時憂國的精神》《愛情．社會．小說》（臺北：純文學出版社，一九七〇），頁八一—八二。

如果我們把自己的視野限制在中國社會的現實問題上，就看不見老舍作品更廣闊的意義，因此抹殺了他的世界性。讀者眼光的開放，從世界現代文學的眼光來看中國現代文學，是重估它的成就的重要尺度與角度。

六、每次再讀都會有所不同：老舍的小說是爲多次閱讀而寫的

古拉德（Albert Guerald）閱讀康拉德小說的經驗，似乎是我閱讀老舍小說的經驗：「康拉德最好的小說每次再閱讀時，會有所不同，他的作品是為了多次閱讀而寫的。」（Conrad's best books change upon rereading and were written to be read more than once）。不但如此，「當我們多次回頭再讀他的作品後，我們發現自己也有所改變。」（And we, as we emerge from these readings and rereadings, discover that we too have changed）㉕。

老舍的作品為什麼會有如此的藝術魔力？那是因為他的代表作都富有實驗性（experimental）和現代感，像《駱駝祥子》，就如康拉德的《黑暗的心》，它多變化的結構（evasive structure），它的多義性，是中國現代小說中少有的。老舍到了一九三五年還那麼為康拉德著

㉕ Albert Guerald "Introduction", in *Heart of Darkness, Almayer's Folly, The Lagoon* (New York: Dell Publishing Co., 1960), p. 1.

迷地寫〈一個近代最偉大的境界與人格的創造者——我最愛的作家康拉德〉。老舍對他嚴肅地為藝術拼命真是崇拜佩服得五體投地：

這個，就是我愛康拉德的一個原因，他使我明白了什麼叫嚴肅。每逢我讀他的作品，我總好像看見了他，一個受著苦刑的詩人，爲藝術拼命！我在佩服他的時候感到自己的空虛，想像只是一股火力，經驗——像金子——須是搜集來的。（《文集》，一五之三〇〇）

他更進一步說：

從他的文字裡，我們也看得出，他對於創作是多麼嚴重熱烈，字字要推敲，句句要思索；寫了再改，改了還不滿意……「我所要成就的工作是，借著文字的力量，使你聽到，使你覺到——首要的是使你看到。」……他差不多是殉了藝術，就是這麼累死的……（《文集》，一五之二九八—二九九）

老舍在中國現代作家之中，是少有「為藝術拼命」的人。他在〈我的創作經驗〉中，自稱寫作態度也等於玩命：「我寫的不多，也不好，可是力氣責得不少……這差不多是玩命」。（《文

集》，一五之二九三-二九四）

七、我研究老舍小說的出發點

我這本論文集的文章，最早的〈老舍在《小坡的生日》中對今日新加坡的預言〉寫於一九七九年，最近的〈快槍使神槍斷魂，鏢局改成客棧：論老舍的〈斷魂槍〉〉是今年剛剛完成的。前後約十四年，只完成十二篇論文，現在將它出版成書，作為我研究老舍小說的出發點，不是終點。

老舍小說作品很多，我只研究了一小部份。這本論文集嘗試為老舍小說研究尋找一條新途徑。目前大多老舍研究著述，都失去探求精神，難有突破。我的這些文章，希望對在探索老舍小說的新意義上，能有所啓發。

王潤華
新加坡國立大學中文系
一九九四年三月三日

老舍小說新論 目次

一、老舍在新加坡的生活和作品新探

老舍在一九二九至三〇年間，在新加坡住了約五個月，曾以新加坡爲題材，寫了一部六萬字的小說《小坡的生日》。他說四萬字在新加坡完成，最後兩萬字回到上海才寫完。關於這部小說中的預言與主題結構，王潤華於一九七九年撰寫了〈老舍在《小坡的生日》中對今日新加坡的預言〉❶。十多年來，我們常常接待來自中國、臺灣及其他地區的作家與學者，在帶領他們作文化觀光時，必定沿著老舍在新加坡的足迹走一趟，因此漸漸地對老舍當年的生活內涵，有了一些新發現。而這些一點一滴的新認識，可以幫助我們對老舍在新加坡的生活及《小坡的生日》作進一步的了解。

---

❶ 王潤華《從司空圖到沈從文》（上海：學林出版社，一九八九），頁一二一—一三七。

1. 老舍二訪新加坡

老舍曾在二篇文章〈還想著它〉（一九三四）與〈我怎樣寫《小坡的生日》〉（一九三五）中寫過他在新加坡的生活❷。如果我們細心閱讀第一篇文章，我們會發現原來老舍曾二度訪問新加坡。第一次是在一九二四年的夏天，他由上海坐輪船去英國途中，曾上岸玩了一天。當時他是去倫敦大學的東方學院（後改稱亞非學院）擔任漢語講師。他乘搭的德萬哈號客輪抵達倫敦泰晤士河的蒂爾波里（Tilbury）碼頭，日期是一九二四年九月十四日❸。因此老舍大約在七月間經過新加坡，因爲那時候從上海到倫敦的客輪，需要一個多月的顚簸航行。輪船在新加坡靠岸時，老舍雖然上岸玩了一天，可惜我們除了知道他到過當時設在大坡靠近牛車水的商務印書館之外，其他一無所知。老舍在〈還想著它〉談到二訪新加坡時，有這樣的一段話：

> 到了新加坡……我是想上商務印書館。不記得街名，可是記得它是在這條街上，上歐洲的時候曾經在此玩過一天。洋車一直跑下去，我心裡說：商務印書館要是在這條街上等著

❷ 本文所引述此二文之片段，均根據曾廣燦、吳懷斌編《老舍研究資料》上冊（北京：十月文藝出版社，一九八五），頁一四〇-一四七，五三四-五四〇。

❸ 關於老舍在倫敦的生活，見李振杰《老舍在倫敦》（北京：國際文化出版社，一九九二）

> 我，便是開門見喜；它若不在這條街上，我便玩完。事情真湊巧，商務印書館果然等著我呢。說不定還許是臨時搬過來的。（頁一四二）

老舍第二次到新加坡，是在一九二九年的秋天，據我推斷，大約在十月抵達，因爲他六月辭去倫敦大學東方學院教職，從英國赴歐洲大陸玩了三個月，最後從德國的馬賽港乘船來新加坡。這一次他在新加坡的南洋華僑中學（簡稱華僑中學）教書，一直到一九三〇年的二月底才回去上海。據推算，他一共住了五個月，雖然他自己曾說「在新加坡住了半年」（頁五三七），那是不正確的，這就好像他在《我怎樣寫〈小坡的生日〉》說在新加坡「從開始寫直到離開此地，至少四個整月」（頁五三七），在《還想著它》卻說「寫了三個多月」。（頁四四七）

關於老舍二訪新加坡的生活，除了他自己的兩篇文章所追憶的，其他事情我們一無所知。我們二十年來在新加坡特別留意這方面的一手資料，至今也一無所獲。老舍當時還未成名，自然沒有引起同輩人的注意。他去倫敦前，還未正式走上創作小說的道路，第二次來新加坡時，雖然剛出版《老張的哲學》（上海商務，一九二八），《趙子曰》（上海商務，一九二八），而第三部長篇小說《二馬》已開始在《小說月報》上連載（第二十卷第五期至十二期，一九二九年五月至十二月十日），但戰前的新加坡文化還未萌芽，再加上文化訊息閉塞，自然沒什麼人能料到老舍會成爲有成就的文學家。

2.老舍上岸的紅燈碼頭

老舍在〈還想著它〉說，二次到新加坡下了船，坐上洋車，車夫很快便把他載到一條熱鬧的街上，他很輕易地就找到商務印書館。很顯然的，老舍上岸的碼頭，就是俗稱的紅燈碼頭（通常指 Clifford Pier 或哥烈碼頭 Collyer Quay）那一帶。在一九二〇至三〇年代，客輪都在此不遠的海上停泊，船客則乘舢舨到紅燈碼頭上岸。從今日新加坡市中心的地圖（圖一），可看出老舍從哥烈碼頭（現爲路名 Collyer Quay，也稱爲紅燈碼頭）那一帶乘人力車到大坡的橋南路 (South Bridge Road) 的商務印書館，不算太遠，老舍所說「它是在條熱鬧街上」是對的，在戰前，橋南路一帶，尤其靠近牛車水一段，以華人社區來說，是最熱鬧的街道了❹。

老舍對他兩次抵達新加坡時上岸的紅燈碼頭，印象特別深刻，因爲它具有典型的南洋風采。由於新加坡是歐亞必經之地，紅燈碼頭一帶世界各國過客特別多，再加上新加坡人口中的印度人、馬來人、阿拉伯人、華人等大小商人，在此經營各種大小生意，從他們賣的東西，也可看見一些如呂宋煙、榴槤、紅毛丹等南洋物品與水果，後來老舍安排小坡逃課到碼頭玩，便把這裡的

---

❹ 地圖取自《新加坡街道指南》*Singapore Street Directory* (Singapore: Pacific Trade Press, 一九九一)

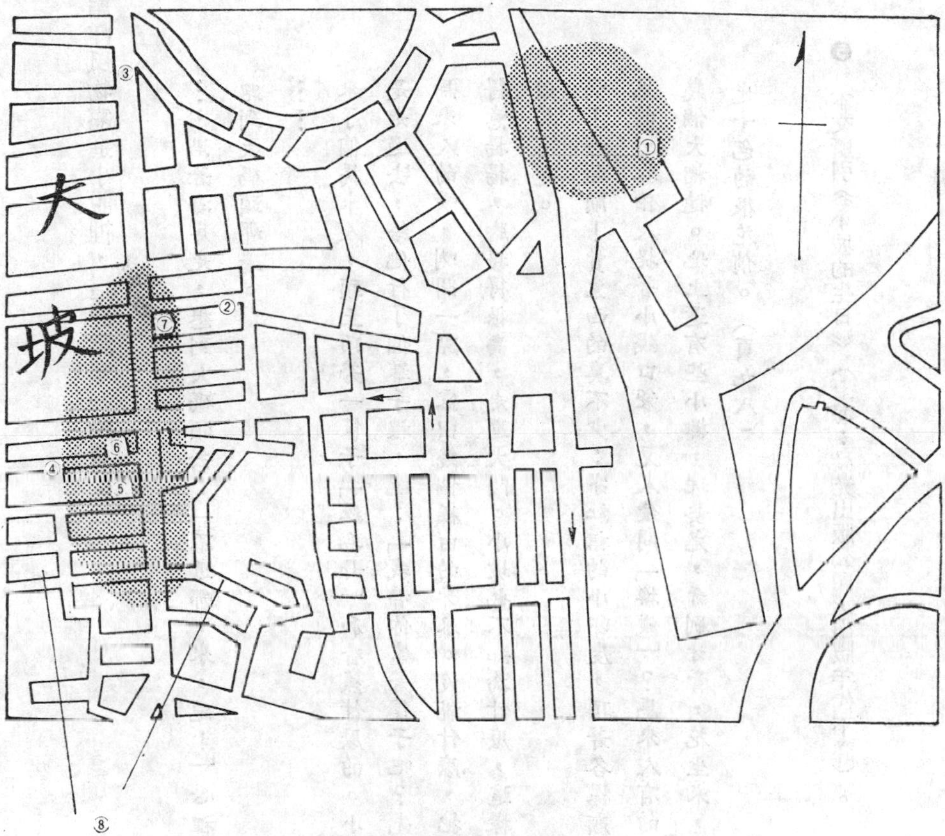

①紅燈碼頭（哥烈碼頭）
②福建街
③橋南路（大馬路）
④摩士街
⑤馬里安曼興都廟
⑥商務印書館舊址
⑦中華書局舊址
⑧牛車水區

圖一　大坡橋南路地圖

南洋風物寫進小說裡，這裡試舉一段❺：

……沿著海岸走，想到大碼頭去：「不近哪，來，跑！」心裡一想，腳上便加了勁，一直跑到大碼頭那邊。

……

來了個馬來人，頭上頂著一筐子「紅毛丹」和香蕉什麼的。小坡知道馬來人是很懶的，於是走過去，給他行了個舉手禮，說：「我替你拿著筐子吧？先生！」馬來人的嘴，咧開一點，露出幾個極白的牙來。沒說什麼，把筐子放在小坡的頭上。小坡得意揚揚，腳擡得很高，走進大門。小坡也不知為什麼，這樣白替人作工，總覺得分外的甜美有趣。

喝！好熱鬧！賣東西的真不少：穿紅裙的小印度，頂著各樣顏色很漂亮的果子。戴小黑盔兒的阿拉伯人提著小錢口袋，見人便問「換錢」？馬來人有的抱著幾匣呂宋煙，有的提著幾個大榴槤。地上還有些小攤，玩藝兒，牙刷牙膏，花生米，大花絲巾，小銅鈕子……五光十色的很花俏。（頁九八）

❺ 本文所引《小坡的生日》（上海：晨光出版公司，出版年代不詳）。

舒乙曾指出，老舍小說中的一種特別的文學現象，就是他在小說中描寫的，多是眞實的，經得起實地核對❻。《小坡的生日》中對植物園的描寫也是如此。不過他自己也說過，這部小說「表面的寫點新加坡的風景什麼的。」（〈還想著它〉，頁一四六）

3.老舍過訪的商務與中華書局

前後二次在新加坡上岸時，第一個要拜訪的地方，就是商務印書館，主要因爲他與商務的編輯有交情吧。老舍在倫敦所寫的三部長篇小說，都是先在該館出版的《小說月報》連載，然後再由它出版成書。當時《老張的哲學》與《趙子曰》剛由商務出版，而《二馬》還在《小說月報》上連載。吳伯簫在一篇回憶的文章中，記得老舍曾告訴他，第二次訪問商務時，他以發表在《小說月報》中的《二馬》來作自我介紹：

> 回國時路費只够坐輪船到新加坡。船到碼頭，他做的第一件事是訪問商務印書館分館。劈頭問門市伙計：「你們這兒有《小說月報》嗎？」回答說：「有。」「把最近的兩期拿來。」他打開《小說月報》，指着長篇連載小說《二馬》的作者說：「這就是我。」作了

---

❻ 舒乙〈序〉，見《老舍在倫敦》，同前注❸。

自我介紹。接著說明了旅途情況，表示要在新加坡找工作，籌足路費回國。「我要見你們經理」。——就這樣，經理介紹他到一所中學教書，半年多以後回到北京。在新加坡他寫了《小坡的生日》❼。

在老舍自己的回憶文章裡，他也這麼說：

坐上，用手一指，車夫便跑下去。我是想上商務印書館。不記得街名，可是記得它是在條熱鬧街上；上歐洲去的時候曾經在此處玩過一天。洋車一直跑下去，我心裡說：商務印書館要是在這條街上等著我，便是開門見喜；它若不在這條街上，我便玩完。事情真湊巧，商務館果然等著我呢。說不定還許是臨時搬過來的。

這就好辦了。進門就找經理。道過姓字名誰，馬上問有什麼工作沒有。經理是包先生，人很客氣，可是說事情不大易找。他叫我去看看南洋兄弟煙草公司的黃曼士先生——在地面上很熟，而且好交朋友。我去見黃先生，自然是先在商務館吃了頓飯。黃先生一時也想不到事情，可是和我成了很好的朋友。

❼ 吳伯簫《作者、教授、師友——深切懷念老舍先生》，見《北京文藝》一九七八年第七期，頁一三一一五。

……我還得去找事。不遠就是中華書局，好，就是中華書局吧。經理徐采明先生至今還是我的好朋友。倒不在乎他給我找著個事做，他的人可愛。見了他，我說明來意。他說有辦法。馬上領我到華僑中學去。（〈還想著它〉，頁一四二—一四三）

商務印書館與中華書局自戰前以來，多次搬遷，老舍說從紅燈碼頭乘人力車前去不遠，同時這兩間書局相距不遠。我們偶然間找到商務與中華刊登在同一天的《星洲日報》上的廣告，日期是一九二九年一月十五日，距離老舍第二次到新加坡約九個半月，這兩則廣告並排在一起，大小如圖二的複印本❽。

根據上面的廣告，當時的商務印書館的地址是橋南路（South Bridge Road，俗稱大馬路，即是中華書局上所說的大路），它的地點在牛車水靠近馬里安曼興都廟處。中華書局也在同一條路上，門牌四四號。邱新民曾對這二間書店的歷史作過一些考證的研究，不過上面廣告中正確無誤的地址，可糾正他的一些不夠準確的地址問題❾：

---

❽《星洲日報》一九二九年一月十五日（創刊號），見卓南生（編）《從星洲日報看星洲五十年》（新加坡：星洲日報，一九七九），頁B三。

❾邱新民《新加坡風物外紀》（新加坡：勝友書局，一九九〇），頁二一一—二一五。

商務於一九一六年設於橋南路摩士街 Mosque St.（俗名牛車水），靠近吉寧街（馬里安曼興都廟 Sri Mariamman Temple），即今日世界書局對面，首任經理邱培枚。一九三二年一月廿八日淞滬戰爭暫停，一九四〇年復業。日本南進，一九四二年遷尼路 Neil Road……一九六二年遷橋北路 North Bridge Road 現址，（作者注：一九九二年遷往維多利亞街八號）……新加坡中華書局，於一九一三年設在莊希泉的百貨公司內，代辦教科書和文具，地址即牛車水吉寧街對面，余仁生私人有限公司的隔壁，首任經理楊紹周。後來擴展業務，乃於一九二五年遷至橋南路一四三號（福建街口），由施伯謨任經理，施寅佐於一九二六年至中華任職。一九二九年施伯謨因病返上海，由徐采明任經理，一九三七年遷漆木街現址營業。（作者注：現址為橋南路七一號）

由此可見，老舍的印象「不遠就是中華書局」是正確的，而在牛車水範圍內的橋南路段，當時確是一條「熱鬧」的街道。

4. 老舍與黃曼士

我們在上面引用老舍及其友人的文章，都說老舍一到了新加坡就馬上打聽工作的機會。根據老舍自己的說法，他先去拜訪商務的包先生，他推薦老舍去見黃曼士，可是後者說一時想不到適當的事。後來老舍去拜見中華書局的經理徐采明，他說有機會，馬上帶領老舍去華僑中學，而且立刻走馬上任。吳伯簫卻說老舍告訴他，華中的教職是商務的經理所促成的。儘管有二種說法，據我們的看法，黃曼士與商務、中華兩書店一向關係密切，相信不管是誰帶領他去華僑中學，後面恐怕是由於得到黃曼士的幫忙。黃曼士於一九二三年南來新加坡，擔任上海的南洋兄弟煙草公司新加坡分行經理，很快就成為華社知識文化界的極力支持者。根據《從新加坡南洋華僑中學校金禧紀念特刊》所編歷年董事會名單，黃曼士在第八屆（一九二八年四月至三〇年三月）及第九屆（一九三〇年四月至三二年三月）曾任該校的董事，下面是第八屆的董事名單⑩：

第八屆（一九二八年四月至一九三〇年三月）

胡文虎（正總理） 李振殿（副總理） 邱國瓦（財政） 周獻瑞（查賬）

林金殿 陳延謙 洪高興 蔡嘉種 謝天福 王吉打 梅國良 羅承德 何思觀 林文田

黃曼士 林兩岩 陳秋槎 陳源泉 楊書典 何仲英 陳翼扶 黃有淵 陳開國

黃曼士重視藝術人材，徐悲鴻早年得到他的協助在藝壇就傳為佳話。既然老舍親自去求見，

⑩《新加坡南洋華僑中學校金禧紀念特刊》（新加坡：華僑中學，一九六九），頁一六。

他不會不盡力幫忙，大概由於自己身爲董事，不好意思親自出面，所以才由別人帶去華僑中學。黃曼士的女兒黃奕超及其妹妹黃淑芬都同意我們的看法，因爲他是一位不願意顯示自己的人。陳人浩說：「外地藝人到此舉行畫展者，必先叩其門，而曼老每每爲人推介，助人一臂，成爲藝壇不可或缺之人物⑪。」老舍在回憶新加坡的生活時，只提到與黃曼士一人有特好的友情，常去他家吃飯，一同出去玩。老舍在新加坡期間喝的茶葉，也是黃曼士送的：

> 這就好辦了。進門就找經理。道過姓字名誰，馬上問有什麼工作沒有。經理是包先生，人很客氣，可是說事情不大易找。他叫我去看看南洋兄弟煙草公司的黃曼士先生——在地面上很熟，而且好交朋友。我去見黃先生，自然是先在商務吃了頓飯。黃先生一時也想不到事情，可是和我成了很好的朋友；我在新加坡，後來，常到他家去吃飯，也常一同出去玩。他是個很可愛的人。他家給他寄茶總是龍井與香片兩樣，他不喜歡喝香片，便都歸了我；所以在南洋我還有香片茶吃。不過，這都是後話。（〈還想著它〉，頁一四三）

可是至今都沒有人研究老舍與黃曼士的關係，不免令人遺憾。

---

⑪ 黃淑芬（編）《黃曼士紀念文集》（新加坡：南洋學會，一九七六），頁五〇。有關黃曼士對徐悲鴻之照顧，見此文集黃火若《黃曼士與徐悲鴻》，頁五六－五八。

5.黃曼士給《小坡的生日》提供寫作材料

老舍在〈還想著它〉與〈我怎樣寫「小坡的生日」〉這兩篇文章中說得很清楚，他到新加坡，除了因爲船費只夠買到新加坡的票，本來打算寫一部以南洋爲背景的小說，表揚中國人開發南洋的功績，因爲在倫敦期間讀了康拉德（Joseph Conrad, 1859-1924）寫南洋的小說而有所啓發。康拉德在小說中，白人都是主角，東方人是配角，而且征服不了南洋的大自然，結果都讓大自然吞噬了。老舍要寫的正與其相反，他要寫華人如何空手開拓南洋。可是教書的工作把他拴住，沒時間也沒錢去馬來西亞內地觀察，結果他只好退而求其次，以新加坡風景和小孩爲題材，寫了《小坡的生日》。老舍特別指出，「黃曼士先生沒事就帶我去看各種事兒，爲是供給我點材料」：

> 可是，我寫不出。打算寫，得到各處去遊歷。我沒錢，沒工夫。廣東話，福建話，馬來話，我都不會。不懂的事還很多很多。不敢動筆。黃曼士先生沒事就帶我去看各種事兒，爲是供給我點材料。可是以幾個月的工夫打算抓住一個地方的味，不會。再說呢，我必須描寫海，和中國人怎樣在海上冒險。對於海的知識太少了；我生在北方，到二十多歲才看見了輪船。

那麼，只好多住些日子了。可是我已離家六年，老母已七十多歲，常有信催我回家。為省得閑著，我開始寫《小坡的生日》。本來想寫的只好再等機會吧。直到如今，啊，機會可還沒來。(〈還想著它〉，頁一四六)

前面我們引述過老舍自己的回憶：他常去黃曼士家吃飯並一道出去玩。現在老舍指出，出去玩，是爲他寫小說搜集材料。從這一條線索出發，我們進一步去了解黃曼士當年的家庭與生活。結果很多跡象顯示，黃曼士不但協助了老舍了解新加坡，而且他的形象與家庭生活點滴，也被寫進了《小坡的生日》裡面去了。小說是這樣開始的：

哥哥是父親在大坡開國貨店時生的，所以叫作大坡。小坡自己呢，是父親的鋪子移到小坡後生的；他這個名字，雖然沒有哥哥的那個那麼大方好聽，可是一樣的有來歷，不發生什麼疑問。

可是，生妹妹的時候，國貨店仍然是開在小坡，為什麼她不也叫小坡？……據小坡在家庭與在學校左右鄰近旅行的經驗，和從各方面的探聽，新加坡的街道確是沒有叫仙坡的。你說這可怎麼辦？……(《小坡的生日》，頁一)

小坡的父親（沒有姓名），經營國貨店。「他在中國的時候，花了一大堆錢買了一個官，後來把那一大堆錢都貼了，所以才來開國貨店。」（頁八）。他家後院有個大花園，兄弟姐妹喜歡與朋友在裡面遊戲。「父親不出門時，便在花園收拾花草」，小坡常常「跑到花園和父親一塊兒整理花草」。父親是廣東人，他討厭福建人、上海人，是一個有宗鄉偏見的人，而小坡不但打破同鄉觀念，當爸爸不在家時，他便約了不同籍貫，不同種族的人（印度人、馬來人，但沒有白人）的小孩來玩。

黃曼士在一九二三年南來出任南洋兄弟煙草公司新加坡分行經理。在這之前，曾在福建全省清鄉處工作，後來又出任廈門石碼水警署署長。這二點跟小坡的父親倒有點相似了。南洋煙草是「國貨」，清朝捐官是極平常之事。據黃曼士的妹妹黃淑芬說，他們父親在福建福州，「家有花園一座，名綺園，占地十畝，廣植樹木，頗見園林之勝」⑫。老舍常與黃曼士同遊，應該也知道一二。黃曼士受了父親的影響，也特別喜愛花草樹木。他的女兒黃奕超女士在老舍一九二九至三〇年第二次來新加坡時，才七八歲，記憶不清了，只記得父親在大坡武吉巴蘇路（Bukit Pasoh）的房子，已開始在後院種花，由於來訪的人很多，一起出去玩的人也不少，搞不清那一位是老舍。她記得一九三七年才搬去小坡芽籠三十五巷江夏堂，在那裡花園就更大了，徐悲鴻所畫的胡

⑫ 關於他的生平，見黃淑芬《曼士三哥史略》，同前注⑪，頁二。

姬花，就是取材於這花園。老舍在小說中所描繪的花園與愛弄庭中花木的父親，恐怕就有黃曼士的影子⑬，父母親與孩子在家中的生活細節，與出外郊遊的事情，多少都有所吸收，作爲他寫《小坡的生日》的素材。小說中有細膩的對華人出殯、看電影的描寫。大概因黃曼士自己喜歡花草，常帶孩子去植物園（他女兒黃奕超還有些記憶），在小說中，小坡生日那天，去植物園玩，老舍對園中的猴子與景物有很眞實的描寫。譬如下面這段，雖然寫於一九二九年，我們還認得出這是植物園最裡面那部份，即胡姬花圃到池塘的景物：

> 到花室，蘭花開得正好。蘭花沒有小猴那麼好看。到河邊，子午蓮，紅的，白的，開得非常美麗。仙坡說，可惜河岸上沒有小猴！到棕園，小坡看著大棕葉……（《小坡的生日》頁一一五－六）

這就是「黃曼士先生沒事就帶我去看各種事兒，爲是供給我點材料」的結果吧！

小說中的這一家人有三個孩子，老大叫大坡，老二叫小坡，因爲分別生於大小坡。妹妹叫仙坡，因爲她是長鬍子的神仙送來的。黃曼士只有一男一女，均生於中國，現在男兒奕銘已逝世，

⑬ 爲了撰寫此文，我們曾於一九九三年四月八日約黃淑芬與黃曼士的女兒黃奕超（已七十多歲）見面，與她們的談話，對我們的某些看法，有很大的幫忙。

女兒奕超還健在，住在新加坡。老舍所以把他們改成生於新加坡，大概因爲他要創造一個土生土長的第二代華人的思想意識本土化的主題思想。老舍寫小說雖然喜歡根據「我自己的經驗或親眼看見的人與事」，但他也明白「眞事原來靠不住，因爲事實本身不就是小說，得看你怎麼寫。太信任材料就容易忽略了藝術⑭。」

《小坡的生日》中的藝術架構，最重要者就是老舍把黃曼士的思想轉移到他的老二小坡的腦裡。黃曼士的同輩朋友，無不佩服他超越氏族幫派，甚至種族的膽識。陳育崧就這麼說：

> 余與先生交往數十年，深知其急公好義，事無大小，凡愛國救鄉，公益善舉，有關社會福利之進展，氏族幫派之和諧，求助於先生者，未嘗不竭力以赴……遂為各幫社團所崇佩，口碑載道，當地政府，尤為器重⑮。

黃曼士後來主持芽籠的江厦堂，就是要爲這理想服務而創設的宗鄉會館。在第一代移民中，有如此心胸者少之又少，當時如果老舍太信任現實，藝術效果反而不好，因此他把父親的思想轉移給小坡，而且強調大坡受父親影響太深，也不與本地人認同。每看見小坡與福建人或其他種族小孩

---

⑭ 老舍〈我怎樣寫短篇小說〉，同前注②，頁五五三－五五六。

⑮ 陳育崧〈懷念百扇齋老人〉，同前注⑪，頁二二一－二二三。

來玩，就向爸爸告狀。因此老舍就塑造了一個預言：下一代的華人不但會團結各籍貫的人，而且會與馬來人、印度人等少數民族同爲爭取平等與利益而奮鬥。

6.老舍與華僑中學

老舍這樣形容他到華中走馬上任：

……這個中學離街市至少有十多里，好在公衆汽車（都是小而紅的車，跑得飛快）方便，一會兒就到了。徐先生替我去吆喝。行了，他們正短個國文教員。馬上搬來行李，上任大吉。有了事做，心才落了實，花兩毛錢買了個大柚子吃吃。然後支了點錢，買了條毯子，因為夜間必須蓋上的。買了身白衣裳，中不中，西不西，自有南洋風味。（《還想著它》，頁一四三）

華僑中學的全名是南洋華僑中學校，一九一九年三月正式開學，一九二五年才搬到離市區五英里處的校園，地址是武吉知馬路（Bukit Timah Road）六七三號。老舍去的就是至目前仍然沒搬遷過的華中校園。老舍應該是住在虎豹樓單身教員宿舍，它在一九二八年興建，大約老舍抵達

前完成，如圖三示⑯

自戰後以來，華僑中學一直是新加坡少數幾間最著名的學府。學生不僅成績優異，而且積極參與社會活動。在反抗殖民地與抗日時期，學生都在扮演著領導地位。就是在華中學生身上，老舍看見了革命：

> 在新加坡，我是在一個中學裡教幾點鐘國文。我教的學生差不多都是十五六歲的小人兒們。他們所說的，和他們在作文時所寫的，使我驚異。他們在思想上的激進，和所要知道的問題，是我在國外的學校五年中所未遇到過的……新加坡的中學生設若與倫敦大學的學生談一談，滿可以把大學生說得瞪了眼……（〈我怎樣寫《小坡的生日》〉，頁五三九）

所以華中學生的革命思想促使老舍寫一部小說，把東方小孩子全拉在一起，象徵將來會立在同一條戰線上去爭戰。這就是《小坡的生日》的主題思想。

老舍要寫的「最小最小的那個南洋」，除了有黃曼士及其家庭的影子外，小孩的革命思想應該是採取自華僑中學，雖然老舍已把中學生小說化，變成小坡那種年紀的小學生。讀《小坡的生

---

⑯關於華中建校史，見前注⑩，頁一—一五。圖三亦取自此特刊，頁八，圖四為作者所攝。

日》，隨處都能找到華中的一些影子，如下面夢中各民族小孩要攻擊的老虎學校，就禁不住叫人想起華中正門的地理位置：

老虎學校是在一個山環裡，門口懸著一塊大木匾，上面寫著校訓（是糟老頭子的筆迹，三多認識）：「不念就打！」他們跳上牆去往裡看：校門裡有一塊空地，好像是運動場，可是沒有足球門，籃球筐子什麼的，只有幾排比胳臂還粗的木樁子，上面還栓著幾條小虎。他們都落著淚，在樁子四圍亂轉。（《小坡的生日》，頁二〇八）

如果從武吉知馬路走進華中校園，有一條半圓形的通路，靠馬路這邊形成一個半圓，那邊是運動場，另外一邊的山坡上，有一排樹林處便是華中的主要建築物。如圖四及圖六便顯示出「學校是在一個山環裡」。

華中校訓原是「自強不息」四字，老舍將它改成「不念就打」，目的是用來諷刺當時新加坡一些教師所使用的不符合教育心理的教學法。譬如老舍就曾這樣批評某些華中老師：「他們對先生們不大有禮貌，可不是故意的，他們爽直，先生們若能和他們以誠相見，他們便很聽話，可惜有的先生愛耍些小花樣！」（〈還想著它〉，頁一四四）

7. 老舍得到可怕的骨痛溢血症

老舍在《還想著它》提到他在華僑中學開始教書不久，便病倒了。身上起了小紅點。他自己說「痧疹歸心，不死才怪」，因此「有點怕死」：

> 可是，住了不到幾天，我發燒，身上起了小紅點。平日我是很勇敢的，一病可就有點怕死。身上有小紅點喲，這玩藝，痧疹歸心，不死才怪！把校醫請來了，他給了我兩包金鷄納霜，告訴我離死還很遠。吃了金鷄納霜，睡在床上，既然離死很遠，死我也不怕了，於是依舊勇敢起來。早晚在床上聽著戶外行人的足聲，「心眼」裡製構著美的圖畫：路的兩旁雜生著椰樹檳榔；海藍的天上；穿白或黑的女郎，赤著腳，趿拉著木板，嗒嗒地走，也許看一眼樹叢中那怒紅的花。有詩意呀。矮而黑的錫蘭人，頭纏著花布，一邊走一邊唱。躺了三天頗能領略這種濃綠的浪漫味兒，病也就好了。（《還想著它》，頁一四四）

校醫給他吃了金鷄納霜，「躺了三天」便好了。老舍所患上的，不是普通的發燒感冒，現在醫學界已證明這是有生命危險的骨痛溢血症（Dengue Haemorrhagic Fever），這種致命的病是由於被一種很特別的伊蚊（Aedes Mcsquitoes）所叮咬後帶來的毒菌所感染。這種蚊子身上與脚上有黑白花紋，因此又稱老虎蚊。它喜歡繁殖在家中花瓶下的小碟中，或屋子四周桶罐的積水裡，它只在清潔的水中繁殖滋生，而且愛在白天叮人。人被叮咬受感染後，病症是骨節痛、頭痛、發燒、身上有紅點（圖五），甚至流血⑰。

在戰前，新加坡環境衞生落後，加上醫學常識不爲一般人知道，更何況華中遠在郊外，處於熱帶叢林之中，當時蚊子之多，難於想像。老舍一到華中教書不久，便抱怨蚊子太多，他是在蚊子猖獗攻擊下寫《小坡的生日》的，「一邊寫一邊得驅逐蚊子」：

> 上半天完全消費在上課與改卷子上。下半天太熱，非四點以後不能做什麼。我只能在晚飯後寫一點。一邊寫一邊得驅逐蚊子，而老鼠與壁虎的搗亂也使我心中不甚太平，況且在熱帶的晚間獨抱一燈，低著頭寫字，更彷彿有點說不過去：屋外的蟲聲，林中吹來的濕而微甜的晚風，道路上印度人的歌聲，婦女們木板鞋的輕響，都使人覺得應到外邊草地上去，臥看星天，永遠不動一動。這地方的情調是熱與軟，它使人從心中覺到不應當做什麼。我呢，一氣寫出一千字已極不容易，得把外間的一切都忘了才能把筆放在紙上。這需要極大的注意與努力，結果，寫一千來字已筋疲力盡，好似打過一次交手仗。朋友們稍微點點

---

⑰ 有關伊蚊及骨痛溢血症，請參考新加坡環境發展部出版的手冊 *Dengue Haemorrhagic Fever* (Singapore: Ministry of the Enviornment, 1992)。圖片亦取自該小冊子。

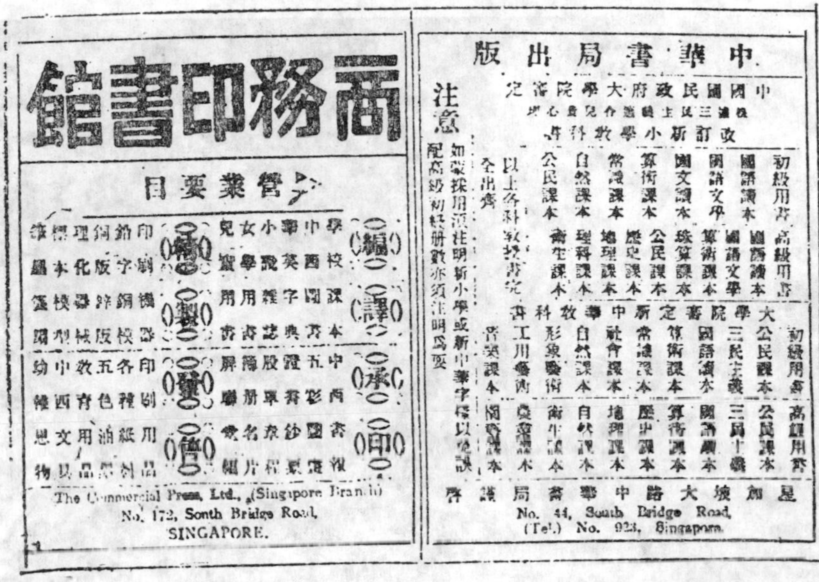

圖二　《星洲日報》上的廣告

圖三　虎　豹　樓

圖四　華僑中學校園

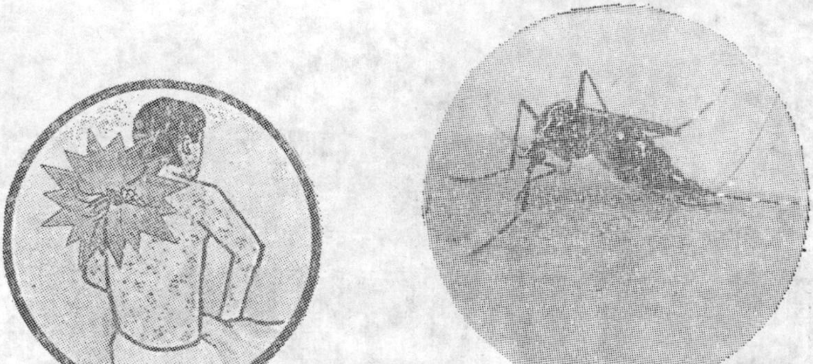

圖五　老虎蚊及其叮人後症狀

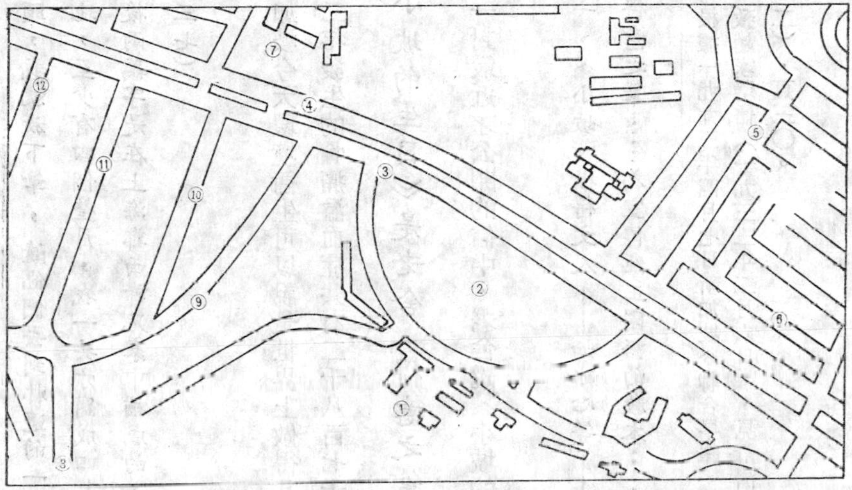

①華僑中學　　⑦國家初級學院

②華僑中學運動場　　⑧南利山道

③武吉知馬路　　⑨南利道

④杜尼安路　　⑩第一道

⑤華登通道　　⑪第二道

⑥華登園路　　⑫第三道

圖六　華僑中學位置圖

頭，我就放下筆，隨他們去到林邊的一間門面的茶館去喝咖啡了。從開始寫直到離開此地，至少有四個整月，我一共才寫成四萬字，沒法兒再快。這本東西通體有六萬字，那末後兩萬字是在上海鄭西諦兄家中補成的。（〈我怎樣寫《小坡的生日》〉，頁五三六－五三七）

新加坡今天環境衞生可以說是世界上做得其中最好者，但由於是熱帶，蚊子容易滋生繁殖，一九九二年發生的骨痛溢血症共有二千八百七十八起，其中有四人因此死亡⑱。

8.《小坡的生日》是老舍「得意之筆」

在一封最近才公開的信中，老舍說《小坡的生日》是他得意之作：

一、《小坡》很得文人——如冰心等——的誇美。二、六萬多字，恰好出小書。三、是我得意之筆……為宣傳純正國語的教本……⑲

---

⑱ 根據一九九三年四月七日新加坡《聯合早報》報導（第三版）。

⑲ 致趙家璧信（一九三三年二月六日），見舒濟（編）《老舍書信集》（天津：百花文藝出版社，一九九二），頁三〇。

老舍在〈我怎樣寫《小坡的生日》〉中也提到語言上的創新：

> 最使我得意的地方是文字的淺明簡確。有了《小坡的生日》，我才真明白了白話的力量……（〈我怎樣寫《小坡的生日》〉，頁五三八）

老舍也重視小說中的童話結構：

> 這本書中好的地方，據我自己看，是言語的簡單與那些童話部份。（〈還想著它〉，頁一四七）

在小說中，小坡摒棄宗鄉主義，不分廣東或福建，同時也團結其他種族的小孩來對付共同的敵人。但是這個童話中對今日新加坡的預言，卻是「不屬於兒童世界的思想」。老舍爲什麼這樣說呢？因爲那時候華人分宗鄉與幫派，與馬來人、印度人更不合作：

> 以兒童為主，表現著弱小民族的聯合——這是個理想。在事實上大家並不聯合，單說廣東與福建人中間的成見與鬥爭便很厲害……（〈還想著它〉，頁一四六）

因此，從我們對老舍在新加坡的生活的新認識，特別他跟黃曼士的來往以及在華中與激進學生的接觸，我們了解到，《小坡的生日》中「不屬於兒童世界的思想」主要是受到黃曼士超越時代思想的啓發。黃曼士打破當時人的思想框框，主張團結各籍貫的華人，聯合各民族。而小說中革命的思想則受當年華中學生的影響。

明白老舍的新加坡經驗的一部份內容，我們就了解老舍對《小坡的生日》的評語：「總而言之，這是幻想與寫實夾雜在一處，而形成了個四不像了。」（〈我怎樣寫《小坡的生日》〉，頁五三七）⑳

⑳ 本文初稿爲一九九三年臺北中國文化大學主辦〈中國現代文學教學國際研討會〉之論文，作者與劉寶珍合撰。

二、老舍在《小坡的生日》中對今日新加坡的預言

1. 過去學者對《小坡的生日》之看法及評價

胡金銓在《老舍和他的作品》的前言中說，有資格說老舍（一八九九—一九六六）的作品的人，首先要能喝北平道地的「豆汁兒」及欣賞「小窩頭」，其次需要和老舍有「共同的語言」。當然，除了這些「地緣」的條件，還需要其他的文學修養❶。如果胡金銓這一番話是正確的話，恐怕老舍著作之中，有一本長篇小說是例外的，那就是老舍在新加坡創作的《小坡的生日》。

我認爲，只有愛吃新加坡和馬來西亞盛產的，被稱爲熱帶水果之王的榴槤及欣賞咖喱飯的人，才配談老舍的《小坡的生日》。榴槤對以新馬爲家鄉的華人來說，其強烈的味道，芬芳無

❶ 見胡金銓，《老舍和他的作品》（香港：文化・生活出版社，一九七八），頁一—二。

比，使人往往一吃便不能罷休，嗜之如命，所以有「榴槤出，沙籠脫」之故事。那是指本地馬來人，在榴槤成熟的季節，常常因爲貪吃榴槤，而把褲子當掉。可是初到新馬一帶的人，一嗅到榴槤，便要掩鼻屏息的逃走。他們覺得其味道奇臭無比，比貓糞更惡臭。至於咖喱，即使會吃很辣的湖南或四川菜的人，也未必欣賞咖喱，因爲他們受不了滲雜了各種各類香料的咖喱味道。

我檢查目前學者對《小坡的生日》之研究文字，發現喝過「豆汁兒」，吃過「小窩頭」，或懂得北平話的神韻，了解它的幽默，明白它的「哏」❷的人，都不懂得老舍《小坡的生日》的重點和價值在什麼地方，所以《小坡的生日》在中國，始終沒有引起中國讀者的注意和批評家的好感。

(一) 中西學人的見解

夏志清在論老舍的著作中，只用一個句子，就把《小坡的生日》交待過去。他說這是「給兒童寫的童話」❸。胡金銓認爲「《小坡》的內容並不精采，它既不像童話，也不像『成人讀物』」❹。馬森的《論老舍的小說》，是中國人所寫的文章中，用字較多的一篇。他認出老舍在

---

❷ 同上，頁一－二。

❸ 見 C.T. Hsia, *A History of Modern Chinese Fiction* (Yale University Press, 1961), pp. 166-167.

❹ 胡金銓，《老舍和他的作品》，頁六九。

新加坡的經驗對其思想有重大的影響，不過他還是看不出童話後面有價值的預言。他說：這本書與其叫做小說，不如叫做「童話」，「同時不像 Saint-Exupery 的《小王子》那種成年人的童話，竟只是一片浮浮泛泛的夢囈而已❺。」

西方學者比中國學者更注意這本小說，也比較有見解，但是仍然不能深入小說的核心去看問題。Ranbir Vohra 在他的《老舍與中國革命》一書中，認爲《小坡的生日》沒有新加坡社會與政治內涵，也沒有反映他在中學所認識的有新思想的學生。Zbigniew Slupski 的《老舍小說研究》，認爲這本小說表現了老舍小說藝術的特長，譬如幽默輕鬆的筆調，描寫細緻深入，吸引人的淺顯的敍述風格❻。

其實目前學者所注意到的一些問題，都受了老舍自己在〈我怎樣寫《小坡的生日》〉中所發表的意見的影響。老舍自認對這小說有所不滿，因爲它不是傳統式的童話，它把「幻想與寫實夾雜在一起，而成了四不像了」。不過也有令他感到成功的地方：「最使我得意的地方是文字的淺

---

❺ 馬森，〈論老舍的小說〉(一)，《明報月刊》，六十八期（一九七一年八月），頁四一-四二。

❻ Ranbir Vohra, *Lao She and the Chinese Revolution* (Cambridge, Mass: Harvard University Press, 1974), pp. 53-57. Zbigniew Slupski, "The Works of Lao She During the First Phase of His Career", *Studies in Modern Chinese Literature* (Berlin. Akademie Verlag, 1964), pp. 77-95.

明簡確。有了《小坡的生日》，我才明白了白話的力量；我敢用最簡單的話，幾乎是兒童的話，描寫一切了⑦。

(二) 應該深入童話裡面，了解其社會內涵

至目前爲止，還沒有人打開《小坡的生日》最重要的內涵，發現它的價值，最主要的一個原因，讀這本小說的中國人或西方人，都通過中國人的文化、社會和價值觀點來看問題，他們既未吃過榴槤或穿過沙籠，對小坡的新加坡完全陌生。當他們在小說中，找不到老舍其他小說中的中國社會問題，便大失所望。

我在上面引述胡金銓的話，說研究老舍的小說，需要喝過「豆汁兒」，吃過「小窩頭」，因爲這位北平作家的作品中，語言和地方色彩都極重要。同樣的，如果讀者對當時南洋的華僑社會一無所知，對新加坡多元種族的社會教育問題完全陌生，讀《小坡的生日》，則看不懂兒童們的兒戲所表現的意義。因此多數沒有新加坡經驗的讀者，無法對《小坡的生日》感到興趣，更談不到看出深藏在兒童故事中各種對新加坡社會的眞知灼見及準確的預言。

所以至目前爲止，欣賞它的人，只停留在童話故事、語言藝術上頭。

---

⑦ 見老舍，《老牛破車》（香港：宇宙書店，一九六九再版），頁二八—二九。

2. 老舍的新加坡經驗

要研究《小坡的生日》最好從老舍的新加坡經驗談起。

《小坡的生日》是老舍一九三〇年在新加坡寫的。全書六萬字，在新加坡完成四萬，後面二萬是離開新加坡回到中國在上海鄭振鐸的家完成的。他曾經這樣回憶創作的經過：

> 上半天完全消費在上課與改卷子上。下半天太熱，非四點以後不能做什麼。我只能在晚飯後寫一點。一邊寫一邊得驅逐蚊子。……這地方的情調是熱與軟，它使人從心中覺到不應當做什麼。我呢，一口氣寫出一千字已極不容易……朋友們稍為點點頭，我就放下筆，隨他們去到林邊的一間門面的茶館去喝咖啡了。從開始寫直到離開此地，至少有四個整月，我一共才寫成四萬字，沒法兒再快。這本東西通體有六萬字，那末後兩萬是在上海鄭西諦兄家中補成的⑧。

(一)寫那個最小最小的南洋：新加坡

---

⑧見《老牛破車》，頁二六—二七。

我們並不知道很多老舍在新加坡的生活。目前所知，主要根據他自己在〈我怎樣寫《小坡的生日》〉一文中的片斷回憶。

老舍在一九二四年到英國倫敦大學的東方學院教中文。一九二九年十月回中國的途中，抵達新加坡後就停留下來。據說曾在新加坡的南洋華僑中學教書⑨。在英國的時候，他讀了英國小說家康拉德的許多小說，許多都以南洋爲背景⑩。因此老舍也想找些材料，寫一部有關南洋華僑生活的小說。他後來這樣回憶南洋之行的目的：

> 離開歐洲，兩件事決定了我的去處：錢只夠到新加坡的；第二我久想看看南洋。於是我坐了三等艙到新加坡下船。為什麼我想看看南洋呢？因為想找寫小說的材料，像康拉德的小說中那些材料。……他的著作中的主角多是白人；東方人是些配角，有時候只在那兒作點綴，以便增多一些顏色……我想寫這樣的小說，可是以中國人為主角，康拉德有時候把南洋寫成白人的毒物，征服不了自然便被自然吞噬，我要寫的恰與此相反，事實在那兒擺著

---

⑨ 關於老舍在英國的生活，參考寧恩承，《老舍在英國》，《明報月刊》五卷五及六期（一九七〇年五及六月），頁一七－二三，五三－六五。關於老舍在新加坡，見林萬菁，《中國作家在新加坡及其影響》（新加坡：萬里書局，一九七九），頁一九－二二。

⑩ 康拉德以南洋爲故事背景的小說很多，較著名的有 *Almayer's Folly* (1895), *An Outcast of the Island* (1896), *Lord Jim* (1900) 等。

呢：南洋的開發設若沒有中國人行麼？中國人能忍受最大的苦處……⑪

可是教書的生活把他拴在學校裡，他沒有時間，也沒有錢到各處觀察。由於急著要回中國，而又強迫自己創作，所以他放棄寫南洋華僑史的大書之計劃，而寫每天熟悉的小天地裡的小人物：

打了個大大的折扣，我開始寫《小坡的生日》。我愛小孩，我注意小孩子們的行動。在新加坡，我雖沒工夫去看成人的活動，可是街上跑來跑去的小孩，各種各色的小孩，是有意思的。……好吧，我以小人們作主人翁來寫出我所知道的南洋吧。恐怕是最小最小的那個南洋吧⑫。

(二)小說中有不屬於兒童世界的思想

老舍自己說過，這本小說雖然「以小孩子爲主人翁，不能算作童話」，因爲裡面有「不屬於兒童世界的思想」⑬，因此當我們閱讀《小坡的生日》時，絕不能忘記這是老舍通過童話的形

---

⑪《老牛破車》頁二三—二四。
⑫同上，頁二六。
⑬同上，頁二七。

式，以小孩為主人，來寫他所知道的南洋，「最小最小的那個南洋」。由此可見，老舍想要創作一部思想性很深的小說，而且立意要挖掘出一些重要的南洋華僑與當地社會的問題。

從法國的馬賽到新加坡的船上，老舍曾寫了四萬多字的愛情小說，可是到新加坡後，他就感到沒有胃口寫下去。他說「文字寫的不錯，可是我不滿意這個題旨。設若我還在歐洲，這本書一定能寫完。可是我來到新加坡，新加坡使我看不起這本書了[14]。」老舍對新加坡年輕一代的體認，是讀《小坡的生日》的人需要知道的：

> 我的學生差不多都是十五六歲的小人兒們。他們所說的，和他們在作文時所寫的，使我驚異。他們在思想上的激進，和所要知道的問題，是我在國外的學校五年中所未遇到過的。不錯，他們是很浮淺，但是他們的言語行動使我不敢笑他們，而開始覺到新的思想是在東方，不是在西方……
>
> 在今日而想明白什麼叫作革命，只有到東方來。因為東方民族是受著人類所有的一切壓迫；從哪兒想，他都應當革命。這就無怪乎英國中等階級的兒女根本不想天下大事，而新加坡中等階級的兒女除天下大事什麼也不想了。……我一遇見他們，就沒法不中止寫〈大

---

[14] 同上，頁三〇。

概如此〉了。一到了新加坡，我的思想猛的前進了好幾丈，不能再寫愛情小說……⑮

老舍既然認爲愛情小說不值得寫，他當然也不會寫純幻想的童話。如果我們深入童話的裡面，做一些小心的考察，果然是一部思想性很強的小說。作者只是把嚴肅的主題，通過輕鬆的童話間接的表現出來。小坡是老舍一九三〇年在教室裡常看見的學生，他的一言一行，都是與新加坡的社會有密切關連的。

3.從新加坡的觀點看《小坡的生日》

老舍要表現「最小最小的那個南洋」是新加坡。新加坡是南洋群島中最小的一塊土地，但也最有代表性。因此，作者想從新加坡透視南洋華僑與當地社會的問題。

(一)現代新加坡：花園城市的構想

目前居住在新加坡的人，如果小心的閱讀一遍《小坡的生日》，首先他必會對老舍在小說中所描繪的「花園」意象而感到驚訝。小說的第四與第五章題名〈花園裡〉與〈還在花園裡〉。這個主人翁小坡屋後的花園在其他章裡也有出現。小說的第十章〈生日〉是寫小坡到植物園遊玩。

⑮ 同上，頁三〇。

其餘後半部描寫小坡的夢境，也是發生在樹林和花園裡。

小坡生活在花園裡。這個花園成為他和其他民族小孩的天堂。小坡的父母親都是早一輩華僑移民的典型人物，不但跟其他籍貫的華僑不和，而且把自己跟整個社會孤立起來。可是當他們不在家的時候，小坡就把印度、馬來小孩，廣東及福建小孩請到屋後的花園裡玩遊戲。他們彼此講著共通的語言，都喜歡吃咖喱飯，輪流唱各民族的歌，而且互相欣賞。這個花園中的遊戲不正是象徵新加坡各民族和諧共處，在各種文化中團結一致嗎？

今天的新加坡人，看了小說中花園的結構，一定會深深地佩服老舍的遠見。在一九五〇年，他心目中居然就有「花園城市」的藍圖，實在不簡單。新加坡自一九六五年獨立後，雖然速度飛快地走向工商業化，為了讓人民多多跟自然界接觸，在有計劃下大力美化和綠化，使得現代化的城市仍然保持清潔和青翠的環境。原來就是草木叢生的熱帶島嶼，一下子就把世界遊客吸引住了。所以現在新加坡被稱為花園城市，完全實現了人民的願望，而這個理想，三十多年以前，老舍就看到了。

我想老舍以花園來象徵小坡住的新加坡，並非出於偶然或巧合的神來之筆。老舍從中國北方或四處煙霧的倫敦來到新加坡，一定被南洋地區得天獨厚的翠綠樹林所迷住。他在第三章，就這樣介紹小坡的世界：

> 小坡所住的地方——新加坡——是沒有四季的，一年到頭老是很熱。不管常綠樹不是（……），一年到晚葉兒總是綠的。花兒是不斷的開著，蟲兒是終年的叫著，小坡的胖脚是永遠光著……所以小坡過新年的時候，天氣還是很熱，花兒還是美麗地開著，蜻蜓蝴蝶還是妖俏地飛著……⑯

當新加坡要從七〇年代過渡到八〇年代時，政府最近已公布嚴密的計畫，要把「花園城市」進一步變成赤道上的伊甸園(Garden of Eden)，想盡辦法把鳥群和蜜蜂帶回這個鋼骨水泥的森林中。最近不但停車場上讓翠綠的草長在小泥地的夾縫裡，電燈柱都開始爬滿了藤蔓，翠綠的葉把灰色的鐵柱包圍起來⑰。

(二) 花園裡多元種族的社會生活

小坡的爸爸媽媽是廣東華僑。他們討厭一切「非廣東人」，對其他種族的人也有很大的偏

---

⑯ 老舍，《小坡的生日》（上海：晨光出版公司，沒有日期），頁一三。以下論文中所有引文，均根據這版本。

⑰ 見一九七九年五月十一日新加坡《海峽時報》報導"Bringing Singapore Closer to a Garden of Eden"。關於較早的花園城市發展計畫，見曹福昌，《公共建屋，市區重建及環境變遷》，收集於《朝向明天》（新加坡：教育出版社，一九七四），頁三九-五六。

見。他們的孤立態度，加深了與其他省籍的人或不同種族的人之間的差異。小坡的哥哥也學了這個壞毛病：

哥哥是最不得人心的……一看見小坡和福建，馬來，印度的孩子們玩耍，便去報告父親，惹得父親說小坡沒出息。小坡鄭重地向哥哥聲明，「我們一塊兒玩的時候，我叫他們全變成中國人，還不行嗎？」（頁一七）

老舍在小說裡，故意安排在一個年假裡，當沙文主義很強的父母不在家時，小坡和妹妹仙坡決定打破籍貫、種族和語文之藩籬，邀請了兩個馬來小姑娘，三個印度小孩，兩個福建小孩，一個廣東胖子到花園遊戲。他們像一家似的，講著共同的語言，玩得非常開心。很顯然的，老舍是要塑造一個多元種族的社會形象。

各民族小孩在花園遊戲之前，老舍已在第二章「種族問題」中替小坡解決了種族問題的疑惑。小坡雖然生長在廣東籍的華僑家中，父母非但瞧不起一切非廣東籍的華僑，對別族的人有更大的偏見。但是小坡天眞，毫無偏見，「他以爲這些人都是一家子的，不過是有的愛黃顏色便長成一張黃臉，有的喜歡黑色便來一張黑臉玩一玩。人們的面貌身體本來是可以隨便變化的」。（頁十六-十七）小坡曾把印度人的紅巾往頭上一纏，就覺得自己臉上發黑，鼻子也高了，馬上像印度人。他在新加坡地圖上並沒有看見中國、印度等地方，因此新加坡是屬于各民族的。有一次他以這樣的理由去說服他媽媽，要她相信各民族都是一樣平等的人：

> 你看，咱們那幾隻小黃雛鷄，不是都慢慢變成黑毛兒的，和紅毛兒的了嗎？小孩也能這樣變顏色。（頁一九）

新加坡當地各族人民跟新加坡認同，只是第二次世界大戰以後才覺醒的現象。老舍在新加坡的時候，華人、印度人、馬來人和其他種族，都是季候鳥。他們移民到東南亞各地，主要是尋找生活。而老舍當時就看出歷史的方向，當地人應有的抉擇，而且通過天眞無邪的小坡提出來，他確是極有政治遠見。小坡向新加坡認同，認定新加坡是他的家鄉，而且接受多元種族主義的民主生活方式。

(三) 各族小孩上一種學校，一起遊戲

第六、七及八章是通過小坡所看見的各族小朋友的學校，來反映各種不合理的古怪現象，並暗示理想的各民族混合的教育制度。

一個月的年假結束後，小坡與各族朋友便分別回到各自的學校去。小坡是廣東人，父親便把他送進一間廣東學校去。他的級任先生常常在講臺上睡覺，因此他隨時可以溜出教室外去玩耍。

南星（一個廣東小孩）一個月只上一天學，每月一號拿學費給教師，以後就不必再去。三多（一個福建小孩）每天留在家，父親請了一個頑固的老頭每天教他死背書。兩個馬來小姑娘上的馬來學校也很古怪。每天早上十一點才上學，見過老師後便可以回家。兩個印度兄弟念英文學校，小坡認爲那是最理想的，因爲各民族小孩都有。可是教師也非常馬虎，而且都是藍眼睛的大姑娘。他想轉校，父親說：「廣東人上廣東學校，沒有別的可說！」（頁五七）因此

> 小坡納悶：為什麼南星不和他在一個學校念書，要是大家成天在一塊兒够多麼好！……還更有不可明白的事呢：大家都是學生，可是念的書都不相同，而且上學的方法也不一樣。（頁五五）

小坡感到「納悶」的問題，早期新加坡的領袖也有同感。今天還在努力完全實現小坡的理想：讓各種族學生天天生活在同一類型的學校裡，一起讀相同的課程，一起玩同樣的遊戲。因此只有在統一的教育制度下，才能像小坡所幻想的，各民族小孩長大後，超越種族、語言、生活習慣的藩籬而成爲新一代的新加坡人。

小坡的天眞無邪的構想，新加坡政府一直到一九五九年才開始試驗。那時政府便設立混合學校，將不同語言源流的學童集合於同一學校裡。一九六五年以後，新加坡政府更大力推行兩種語

文制度，家長除了爲子女選擇任何一種官方語文（華、巫、英及淡米爾文）作爲教學媒介語外，現在還要選讀第二語文。最後的目的是要新加坡人彼此可以用英語或其他母語直接交談⑱。

舊式的殖民地時期的種族學校，加深各族間的差異，促成彼此隔膜的永久性，這是各民族向新加坡認同的一大障礙。小坡很機智的認爲英校最好。殖民地時期，其中英文學校確是發展得最好，可是還是有著同樣的缺點。早在二十年前，如果老舍直接地提出多元種族社會的教育政策，批判種族學校，一定會被華僑大罵忘本的王八。可是通過幼稚無知的小坡的感慨說出來，童言無忌，就自然得多了。

可惜至今還是很少人注意到這個預言的。

老舍在〈我怎樣寫《小坡的生日》〉中回憶道：

在新加坡住了半年，始終沒見過一回白人的小孩與東方小孩在一塊玩耍。這給我很大的刺激，所以我願把東方小孩全拉到一處去玩，將來也許在同一戰線上去爭戰⑲！

---

⑱ 參考張泰澄，《新的新加坡人》及拉欣依薩，《教育程序與建國》，收集於《朝向明天》，頁一七－二六及頁五七－六八。

⑲ 《老牛破車》，頁二八。

我在上面已說過，老舍把東方小孩安排在「花園」裡玩的結構，就暗藏著各民族團結一致的題旨。而小說後半部（共九章）描寫小坡的夢境的故事，就是暗示各族的下一代孩子聯合起來，改革舊制度。

夢境的最高潮，是小坡團結了南星、三多以及馬來和印度小孩共同攻打糟老頭——他是三多的私塾老師，落後教育的象徵，所以老舍故意以他作爲各民族小孩鬥爭的對象。

老舍說：「後半雖是夢境，但也時時對南洋的事情作小小的諷刺[20]。」因爲他只寫自己較熟悉的南洋問題，諷刺的對象也只針對與小孩有關的教育問題。

（四）新一代的新加坡人：小坡

新加坡以前是移民的聚集地。每個人只顧及自己，小坡的父親便是一個標準的早期的華僑移民。可是出生於新加坡小坡一帶的小坡，卻產生了新加坡意識。他向新加坡認同，接受新加坡是一個多元種族社會的事實，所以他打破種族隔膜與偏見。如上所述，他的想法和態度，都符合多元種族社會人民的特質。

小坡在小朋友中，時常見義勇爲，同學「受了別人的欺侮，不去報告先生，總是來找小坡訴苦」。（頁六三）他打架，十回總有九回是維持公道。人也機智靈巧，有極大的適應環境的能

---

[20] 同上，頁二七。

力：

> 母親買東西一定要帶著小坡，因為他會說馬來語又會挑東西，打價錢，而且還了價錢不貴的時候，他便搶過賣菜的或是賣肉的大草帽兒，或是用他的胖手指頭戳他們的夾肢窩，於是他們一笑就把東西賣給他了。（頁二五）

小坡的年齡約十歲。小說是在一九三〇年寫的。那麼小坡今年約五十多歲。目前新加坡最能幹的國家領袖中年長的一輩跟小坡是同一代的人。可見得老舍雖然在新加坡的中學和街邊觀察了只有半年，他卻看出許多小孩像小坡，會成長成為新加坡多元種族國家的好領袖。

4. 結　論

由上面的分析，我們現在應該明白為什麼老舍在〈我怎樣寫《小坡的生日》〉中，說這個童話中有「不屬於兒童世界的思想」。至於他說他寫這本小說的時候，是「腳踏兩隻船」，很顯然的，這是指他努力把小孩的「天眞」與他自己的「思想」都寫進去了。

讀《小坡的生日》，如果只看到表面的童話的故事，你會覺得那是一本很淺陋的小說；可是你一旦考察到童話後面對新加坡今日社會的預言，你會由於預言的一一實現而沉迷其中。所以不熟悉華僑史，或不了解今天新加坡的人，我勸他在未讀《小坡的生日》之前，先看看有關新加坡發展及社會變遷的書。

三、從康拉德的熱帶叢林到老舍的北平社會：論老舍小說人物「被環境鎖住不得不墮落」的主題結構

1.「設若我始終在國內，我不會成了個小說家」

老舍（一八九九—一九六六）在一九二二年在南開中學教書時，曾有一篇短篇小說〈小鈴兒〉，發表在《南開季刊》上。小說是在一九二三下半年寫的，內容寫小鈴兒為了給南京戰死的父親報仇，實現打日本、雪國恥的願望，天天練拳腳，後因打「小洋鬼子」被校長開除❶。老舍對這篇處女作不甚重視，不認為這是他走上小說家的開始，在〈我的創作經驗〉（一九三四）

❶ 現收集於《老舍文集》第九卷（北京：人民文學出版社，一九八六），頁二五七—二六三。

中，他說「設若我始終在國內，我不會成了個小說家」❷：

> 二十七歲，我到英國去。設若我始終在國內，我不會成了個小說家——雖然是第一百二十等的小說家。到了英國，我就拚命地念小說，拿它作學習英文的課本。念了一些，我的手癢癢了。離開家鄉自然時常想家，也自然想起過去幾年的生活經驗，為什麼不寫寫呢？怎樣寫，一點也不知道，反正晚上有功夫，就寫吧，想起什麼就寫什麼，這便是《老張的哲學》。文字呢，還沒有脫開舊文藝的拘束。這樣，在故事上沒有完整的設計，在文字上沒有新的建樹，亂七八糟便是《老張的哲學》。抓住一件有趣的事便拚命地擠它，直到討厭了為止，是處女作的通病，《老張的哲學》便是這樣的一個病鬼。現在一想到就要臉紅。
> （《文集》，一五之二九一）

在〈我怎樣寫《老張的哲學》〉（一九三五）一文中，他不承認出國前有起過做作家的願望：

---

❷ 本論文以下《老舍文集》引文，均以文後簡略形式出現，如《文集》第一五卷，第二九一頁，則作《文集》，一五之二九一。我盡量不用老舍在一九四九年以後寫的回憶創作經驗的文章，因爲在政治壓力下，他常說些跟以前矛盾的話，我比較相信以前文章的眞實性。譬如〈「五四」給了我什麼〉（一四之三四五-三四六），寫於一九五七，他說沒五四，他就不可能成爲作家，這與早年的說法不一致。

> 除了在學校裡練習作文作詩，直到我發表《老張的哲學》以前，我沒寫過什麼預備去發表的東西，也沒有那份兒願望。不錯，我在南開中學教書的時候曾在校刊上發表過一篇小說；可是那不過是為充個數兒，連「國文教員當然會寫一氣」的驕傲也沒有。（《文集》，一五之一六四）

老舍把《老張的哲學》肯定爲創作的起點，他在〈我怎樣寫短篇小說〉（一九三六）裡說：

> 我最早的一篇小說還是在南開中學教書時寫的；純為敷衍學校刊物的編輯者，沒有別的用意。這是十二三年前的事。這篇東西當然沒有什麼可取的地方，在我的寫作經驗裡也沒有一點重要，因為它並沒引起我的寫作興趣。我的那一點點創作歷史應由《老張的哲學》算起。（《文集》，一五之一九四）

老舍在倫敦的第二年（一九二五）完成了第一部長篇《老張的哲學》，過了一年（一九二六），又寫了《趙子曰》。他對這兩本小說都沒有好評，他在〈我的創作經驗〉裡說：

> 《趙子曰》是第二部，結構上稍比《老張》強了些，可是文字的討厭與敘述的誇張還是那

樣。這兩部書的主旨是揭發事實，實在與《黑幕大觀》相去不遠。其中的理論也不過是些常識，時時發出臭味！（《文集》，一五之二九二）

出國前老舍讀過唐人小說和《儒林外史》之類的中國古典小說。當他在倫敦開始寫小說時，他「決定不取中國小說的形式」，可是外國作品他還讀得不多，主要是狄更斯（Charles Dickens, 1812-1870）現實主義的作品，請看〈我怎樣寫《老張的哲學》〉：

但是，在拿筆以前，我總得有些畫稿子呀。那時候我還不知道世上有小說作法這類的書，怎辦呢？對中國的小說我讀過唐人小說和《儒林外史》什麼的，對外國小說我才念了不多，而且是東一本西一本，有的是名家的著作，有的是女招待嫁皇太子的夢話。後來居上，新讀過的自然有更大的勢力，我決定不取中國小說的形式，可是對外國小說我知道的並不多，想選擇也無從選擇起。好吧，隨便寫吧，管它像樣不像樣，反正我又不想發表。況且呢，我剛讀了 Nicholas Nickleby（《尼考拉斯．尼柯爾貝》）和 Pickwick Papers（《匹克威克外傳》）等雜亂無章的作品，更足以使我大膽放野；寫就好，管它什麼。這就決定了那想起便使我害羞的《老張的哲學》的形式。（《文集》，一五之一六五）

除了狄更斯，老舍當時讀的是一些西方經典名著，但對寫小說並沒「給我一點好處」：

一邊寫著《老張》一邊抱字典讀莎士比亞的《韓姆烈德》（作者按：即《哈姆萊特》Hamlet)。這是一本文藝傑作，可是它並沒有給我什麼好處。……後來我讀了英譯本《浮德》也絲毫沒得到好處。這使我非常的苦悶，為什麼人人認為不朽之作的，並不給我一點好處呢？（〈寫與讀〉，《文集》，一五之六四一）

《老張的哲學》「無可避免的，它必是亂七八糟」，老舍說，「因爲它的範本——那時節我所讀過的幾篇小說——就不是什麼高明作品。」他當時基本寫小說的方法，就像買了照像機，把記憶中的東西寫實地拍下來。〈我怎樣寫《老張的哲學》〉裡有這樣的話：

在人物與事實上我想起什麼就寫什麼，簡直沒有個中心；這是初買來攝影機的辦法，到處照像，熱鬧就好，誰管它歪七扭八，哪叫做取光選景！浮在記憶上的那些有色彩的人與事都隨手取來，沒等把它們安置好，又去另拉一批，人擠著人，事挨著事，全喘不過氣來。這一本中的人與事，假如擱在今天寫，實在夠寫十本的。（《文集》，一五之一六五—一六六）

老舍於一九二四年夏天遠赴倫敦，在倫敦大學的東方學院教授中國語文，一直到一九二九年夏天才離開倫敦回國。就在結束英國前後五年的生活時，他又完成第三部長篇小說《二馬》。因此老舍一再地說，如果他沒有倫敦之行，他不可能成爲小說家，雖然前往倫敦前一年，他已寫了〈小鈴兒〉這篇短篇小說❸。

2.「康拉德在把我送到南洋以前，我已經想偷學一些招數」

一九二九年的春天，也就是老舍在倫敦的第五年，就在結束回國前幾個月，他趕緊把第三部長篇《二馬》完成。老舍對它感到相當滿意，只是覺得寫得太匆忙，沒有充分發揮就結束了，他在〈我的創作經驗〉裡說：

> 《二馬》是在英國的末一年寫的。因為已讀過許多小說了，所以這本書的結構與描寫都長進了一些。文字上也有了進步：不再借助於文言，而想完全用白話寫。它的缺點是：第一，沒有寫完便收束了，因為在離開英國以前必須交卷；本來是要寫到二十萬字的。第二，立意太淺：寫它的動機是在比較中英兩國國民性的不同；這至多不過是種報告，能夠有趣，

❸ 關於老舍在倫敦的生活，參考李振杰《老舍在倫敦》(北京：國際文化出版公司，一九九二)及寧恩承等人的回憶文章，見舒濟編《老舍和朋友們》(北京：三聯書店，一九九一)。

可很難偉大。再說呢，書中的人差不多都是中等階級的，也嫌狹窄一點。（《文集》，一五之二九二）

他「已讀過許多小說」，包括康拉德（一八五七－一九二四）等人，都是寫前二本小說時，尚未學習過的，一九四五年老舍回憶說：

一九二八年至二九年，我開始讀近代的英法小說。我的方法是：由書裡和友人的口中，我打聽到近三十年來的第一流作家，和每一作家的代表作品。我要至少讀每一名作家的「一」本名著。這個計畫太大。近代是小說的世界，每一年都產生幾本可以傳世的作品。再說，我並不能嚴格地遵守「一本書」的辦法，因為讀過一個名家的一本名著之後，我就還想再讀他的另一本；趣味破壞了計畫。英國的威爾斯、康拉德、美瑞地茨，和法國的福祿貝爾與莫泊桑，都花去了我很多的時間。在這一年多的時間中，我晝夜地讀小說，好像是落在小說陣裡。（〈寫與讀〉，《文集》，一五之五四五）

在這些作家中，康拉德對老舍最有魔力，他的小說把老舍深深而且長期性的迷惑住。老舍很坦誠地承認在英國時，就已經開始學習康拉德的寫小說技巧，康拉德小說的倒敍（flashback）手法影響了《二馬》。老舍在一九三五年寫的〈一個近代最偉大的境界與人格的創造者：我最愛的作家康拉德〉，顯示出他對康拉德的認識深入並極其欽佩。他在這篇文章中說：

可是康拉德在把我送到南洋以前，我已經想從這位詩人偷學一些招數。在我寫《二馬》以前，我讀了他幾篇小說。他的結構方法迷惑住了我。我也想試用他的方法。這在《二馬》裡留下一點——只是那麼一點——痕迹。我把故事的尾巴擺在第一頁，而後倒退著敍說。我只學了這麼一點；在倒退著敍述的部分裡，我沒敢再試用那忽前忽後的辦法。到現在，我看出他的方法並不是頂聰明的，也不再想學他。可是在《二馬》裡所試學的那一點，並非沒有益處。康拉德使我明白了怎樣先看到最後的一頁，而後再動筆寫最前的一頁。在他自己的作品裡，我們看到：每一個小小的細節都似乎是在事前預備好，所以他的敍述法雖然顯著破碎，可是他不致陷在自己所設的迷陣裡。我雖然不願說這是個有效的方法，可是也不能不承認這種預備的功夫足以使作者對故事的全體能準確地把握住，不至於把力量全用在開首，而後半落了空。自然，我沒能完全把這個方法放在紙上，可是我總不肯忘記它，因而也就老忘不了康拉德。（《文集》，一五之三〇一）

這裡所說「故事的尾巴擺在第一頁」，是指老舍《二馬》（《文集》，一之三九七－六四六）小說結束時，馬威厭惡父親馬則仁，也厭惡自己，瑪麗又不愛他，因此離家出走，在倫敦海德公園玉石牌樓（Marble Arch）旁邊的演講者之角（Speakers' Corner）徘徊一個下午。由於錯過時間，第二天才有船開往歐洲，他於是到好朋友李子榮處投宿一夜。第二日天未亮，就悄悄地走了。這一情節形成爲小說的「第一段」。描寫馬威失神落魄的、孤寂的在玉石牌坊熱鬧的人潮中的一幕，很有康拉德的筆調，由於全段太長，這裡只引述幾行：

> 馬威低著頭兒往玉石牌樓走。走幾步兒，不知不覺的就愣磕磕的站住一會兒……他是把世界忘了，他恨不得世界和他自己一齊消滅了，立刻消滅了，何苦再看呢！
>
> ……
>
> 西邊的紅雲彩慢慢的把太陽的餘光散盡了。先是一層層的蒙上淺葡萄灰色……工人的紅旗也跟著變成一個黑點兒。遠處的大樹悄悄的把這層黑影兒抱住，一同往夜裡走了去。
>
> （《文集》，一之三九九-四〇一）

以一個被環境所圍困，感到失落的人的回憶爲結束與開始的小說敘述模式，在康拉德的作品中，經常出現。譬如《黑暗的心》（一八九九），小說的結束也是開始。馬羅的船在泰晤士河上，由於錯過上一次的漲潮，不能開航，坐在甲板上胡思亂想，連他的坐姿在小說的頭尾都一樣❹：

> 他舉起一只手，掌心向外，雙脚盤曲，坐姿像一正在講解佛經的菩薩，但沒有蓮花，卻穿著西服……（第一章第十二段）
>
> 馬羅停下來，坐在一個角落……打著佛家禪坐的姿勢。（最後一章最後一段）

老舍在〈我怎樣寫《二馬》〉（一九三五）中，認爲他從康拉德學到了「心理分析與描寫工細」，學會「像康拉德那樣把故事看成一個球，從任何地方起始它總會滾動的」：

> 《二馬》中的細膩處是在《老張的哲學》與《趙子曰》裡找不到的，《張》與《趙》中的潑辣恣肆處從《二馬》以後可是也不多見了。人的思想不必一定隨著年紀而往穩健裡走，可是文字的風格差不多是「晚節漸於詩律細」的。讀與作的經驗增多，形式之美自然在心中添了分量，不管個人願意這樣與否。《二馬》是我在國外的末一部作品：從「作」的方

❹ 中文翻譯本見王潤華譯《黑暗的心》（臺北：志文出版社，一九七〇），頁五九及一七二。英文本見 Joseph Conrad, *Heart of Darkness, Almayer's Folly, The Lagoon* (New York: Dell Publishing Co., 1960), pp. 31 and 125.

> 面說，已經有了些經驗；從「讀」的方面說，我不但讀得多了，而且認識了英國當代作家的著作。心理分析與描寫工細是當代文藝的特色；讀了它們，不會不使我感到自己的粗劣，我開始決定往「細」裡寫。
>
> 《二馬》在一開首便把故事最後的一幕提出來，就是這「求細」的證明：先有了結局，自然是對故事的全盤設計已有了個大概，不能再信口開河。可是這還不十分正確；我不僅打算細寫，而且要非常的細，要像康拉德那樣把故事看成一個球，從任何地方起始它總會滾動的。（《文集》，一五之一七三）

因爲本文的目的不是從遺傳學的方法來研究康拉德對老舍的影響，主要還是借康拉德小說的一些特點來解讀老舍的小說，因此把影響的問題留給專家作深入的討論。

3.「因著他的影響我才想到南洋去」

老舍在一九二九年的六月結束倫敦大學東方學院的中文講師教職，從倫敦到歐洲大陸玩了三個月，最後由法國的馬賽港乘船來新加坡。據我的推斷，大約在十月底抵達。老舍一到新加坡就馬上應聘到新加坡的南洋華僑中學（簡稱華僑中學）教書，一直到一九三〇年的二月底才回上海。據我推算，他一共在新加坡住了五個月。在這期間，曾以新加坡爲題材，寫了一部六萬字的小說《小坡的生日》，據他自己說，四萬字在新加坡完成，最後兩萬字回到上海才寫完❺。

這不是他第一次到新加坡，老舍在一九二四年由上海乘輪船去英國途中，經過新加坡，曾上岸玩了一天。這次再來，老舍帶著創作的野心，企圖搜集材料，寫一部表現華僑開墾南洋的小說。他說這是由於讀了康拉德熱帶小說的刺激與啓發，老舍在〈我怎樣寫《小坡的生日》〉（一九三五）裡說：

離開歐洲，兩件事決定了我的去處：第一，錢只够到新加坡的；第二，我久想看看南洋。於是我就坐了三等艙到新加坡下船。為什麼我想看看南洋呢？因為想找寫小說的材料，像康拉德的小說中那些材料。不管康拉德有什麼民族高下的偏見沒有，他的著作中的主角多是白人；東方人是些配角，有時候只在那兒做點綴，以便增多一些顏色——景物的斑斕還不够，他還要各色的臉與服裝，做成個「花花世界」。我也想寫這樣的小說，可是以中國人為主角，康拉德有時候把南洋寫成白人的毒物——征服不了自然便被自然吞噬，我要寫

❺ 老舍本人有二篇文章回憶他離開英國以後到歐洲大陸與新加坡，見〈我怎樣寫《小坡的生日》〉，（《全集》，一五之一七八-一八三），〈還想著它〉（《全集》，一四之二五-三二）。另外參見王潤華博士、劉寶珍《老舍在新加坡的生活和作品新探》（《香港文學》第一百零五期（一九九三年九月），頁一四-二三。

的恰與此相反，事實在那兒擺著呢：南洋的開發設若沒有中國人行麼？中國人能忍受最大的苦處，中國人能抵抗一切疾痛：毒蟒猛虎所盤據的荒林被中國人鏟平，不毛之地被中國人種滿了菜蔬。中國人不怕死，因為他曉得怎樣應付環境，怎樣活著。中國人不悲觀，因為他懂得忍耐而不惜力氣。他坐著多麼破的船也敢衝風破浪往海外去，赤著脚，空著拳……可見南洋之所以為南洋，顯然的大部分是中國人的成績……（《文集》，一五之一七八）

老舍在《還想著它》（一九三四）中，也一再強調當時要從康拉德殖民主義者或白人的觀點相反的角度來寫南洋：

本來我想寫部以南洋為背景的小說。我要表揚中國人開發南洋的功績：樹是我們栽的，田是我們墾的，房是我們蓋的，路是我們修的，礦是我們開的。都是我們做的。毒蛇猛獸，荒林惡瘴，我們都不怕。我們赤手空拳打出一座南洋來。我要寫這個。我們偉大。是的，現在西洋人立在我們頭上。可是，事業還仗著我們。我們在西人之下，其他民族之上。假如南洋是個糖燒餅，我們是那個糖餡。我們可上可下。自要努力使勁，我們只有往上，不會退下。沒有了我們，便沒有了南洋，這是事實……（《文集》，一四之三〇）

老舍雖然反抗康拉德小說中白人的視野，卻很崇拜他。在一九三五年回憶起來，他說西方作家的作品他讀後就忘了，康拉德的小說是例外，尤其他的「人物與境地」特別難忘，在〈一個近代最偉大的境界與人格的創造者〉的文章中，老舍說：

關於他的作品，我沒都讀過；就是所知道的八九本也都記不甚清了，因為那都是在七八年前讀的。對於別人的著作，我也是隨讀隨忘；但忘記的程度是不同的，我記得康拉德的人物與境地比別的作家的都多一些，都比較的清楚一些。他不但使我閉上眼睛就看見那在風暴裡的船，與南洋各色各樣的人，而且因著他的影響我才想到南洋去。他的筆上魔術使我渴想聞到那鹹的海，與從島上浮來的花香；使我渴想親眼看到他所寫的一切。別人的小說沒能使我這樣。我並不想去冒險，海也不是我的愛人——我更愛山——我的夢想是一種傳染，由康拉德得來的。我真的到了南洋，可是，啊！我寫出了什麼呢?!失望使我加倍的佩服了那「颱風」與「海的鏡」的作家。我看到了他所寫的一部份，證明了他的正確與逼真，可是他不准我摹仿；他是海王！（《文集》，一五之三〇二）

本來受了康拉德小說的啓發，但又對其不滿，因爲他的小說白人都是主角，亞洲人都是配角，而且白人征服不了大自然，結果反被原始叢林所吞噬。老舍要寫的正與其相反，他要寫華人如何空手開拓南洋，可是教書的工作把他拴住，沒時間到馬來西亞及其他內地觀察與生活，結果只好退而求其次，以新加坡華人社會爲題材，寫成《小坡的生日》。老舍自己說過，這本小說雖然「以小孩子爲主人翁，不能算作童話」，因爲裡面有「不屬於兒童世界的思想。」他要以新加坡來表現「最小最小的那個南洋。」（《文集》，一五之一七八－一八三）。小說的主人翁小坡摒棄宗鄉主義，不分廣東或福建，同時也團結其他種族的小孩來對付共同的敵人。這樣老舍塑造了一個多元種族的社會形象。小坡住在一個花園裡，這又是今日花園城市之象徵。老舍在小說中又故意把白人忽略，因爲這土地權是屬於開墾的各民族所有，不是屬於殖民統治者的。童話的後面對新加坡今日社會之預言，比寫一本正面反映華人爲開拓南洋而流血流淚的作品更有永恒的價値。雖然老舍小說中沒有冒險的經驗，沒有汪洋大海和原始熱帶叢林，他其實不必失望❻。

4.「我最心愛的作品，未必是我能仿造的」

離開新加坡回中國以後，老舍理解到最使他佩服和沉迷的康拉德的南洋群島的小說是他寫不來的，因爲「我並不想去冒險，海也不是我的愛人」，康拉德是「海王」，「他不准我摹仿」，

❻ 參考本書第二章或 Wong Yoon Wah, "A Chinese Writer's Vision of Modern Singapore: A Study of Lao She's Novel *Little Po's Birthday*", *Essays on Chinese Literature: A Comparative Approach* (Singapore: Singapore University Press, 1988), pp. 1-10.

所以老舍決定放棄與康拉德競爭，甚至宣布投降：

我最心愛的作品，未必是我能仿造的。我喜歡威爾斯與赫胥黎的科學的羅曼司，和康拉德的海上的冒險，但是我學不來。我沒有那麼高深的學識與豐富的經驗。「讀」然後知不足。（〈寫與讀〉，《文集》，一五之五四六）

這是一九四五年說的話，他明白「豐富的經驗」是學不來的，卽使康拉德一離開海與南洋的冒險經驗，作品就遜色多了：

康拉德是個最有本事的說故事者。可是他似乎不敢離開海與海的勢力圈。他也曾寫過不完全以海為背景的故事，他的藝術在此等故事中也許更精到，可是他的名譽到底不建築在這樣的故事上。一遇到海和在南洋的冒險，他便沒有敵手。我不敢說康拉德是個大思想家；他絕不是那種寓言家，先有了要宣傳的哲理，而後去找與這哲理平行的故事。他是由故事，由他的記憶中的經驗，找到一個結論。這結論也許是錯誤的，可是他的故事永遠活躍的立在我們目前。（〈一個近代最偉大的境界與人格的創造者〉《文集》，一五之三〇〇）

康拉德的成功，是因爲他有豐富的海上和熱帶叢林的生活經驗，他的故事都是由記憶中的經驗寫成，這導致他相信「許多好小說由這種追憶而寫成」。因此正如他在一九四〇年回顧創作時所說的，當他的小說取材自北平，自幼生長的地方，他的權威性就出現了。在〈三年寫作自述〉（一九四一）一文中，他說：

> 在抗戰前，我已寫過八部長篇和幾十個短篇。雖然我在天津、濟南、青島和南洋都住過相當的時期，可是這一百幾十萬字中十之七八是描寫北平。我生在北平，那裡的人、事、風景、味道，和賣酸梅湯、杏兒茶的吆喝的聲音，我全熟悉。一閉眼我的北平就完整的，像一張彩色鮮明的圖畫浮立在我的心中。我敢放膽的描畫它。它是條清溪，我每一探手，就摸上條活潑潑的魚兒來。濟南和青島也都與我有三四年的友誼，可是我始終不敢替它們說話，因為怕對不起它們。流亡了，我到武昌、漢口、宜昌、重慶、成都，各處「打游擊」。我敢動手描寫漢口碼頭上的挑夫，或重慶山城裡的擡轎的嗎？絕不敢！小孩子乍到了生地方還知道暫緩淘氣，何況我這四十多歲的老孩子呢！（《文集》，一五之四三〇）

所以老舍寫作開始的時候，由於受到狄更斯取材自己自幼生長的社會小說之啓蒙，寫了《老張的哲學》及《趙子曰》，以北平人事景物爲內容的小說。到了《二馬》，由於初遇康拉德，被異域小說所吸引，改寫了倫敦的華人，接著又寫了以南洋爲背景的《小坡的生日》。自此以後，北平底層社會成爲老舍取之不盡的作品泉源，很濃的「北京味兒」成爲他作品的大特點。所謂「北京味兒」是指他用普通的北京話，寫北京城，寫北京人，寫北京人的遭遇、命運和希望❼。

深入了解康拉德，老舍發現海上與熱帶叢林的小說遠不可及，這又使他回到狄更斯的取材道路，即是從追憶中去寫自幼生長的地方。結果老舍發現敵不過「海王」，終於成爲「北京王」。對康拉德來說，「一遇到海和在南洋的冒險，他便沒有敵手」，他的小說「不敢離開海與海的勢力圈」。後來北平對老舍來說，就是康拉德的海和南洋，所以老舍從新加坡回中國後，重新調整寫作的視境，他在一九三六年的文章裡說：

> 許多好小說是由這種追憶而寫成的，……特別是自幼生長在那裡的地方，就不止於給我們一些印象了，而是它的一切都深印在我們的生活裡，我們對於它能像對於自己分析得那麼詳細，連那裡空氣中所含的一點特別味道都能一閉眼還想像的聞到。所以，就是那富於想像力的迭更司與威爾斯，也時常在作品中寫出他們少年時代的經歷，因為只有這種追憶是準確的，特定的，親切的，真能供給一種特別的境界。這個境界使全個故事帶出獨有的色

❼ 參見舒乙《談老舍著作與北京城》，見吳懷斌、曾廣燦編《老舍研究資料》(下)(北京：十月文藝出版社，一九八五)，頁九八四-九九九。

彩，而不能用別的任何景物來代替。（〈景物的描寫〉，《文集》，一五之二三六－二三七）

因為這個原因，中國的學者目前在討論老舍所受西方作家影響時，主要焦點放在狄更斯上頭，相當忽略了康拉德的影響力❽。其實老舍主要是在追憶自幼生長的北京社會底層的貧民生活方面，與狄更斯有關。至於小說的文字、技巧、結構都很不一樣❾。

5.康拉德的南洋與老舍的北京：人物「被環境鎖住不得不墮落」

老舍對康拉德及其他西方作家對他的小說的影響，曾作過這樣的自我解剖與分析：

一、喜歡西方現代小說的寫實態度。

二、他最心愛的作品，如康拉德的冒險小說，不能學習，因為缺少那種生活經驗。

❽ 參考宋永毅《老舍：純民族傳統作家——審美錯覺》見小逸編《走向世界文學：中國現代作家與外國文學》（長沙：湖南人民出版社，一九二九），頁一八五－二一一。又參考陳世榮《「匹克威外傳」與「老張的哲學」的比較》《中國民族文學與外國文學比較》，（北京：中央民族學院，一九八九），頁一一一－一二七。

❾ 郝長海《老舍與外國文學》見《老舍研究資料》下篇（見注❽），頁一〇〇〇－一〇一四，肯定康拉德給予老舍的影響。

三、「讀多了，就多知道一些形式，而後也就能把內容放到個最適合的形式裡去。」雖然他強調不刻意摹仿任何文派的作風與技巧。(〈寫與讀〉，《文集》，一五之五四六-五四七)

第三點特別值得注意。老舍與康拉德的關係，就隱藏在「把內容放到個最適合的形式裡去」。這是目前學者還不十分注意到的。對於這一點，老舍曾進一步給予注解：

讀書而外，一個作家還須熟讀社會人生。因為我「讀」了人力車夫的生活，我才能寫出《駱駝祥子》。它的文字、形式、結構也許能自書中學來的；它的內容可是直接的取自車廠，小茶館與大雜院的；並沒有看過另一本書專寫人力車夫的生活的書。(《文集》)，一五之二一六-二一七)

前面我已指出，老舍承認，在讀過西方的作品中，只有康拉德小說中的「人物與境地比別的作家的都多一些，都比較的清楚一些。他不但使我閉上眼就看見那在風暴裡的船，與南洋各色各樣的人。」他印象中最深刻的「人物境地」之一，是南洋的大自然。首先最令他注意的是「康拉德有時候把南洋寫成白人的毒物——征服不了自然便被自然吞噬。」老舍認為康拉德小說中人類與景物的關係的寫法「是可以效法的」，因爲這是小說的形式與結構，只要內容是北京的就行了：

景物與人物的相關，是一種心理的，生理的，與哲理的解析，在某種地方與社會便非發生某種事實不可，人始終逃不出景物的毒手，正如蠅的不能逃出蛛網。這種悲觀主義是否合理，暫且不去管；這樣寫法無疑的是可效法的。（〈景物的描寫〉《文集》，一五之二三七）

康拉德最擁有誘惑力的小說結構，就是「人始終逃不出景物的毒手，正如蠅的不能逃出蛛網。」自然把人「像草似的腐在那裡」：

在那些失敗者的四圍，景物的力量更為顯明：「在康拉德，哈代，和多數以景物為主體的寫家，『自然』是書中的惡人。」是的，他手中那些白人，經商的，投機的，冒險的，差不多一經失敗，便無法逃出——簡直可以這麼說吧——「自然」給予的病態。山川的精靈似乎捉著了他們，把他們像草似的腐在那裡。（〈一個近代最偉大的……〉《文集》，一五之三〇五）

老舍一再替康拉德的小說作詮釋，人物多數是「被環境鎖住而不得不墮落的」：

Nothing，常常成為康拉德的故事的結局。不管人有多麼大的志願與生力，不管行為好壞，一旦走入這個魔咒的勢力圈中，便很難逃出。在這種故事中，康拉德是由個航員而變為哲學家。……他的人物不盡是被環境鎖住不得不墮落的……（《文集》，一五之三〇六）

由此可見《駱駝祥子》（一九三九），一方面固然是以道地北平話寫他自幼生活過的北京城，北京人的遭遇、命運與希望，但它的「形式、結構」是「書中學來的」。這「書」應該包括康拉德的小說，這是可以肯定的。讀老舍的「北京味兒」小說，尤其《駱駝祥子》，如果先認識人物「被環境鎖住不得不墮落」的結構（《文集》，一五之三〇六），會更容易了解其作品的哲理，即使暫時不去理會影響的問題。

《駱駝祥子》⑩中北平底層社會，就是等於康拉德小說中的南洋原始叢林。祥子「帶著鄉間小伙子的足壯與誠實，凡是賣力氣就能吃飯的事兒幾乎全做過了。可是，不久他就看出來，拉車是件更容易掙錢的事。」（《文集》，三之六）。憑著自己的體力與誠實的勤勞，經過三年艱辛的

⑩ 《駱駝祥子》引文均根據《老舍文集》第三冊，頁一—二二八。關於《駱駝祥子》的版本在一九四九年後在政治壓力下的修改，見宋永毅《老舍與中國文化觀念》（上海：學林出版社，一九八八），頁二〇一—二五二。

奔波，祥子終於買了一輛新車。但半年後就連人帶車被匪兵擄去。他好不容易虎口逃生，帶回三匹駱駝，賣了三十元錢，不久又被孫偵探搶走。車廠老板劉四爺的女兒虎妞喜歡祥子，祥子討厭她，可是禁不住性誘惑的陷阱和貪心，祥子與她結婚，並用她的私房錢買了一輛舊車。不久虎妞因難產死去，祥子只得賣掉車子料理喪事。個人的奮鬥一再失敗使他由絕望走向墮落。小說通過主人公想征服環境而終於被環境征服，與命運搏鬥而終於向命運投降。這種悲劇，不正是老舍所了解的康拉德的南洋小說嗎？他說「康拉德有時把南洋寫成白人的毒物——征服不了自然便被自然吞噬。」他又說：「人始終逃不出景物的毒手，正如蠅的不能逃出蛛網。」他還說過：「這種悲觀主義是否合理，暫且不去管，這樣寫法是無疑的是可效法的。」《駱駝祥子》就是受了這種南洋小說結構的影響。

老舍小說中的祥子不是典型的中國寫實主義作家筆下樸實勤勞的勞動工人。他一開始，未受打擊前，其他拉車的已發現這傢伙「不得哥兒們」，不合群，沒有朋友，人很彆扭，有點自私，死命要賺錢，不關心別人。「城市成了他的朋友，因為只要有力氣，就能掙到錢。」所以祥子遭社會打擊後，更像康拉德「手中那些白人，經商的、投機的、冒險的，差不多一經失敗，便無法逃出……自然給予的病態。山川的精靈似乎捉著了他們，把他們像草似的腐在那裡。」（《文集》，一五之三〇五）。老舍在《駱駝祥子》的結尾這樣形容祥子，他完全像康拉德小說中缺德、自私、不擇手段去剝削土人的《黑暗的心》中的克如智（Kurtz），他拒絕回到文明西方社會，寧願與土著一樣過著原始、野蠻的生活，最後死在黑暗的叢林裡，而祥子也拒絕回到鄉村誠實勤勞的世界裡，寧願在社會底層繼續腐爛：

體面的，要強的，好夢想的，利己的，個人的，健壯的，偉大的，祥子，不知陪著人家送了多少回殯；不知道何時何地會埋起他自己來，埋起這墮落的，自私的，不幸的，社會病胎裡的產兒，個人主義的末路鬼。（《文集》，三之二二八）

即使當一個學者解讀《駱駝祥子》，腦子裡沒有康拉德的熱帶小說中大自然腐蝕人的結構，也會得出同樣的結論。前蘇聯學者安基波夫斯基在《老舍早期創作與中國社會》一書中指出：「作家以前認爲外國的影響是自己祖國困難處境的主要原因，而現在老舍批判的主要對象是國家內部環境。⑪」這個「國家內部環境」就是康拉德的大自然。一方面社會毀滅了一個人的全部人性與幻想，一方面祥子因爲要追求金錢而被金錢所腐蝕：

祥子所有想達到相當社會地位的願望和努力都成了泡影了……舊社會毀滅了一個人的全部

---

⑪ 安基波夫斯基（蘇），宋永毅譯《老舍早期創作與中國社會》（長沙：湖南文藝出版社，一九八七），頁一五六。

> 人性。祥子的幻想連同他的美德一起被毁了……祥子只有一個目標——有自己的車行。而怎樣達到這一目標，對他已沒有意義了。老舍同時還揭示了主人公的情感和他的心靈最終還沒有被金錢所腐蝕[12]。

祥子從農村來到城市，他有的是鄉村小子的純潔與誠實，康拉德的白人從最有現代文明和道德的歐洲來到熱帶叢林，兩者到最後都「被環境鎖住不得不墮落」。

6. 康拉德與老舍的悲劇感：見證人性與道德的淪亡

上面是根據老舍自己對康拉德小說的認識來進行比較分析。老舍本身是一位作家，正如艾略特（T. S. Eliot, 一八八八－一九六五）所說，作家的「創作室批評」（Workshop Criticism）視野與論點都很有局限性，因爲他只喜歡評論影響過自己的作品，只批評自己有興趣又努力去創作的詩歌[13]。因此下面再用一位西方學者對康拉德小說的分析架構，來考察二者的相似點。

古拉德（Albert Guerard）認爲康拉德一八八七年在馬來群島間的航海經驗和一八九〇年

---

[12] 同上注[11]，頁一四八。

[13] T.S. Eliot, "The Frontiers of Criticism," *On Poetry and Poets* (New York: The Noonday Press, 1961), pp. 117-118.

到剛果的冒險旅程，帶給他的作品許多黑暗的影響力量⑭。《阿爾邁耶的愚蠢》（Almayer's Folly）、《群島流浪者》（An Outcast of the Islands）、《黑暗的心》以及短篇小說《前進的哨站》（An Outpost of Progress）、《淺湖》（The Lagoon）都是表現人性墮落崩潰的悲觀境界。這些作品的三大共同主題內容，全是表現人的本性素質的黑暗面，並對人類的道德文化提出懷疑⑮。

康拉德小說經常出現的一種主題，就是有關來自西方文明世界的白人，在落後的、原始的熱帶叢林，喜歡與土著混在一起，被他們的宗教信仰儀式、女人、生活所迷惑，最後被捲進土著的陰謀鬥爭之中。這種參與反而導致白人道德敗壞思想行爲之出現。《黑暗的心》的克如智在剛果的內地深處，爲了象牙的財富而走火入魔，殘忍地剝削和壓迫土人，而且成爲土著膜拜的神明。爲了獨占象牙，連白人也成爲他的敵人。《阿爾邁耶的愚蠢》的林格（Tom Lingard），〈淺湖〉無名的白人，《群島流浪者》的威廉斯（Willems）都捲進了深不可拔的土著的陰謀鬥爭

---

⑭ 古拉德的理論見"Introduction," *Heart of Darkness, Almayer's Folly, The Lagoon* (New York: Dell, 1960), pp. 7-23.

⑮ 《進步的前哨》、《淺湖》中文翻譯見關琪相譯《不安的故事》（上海：商務印書館，一九三四），頁八〇-一〇八，一七八-一九四。其他原文見 *Heart of Darkness, Almayer's Folly, The Lagoon* (New York: Dell, 1960), *An Outcast of the Islands* (London: Penguin Books, 1975).

中。這些白人都使我想起祥子，他從純樸的農村來到北京底層社會，他勤勞、老實、行爲良好、不嫖不賭，與其他城裡拉車的完全不一樣。就如克如智，原來是一個理想主義者，他要把文明與進步帶去非洲，開發這塊黑暗大陸，可是他過分迷戀象牙所能帶來的財富。要解救落後叢林土族的貧困，最後卻毀滅了他們。

小說結束時，老舍並沒有說社會環境毀了祥子，反而說是一個「個人主義的末路鬼」：「體面的、要強的、好夢的、利己的、個人的、健壯的、偉大的。」老舍不正是在表現康拉德的「仁慈的惡霸」型人物嗎⑯？

康拉德小說另一個經常出現的主題與前二種有著極密切的關連，可稱它爲痲木癱瘓的恐怖（dread of immobilization）。一個人野心勃勃，充滿生活氣息的人都可能毀於性欲或對性欲的恐懼感，或罪惡感。過度的自我反省或極端的彷徨和懷疑，也可以使人陷入痲木癱瘓的恐怖狀態。《淺湖》中的馬來人阿利（Arsat）遺棄他的兄弟引起的後悔使他失去一切做人的志氣，雖然他背叛是無心的，而是由於一時衝動造成的。克如智與黑女人的性生活，顯然是使他拒明絕回歸文明世界，願意墮落到死亡在剛果的主要原因之一。威廉斯爲了滿足得到土著女子的欲望而出賣白人的商業機密⑰。

---

⑯ 關於《駱駝祥子》的版本問題，見前注⑩。

⑰ 前注⑭，頁一六。

我前面說過《二馬》中父子所以最後精神狀況變成麻木不仁，也與白人的情欲有關。到了祥子，老舍更加重視這種人的內心病態，而且運用了中國人習俗中的迷信，誇張地強調性交對男的健康的虧損⑱。小說前四章一直突出祥子的壯健與氣力，但是從第五章初秋夜晚吃了犒勞的醬雞後，就掉進了虎妞預設好的性的陷阱。女性是一張大蛛網，他是一隻小蟲：「彷彿是碰在蛛網上的一個小蟲，想掙扎已來不及了。」結婚後，老舍花很多文字，描寫祥子怎樣感到體力突然大大衰退。祥子怕回到家裡，因為虎妞「能緊緊地抱住他，把他所有的力量吸盡，他沒法逃脫」（三之一三四），她是一個「吸人精血的東西」，「是個吸人血的妖精」（三之一四六）。虎妞在晚上往往使祥子睡不好覺，「要在祥子身上找到失去了的青春」（三之一六一）。祥子生了一場大病以來便感受到「個人的力量是多麼微弱」（三之一七五）！最後他完全癱瘓了，不能拉車，即使在出殯隊伍打雜時，「他那麼大的個子，偏爭著去打一面飛虎旗，或一對短窄的輓聯；那較重的紅傘與肅靜牌等等，他都不肯去動。和個老人，小孩，甚至婦女，他也會去爭競……」（三之二二八）

像這些主題，在康拉德的小說裡，就像熱帶原始森林的河流、湖泊、樹木、葛藤互相糾纏在

---

⑱王行之在第一屆老舍國際研討會上曾發表〈《駱駝祥子》的時間問題〉，對小說中性之重要意義有極啓發性的解釋。摘要見舒乙《國際老舍學術討論會漫記》，《香港文學》第九十八期（一九九三年二月），頁一二三。宋永毅的《老舍與中國文化觀念》也有討論老舍小說的性問題，見前注⑩，頁八〇—一〇八。

一起。老舍的小說建立在北京城，尤其《駱駝祥子》，它的結構也不見得簡單，就像歷史古老又長久的北京城，大而複雜，新舊建築、大路、小胡同，互相重疊交叉。按著以上的分析結構來看，從康拉德的小說中大概得到不少啟示吧！

7. 走向人類心靈的探險旅程

古拉德在另一篇論文〈走向內心的旅程〉⑲，他說《黑暗的心》對讀者大眾來說，是一部暴露西方白人利用到非洲探險與開發蠻荒爲藉口，殘酷地去剝削黑人的眞實文獻。但是深入小說的內層，它是康拉德前往自我的內心，人類的心靈最長的一次探險旅程。《黑暗的心》的旅程是從英國的文明中心倫敦泰晤士河出發。如果從剛果河口走向內陸 (interior) 目的地，一共經過三個站：第一貿易站，中站，與內陸站。隨著每一個站的前進，代表敍述者馬羅 (Marlow) 發現更多白人的黑暗道德。在內陸貿易站發現拒絕回歸文明世界的克如智，明白他已徹底墮落。所以內陸貿易站是代表人類，尤其白人的心靈深處，那裡馬羅看見的都是黑暗又恐怖的事情。

最使我驚訝的是，老舍《駱駝祥子》似乎也有類似的走向人類內心的旅程結構。祥子從鄉村

⑲ Albert Guerard, "The Journey Within", Conrad's *Heart of Darkness and The Critics*, edited by Bruce Harkness (Belmont, California: Wadsworth Publishing Company, 1960), pp. 111-120.

來到北京，他的人生旅程也有三站，隨著每一站，他的本質、道德、思想便往下沉淪，因爲他愈來愈接近黑暗的社會底層。第一站是西安門大街上的人和洋車廠。老板劉四以前設過賭場、買賣過人口、放過閻王賬、搶過良家婦女。這裡成爲祥子進入北京黑暗社會底層的第一站。祥子與虎妞結婚後，搬進毛家灣的一個大雜院。那裡住著做小買賣的、僕人、拾煤的小孩、妓女，他又跌入北京社會更陰暗的下層。在這裡祥子發現他的體力健康完全崩潰，道德品質也更腐爛。老舍故意安排祥子走進西直門外樹林深處的白房子（妓院），而且與外貌像虎妞的白面口袋妓女聚會。從那天開始，由於發現小福子上吊死了（最恐怖的事件），祥子便「墮入那無底的深坑。他吃，他喝，他嫖，他賭，他懶，他狡猾，因爲他沒了心。」到了白房子，祥子便抵達了人類心靈的深處了。這是中國社會的最底層，中國人的內心最黑暗的地方。

過去中國學者也把《駱駝祥子》當作一部暴露中國社會殘酷的剝削現象之文獻⑳。其實祥子要帶我們去看的，並不止於小福子被人迫死的社會現象，更重要的是要我們認識，人的心靈深處是一座大妓院，也是一個大墳場！

8. 從類同中探索新意義

老舍在許多文章，都表示佩服康拉德的小說，而且顯示出對其作品非常熟悉。在談他的小說

---

⑳ 參考葉聖陶、許杰、樊駿等人的文章，見《老舍研究資料》下册，見注⑦，頁六五二－七二六。

時，一方面說其內容不能學，因爲缺少航海與到原始叢林探險的生活經驗，但是另一方面又說可以「把內容放到最適合的形式裡去」，又說「文字，形式，結構也許能自書中學來」。雖然如此，本文不敢從發生學的方法，說明康拉德對老舍的影響，因爲那樣的分析，需要更多資料來源與影響的證據。我只是嘗試從平行與類同的角度來解讀老舍的作品，希望從這樣看，可獲得一些新的、過去被人忽略的意義。

四、從康拉德偷學來的「一些招數」：

老舍《二馬》解讀

1.「康拉德在把我送到南洋以前，我已經想偷學一些招數」

老舍在一九二四年夏天乘船到倫敦，在倫敦大學東方學院教授中國語文，一九二九年夏天離開。離開英國後他先到歐洲去旅行❶，然後到新加坡教書約半年才回國❷。老舍在〈我的創作經驗〉（一九三四）中說：「設若我始終在國內，我不會成了個小說家。」（《文集》，一五之二

---

❶ 關於老舍在倫敦的生活，參考李振杰《老舍在倫敦》（北京：國際文化出版公司，一九九二）。這期間重要信件，見舒濟《老舍書信集》（天津：百花文藝出版社，一九九二）。

❷ 在新加坡期間的生活，見王潤華、劉寶珍〈老舍在新加坡的生活和作品新探〉（《香港文學》，第一〇五期，一九九三年九月），頁一四－一五。

九一）❸。

在倫敦的第二年（一九二五），老舍創作了一部長篇小說《老張的哲學》，過了一年（一九二六），又寫了另一部長篇《趙子曰》。老舍在出國前的一九二二年，曾在《南開季刊》上發表〈小鈴兒〉短篇小說，不過他說「純爲敷衍學校刊物的編輯者，沒有別的用意」，同時「在我的寫作經驗裡也沒有一點重要，因爲它並沒引起我的寫作興趣。」所以老舍肯定到英國後的作品爲創作的起點：「我的那一點點創作歷史應由《老張的哲學》算起。」（〈我怎樣寫短篇小說〉《文集》，一五之一九四）

老舍對這兩本小說都沒有好評，他在〈我的創作經驗〉裡說，第一部作品叫他臉紅：

……想起什麼就寫什麼，這便是《老張的哲學》。文字呢，還沒有脫開舊文藝的拘束。這樣，在故事上沒有完整的設計，在文字上沒有新的建樹，亂七八糟便是《老張的哲學》。抓住一件有趣的事便拼命地擠它，直到討厭了為止，是處女作的通病，《老張的哲學》便是這樣的病鬼。現在一想到就要臉紅。（《文集》，一五之二九一）

❸ 本文所引老舍的文字，均取自《老舍文集》，共十六卷（北京：人民文學出版社，一九八○－一九九一）。爲了省略，只在引文之後注出卷數與頁數（即一五之二九一）。不久前發現老舍早在一九二一年，曾寫小說〈她的失敗〉，發表於日本廣島高等師範中華留廣新聲出版出版的《海外新聲》一卷二期。

第二部作品中的高談闊論與舊小說的揭發事實手法，也陳舊不堪：

> 《趙子曰》是第二部，結構上稍比《老張》強了些，可是文字的討厭與敍述的誇張還是那樣。這兩部書的主旨是揭發事實，實在與《黑幕大觀》相去不遠。其中的理論也不過是些常識，時時發出臭味！（《文集》，一五之二九二）

第三部長篇《二馬》是在一九二九年的春天寫的，那時老舍正要結束倫敦的教書生活，老舍對它感到比較滿意，雖然抱怨寫得太匆忙，沒有盡心地發揮就結束了。他在〈我的創作經驗〉裡說：

> 《二馬》是在英國的末一年寫的。因為已讀過許多小說了，所以這本書的結構與描寫都長進了一些。文字上也有了進步：不再借助於文言，而想完全用白話寫。它的缺點是：第一，沒有寫完便收束了，因為在離開英國以前必須交卷……第二，立意太淺：寫它的動機是在比較中英兩國國民性的不同；這至多不過是種報告，能夠有趣，可很難偉大……（《文集》，一五之二九二）

把它與前二部小說比，《二馬》的藝術技巧較成熟收斂，因此小說結構顯得「細膩」：

《二馬》的細膩處是在《老張的哲學》與《趙子曰》裡找不到的，《張》與《趙》的潑辣恣肆處從《二馬》以後可是也不多見了。（《文集》，一五之一七三）

很顯然的，老舍肯定「已讀過許多小說」對《二馬》的「結構與描寫都長進了一些」，起著關鍵性的作用。而這些小說，以英美小說家爲主，他在〈寫與讀〉（一九四五）裡回憶說：

一九二八年至二九年，我開始讀近代的英法小說……英國的威爾斯、康拉德、美瑞地茨，和法國的福祿貝爾與莫泊桑，都花去了我很多的時間。在這一年多的時間中，我晝夜地讀小說，好像是落在小說陣裡（《文集》，一五之五四五）。

在這些作家中，康拉德（Joseph Conrad, 1857-1924）對老舍最有影響力，他的小說把老舍深入且長期性的迷惑住。他在老舍作品所產生的重大影響，遠遠超過狄更斯（Charles Dickens, 1812-1870）的寫實如照相的手法，這就爲什麼他用狄更斯的方法去寫完《老張的哲學》

後就迷上康拉德❹。老舍在〈一個近代最偉大的境界與人格的創造者——我最愛的作家康拉德〉（一九三五）、〈我怎樣寫《二馬》〉（一九三五）、〈景物的描寫〉（一九三六）、〈事實的運用〉（一九三六）、〈寫與讀〉（一九四五）等文章中，討論創作藝術技巧時，都以康拉德的小說作為典範，以它的表現技巧為法則和依據。他在〈一個近代最偉大的境界與人格的創造者——我最愛的作家康拉德〉那篇文章中，承認《二馬》受了康拉德的一些招數影響：

> 可是康拉德在把我送到南洋以前，我已經想從這位詩人偷學一些招數。在我寫《二馬》以前，我讀了他幾篇小說。他的結構方法迷惑住了我。我也想試用他的方法。這在《二馬》裡留下一點——只是那麼一點——痕迹。我把故事的尾巴擺在第一頁，而後倒退著敘說。我只學了這麼一點……（《文集》，一五之三〇一）

「我讀了他幾篇小說」只是客套謙虛的話，老舍在英國時，應該已熟讀康拉德大部份作品，在上面引文之前，他說的又多了許多：

❹ 關於康拉德對老舍一生的影響，見王潤華〈從康拉德的熱帶叢林到老舍的北平社會：論老舍小說人物「被環境鎖住不得不墮落」主題結構〉。

關於他的作品，我沒都讀過；就是所知道的八九本也都記不甚清了，因為那都是在七八年前讀的(即倫敦時代)……我記得康拉德的人物與境地比別的作家都多一些，都比較的清楚一些……

如果細讀老舍所有討論到康拉德的文章，我們知道他不但是老舍最喜愛的作家，而且是研究康拉德的一位專家，因爲他對康拉德小說的見解之精闢獨到，中國學者中也難於找到更有深度的。另外應該注意的是，老舍說，在寫《二馬》之前，康拉德的小說的「結構方法迷惑住了我，我也想試用他的方法」，但是老舍卻說只留下倒敍法那一點點影響。我想他只是拿最明顯的一種來說，至於其他結構方法的影響還有一些，只是難於說清楚，他就不提了。在〈我怎樣寫《二馬》〉中，他又補充了一些：

《二馬》是我在國外的末一部作品：從「作」的方面說，已經有了些經驗；從「讀」的方面說，我不但讀得多了，而且認識了英國當代作家的著作。心理分析與描寫工細是當代文藝的特色；讀了它們，不會不使我感到自己的粗劣，我開始決定往「細」裡寫。(《文集》，一五之二九二)

由此可見，除了肯定《二馬》受了康拉德很人的影響，還可以看出，其影響是多方面的。老舍在不同時候所用的名詞如「一些招數」，「結構方法」，「心理分析與描寫工細」應該是指所留下的「痕迹」，而且不只是「一點」。

本文的目的，就是想通過分析康拉德所可能影響過的地方，重新解讀《二馬》的藝術結構與主題意義，希望能尋找出一些未曾被發現的寶藏。

2.「我也想試用他的方法……我把故事的尾巴擺在第一頁，而後倒退著敍說」

老舍在《二馬》中所用康拉德愛用的技巧，就是倒敍（flashback）手法。這種影響具體清楚，他在〈一個近代最偉大的境界與人格的創造者——我最愛的作家康拉德〉那篇文章中說得很清楚，上面已引用過一小段，現在再看接下去的文字，他說得更詳細：

> 我也想試用他的方法……我把故事的尾巴擺在第一頁，而後倒退著敍說。我只學了這麼一點；在倒退敍述的部分裡，我沒敢再試用那忽前忽後的辦法……《二馬》裡所試學的那一點，並非沒有益處。康拉德使我明白了怎樣先看到最後的一頁，而後再動筆寫最前一頁。

在他自己的作品裡，我們看到：每一個小小的細節都似乎是在事前預備好，所以他的敘述法雖然顯著破碎，可是他不致陷在自己所設的迷陣裡。我雖然不願說這是個有效的方法，可是也不能不承認這種預備的功夫足以使作者對故事的全體能準確的把握住，不至於把力量全用在開首，而後半落了空。自然，我沒能完全把這個方法放在紙上，可是我總不肯忘記它，因而也就老忘不了康拉德。（《文集》，一五之三〇一）

老舍在這裡只是承認「把故事的尾巴擺在第一頁，而後倒退著敍說。」他說「我沒敢再試用那忽前忽後的辦法。」如果細心審查一下，其實還是有一些忽前忽後的敍事，雖然不是大手筆地進行。

要了解《二馬》創作時敍事手法之設計，還得看看老舍在〈我怎樣寫《二馬》〉中怎樣說：

《二馬》在一開首便把故事最後的一幕提出來，就是這「求細」的證明：先有了結局，自然是對故事的全盤設計已有了個大概，不能再信口開河。可是這還不十分正確；我不僅打算細寫，而且要非常的細，像康拉德那樣把故事看成一個球，從任何地方起始它總會滾動的。我本打算把故事的中段放在最前面，而後倒轉回來補講前文，而後再由這裡接下去講——講馬威逃走以後的事。這樣，篇首的兩節，現在看起來像尾巴，在原來的計畫中本

> 是「腰眼兒」。為什麼把腰眼兒變成了尾巴呢？有兩個原因，第一個是我到底不能完全把幽默放下，而另換一個風格，於是由心理的分析走入了姿態上的取笑，笑出以後便沒法再使文章縈回逗宕；無論是尾巴吧，還是腰眼吧，放在前面乃全無意義！第二個是時間上的關係，我應在一九二九年的六月離開英國，在動身以前必須把這本書寫完寄出去，以免心中老存著塊病。時候到了，我只寫了那麼多，馬威逃走以後的事無論如何也趕不出來了，於是一狠心，就把腰眼當作了尾巴，硬行結束。那麼，《二馬》只是比較的「細」，並非和我的理想一致；到如今我還是沒寫出一部真正細膩的東西，這或者是天才的限制，沒法勉強吧。（《文集》，一五之一七四）

原來計畫「把故事看成一個球從任何地方起始它總會滾動」，後來雖然沒有辦到，但《二馬》的敍事手法不止於「一開首把故事最後一幕提出來」。

《二馬》（《文集》，一之三九七—六四六）結束時，馬威在倫敦市中心的海德公園玉石牌坊（Marble Arch）旁邊的演講者之角（Speakers' Corner）徘徊了一個下午。他厭惡父親擺脫不了中國人的舊傳統所有壞的習性，瑪力因有種族歧視而拒絕他的愛，因此他決定離開這個沒有靈魂的倫敦。由於錯過時間，第二天才有船開往歐洲，他於是回到好朋友李子榮處投宿一夜。第二日天未亮，就悄悄地走了。小說以這樣的文字結束：

馬威立在玉石碑牌的便道上，太陽已早落了，公園的人們也散盡了。他前面只有三個影兒……

……

房裡還黑暗，他悄悄立在李子榮的床前……

倫敦是多麼慘淡呀！……倫敦好像是個死鬼……倫敦死是死了，連個靈魂也沒有！（《文集》，一之六四五）

上面這段馬威出走的結尾，老舍又把它放在小說的開始，不過當它重複出現時，馬威的出走文字變成更詳細，形成小說的第一段（全書共分為五段）。下面是一些片斷：

馬威低著頭往玉石牌樓走。走幾步兒，不知不覺的就楞磕磕的站住一會兒。擡起頭來，有時候向左，有時候向右，看一眼……他想著那點事，像塊化透了的鰾膠，把他的心整個兒糊滿了……他早把世界忘了，他恨不得世界和他自己一齊消滅了，立刻消滅了，何苦再看呢！（《文集》，一之三三九）

西邊的紅雲彩慢慢的把太陽的餘光散盡了。先是一層一層的蒙上淺葡萄色……這個灰色越來越深，無形的和地上的那層灰裡透藍的霜兒，這個灰色越來越深，無形的和地上的霧圈兒連成一片，把地上一切的顏色，全吞進黑暗裡去了。工人的紅旗也跟著變成一個黑點兒。遠處的大樹悄悄地把這層黑影兒抱住，一同往夜裡走了去。（《文集》，一之四〇〇）

接下去，老舍寫馬威爲了等待第二天的船，深夜才到李子榮住所投宿。天剛亮，李子榮醒來，馬威已離開，他是從泰晤士河乘船去歐洲的。李子榮向窗外望去：

從窗子往外看，正看泰晤士河。河岸上還沒有什麼走道兒的，河上的木船可是都活動開了。

早潮正往上漲……（《文集》，一之四〇五—四〇六）

以一個被環境所圍困，感到失落的人的回憶爲結尾與開始的小說敘述模式，在康拉德的作品，最常出現。譬如《黑暗的心》(*Heart of Darkness*, 1899)，小說的結尾與開頭的描寫都是關於馬羅（Marlow）坐在泰晤士河上一艘船的甲板上，由於錯過上一次漲潮（馬威也一樣），不能開航，與一群童年朋友在聊天。小說以這段文字作爲結尾：

馬羅停下來，坐在一個角落裡，模糊的，靜靜的，打著佛家禪坐的姿勢。好一段時間沒有人走動。「我們錯過第一次的退潮。」那個領班突然說道。我擡起頭，海面被一大堆烏雲遮蓋，伸向天涯海角的平靜河流，在烏雲密布的天空下陰沉地流動——好像流進無邊黑暗的心。（第三章最後一段）❺

與《二馬》相同，當它在開頭出現時，這一幕被放大詳細地表現出來。馬羅的坐姿與結尾的也一樣，像一尊佛像：

他舉起手，掌心向外，雙脚盤曲，坐姿像一正在講解佛經的菩薩，但沒有蓮花，卻穿著西服……（第一章第十三段）❻

太陽開始下山，黑暗隨著每一分鐘，愈來愈陰沉，飄落河面。地球上最繁榮的倫敦在黑暗中，燈火亮起，馬羅說：「它也曾經是地球上一個黑暗的地方，就如他剛去過救人與運象牙的非洲大陸。」

❺ 譯文引自王潤華譯《黑暗的心》（臺北：志文出版社，一九七〇），頁一七二。
❻ 同上注，頁五九。

老舍原來「打算把故事的中段放在最前面，而後倒轉回來補前文，而後再由這裡接下去講。」其實這個模式就是康拉德在《吉姆爺》(*Lord Jim*, 1900) 所使用的❼。《吉姆爺》小說開始的時候，是敍說吉姆爺在南洋的一個海港擔任售賣船隻配件用品的水上職員。他的相貌不像幹這種行業的。後來馬羅從法庭審訊一宗海員棄船逃走的案件中，才知道他原來是百納(Patna) 號上的重要船員之一。百納號載着八百個馬來朝聖者到麥加，途中遇險，他不負責任棄船而逃，因而被判有罪，取消行船資格，從此流落他鄉，淪爲海上售貨員。《吉姆爺》以這腰眼開始，回頭敍述開頭的事件：他的出生背景及如何當上船員。一次向麥加航行中遇險，其他船員不負責任，未盡力搶救，就棄船逃生。吉姆爺原是正人君子，見義勇爲的人，由於受到其他船員的影響，也跟著犯了錯誤。結果船沒有沉沒，被法國炮艇拖到岸邊，八百馬來乘客獲救。小說末尾敍述吉姆爺後來被好心人介紹到南洋群島一荒野的內地開採礦場，發展貿易。由於發展成功，土人也受益，被尊爲大爺(Lord)。但最後因同情一白人逃犯，原諒他並讓他居留下來，導至土族族長兒子被殺死，於是爲了贖罪，吉姆爺願意受罰，結果被族長槍斃。

吉姆爺個性善良，富有同情心，這種人性使人容易犯上小錯誤，把自己與他所愛的人毀滅，這是人的悲劇性。他一生都在努力拯救世人，自我贖罪，他的行爲既是浪漫的、英勇的、也是荒

❼ Joseph Conrad, *Lord Jim* (New York: Dodd, Mead & Co, 1961)，中文譯文見梁愚春譯《吉姆爺》(上海：商務印書館，一九三四)。

謬的、絕望的。

雖然老舍說他在《二馬》裡不敢試用「忽前忽後的辦法」，實際上他用了不少，由於這些「小小的細節」是事前設計好，我們閱讀時，並不覺得破碎或迷亂。整本《二馬》小說敘事結構，由Ｃ→Ｂ＋Ａ或Ａ＋Ｂ→Ｃ的公式進行。Ｃ代表馬威的出走事件，即是最後發生的事，老舍把它用在開頭與結尾部份。Ｂ代表馬威從李子榮住所消失那一天往回倒退一年來的事，即由伊牧師代租住所並迎接馬則仁與馬威父子抵達倫敦以後所發生的事件。這是整體小說的主體。當老舍倒敍二馬及其他人物的中國經驗，即更早發生的Ａ事件，不時地安插進去。二馬父子，在中國傳教二十多年的伊牧師夫婦及其兒女，曾在中國做生意的亞力山大、留學生李子榮都有中國的回憶，因此在倒敍主體事件Ｂ時（倫敦生活），又經常追憶更早發生在中國的事件，所以上面公式裡，我用Ｂ＋Ａ或Ａ＋Ｂ來表示。

細心讀《二馬》，處處都有「忽前忽後」的敍事手法。如第二段老舍先說伊牧師替二馬父子四處奔跑租住所，然後去碼頭迎接他們的到來。但很多篇幅卻在追溯馬家父子船上的生活，甚至他們在中國的出生與遭遇。接他們回到溫都太太的房子時，又讓溫都太太回憶十多年來丈夫逝世後的生活。第二天馬威起床後，因爲瑪力的相貌，又勾起他在中國時所接觸過的中國女孩的回憶。這種「忽前忽後」的敍事方法值得特別留意，因爲這是造成老舍所說「心理分析與描寫工細」效果的原因。老舍在〈一個近代最偉大的境界與人格的創作者——我最愛的作家康拉德〉一文中，除了上面那段，另外他又再強調這種方法的好處：

> 他在結構上慣使用兩個方法：第一個是按著古代說故事的老法子，故事是由口中說出的。但是在用這個方法的時候，他使一個 Marlow，或一個 Davidson 敍述，可也把自己放在裡面，據我看，他滿可以去掉一個，而專由一人負述說的責任；因為兩個人或兩個人以上述說一個故事，述說者還得互相形容，並與故事無關，而破壞了故事的完整。……（《文集》，一五之三〇二）

《吉姆爺》就是由馬羅及作者二人敍說故事。老舍在《二馬》裡就放棄一個，由一位全知觀點的人來敍述。接著老舍寫道：

> 第二個方法是他將故事的進行程序割裂，而忽前忽後的敍說。他往往先提出一個人或一件事，而後退回去解析他或它為何是這樣的遠因；然後再回來繼續著第一次提出的人與事敍說，然後又繞回去。因此他的故事可以由尾而頭，或由中間而首尾的敍述。這個辦法加重了故事的曲折，在相當的程度上也能給一些神秘的色彩……（《文集》，一五之三〇三）

他不是像在分析《二馬》的敍事方法嗎？

3.「景物都有靈魂」：「是一種心理的，生理的，與哲理的解析」

我們在上面引述過老舍〈我的創作經驗〉中的話：「因爲已讀過許多小說了，所以這本書的結構與描寫都長進了一些。」老舍已讀過的小說，主要是指康拉德的。上一節我們已分析敍事結構，現在再以景物描寫爲例，探討一下老舍所醉心的康拉德的景物描寫法，在《二馬》中起了什麼藝術作用，進而去了解小說的內涵。

老舍研究康拉德最重要的文章〈一個近代最偉大的境界與人格的創造者——我最愛的作家——康拉德〉其中境界一詞，簡單的說，主要所指是景物描寫與事實（事件、故事都涵蓋在內）。老舍讀了康拉德的小說，認爲「他的景物都有靈魂」（《文集》，一五之三〇五），「康拉德的景物多是帶著感情的」，「自然都占據了重要的地位，他的景物也是人」，請看下面二段：

對於景物，他的嚴重的態度使他不僅描寫，而時時加以解釋。這個解釋使他把人與環境打成了一片，而顯出些神秘氣味。（《文集》，一五之三〇四）

「自然」都占據了重要的地位，他的景物也是人。他的偉大不在乎他認識這種人與景物的關係，而是在對這種關係中詩意的感覺，與有力的表現。真的，假如他的感覺不是那麼精微，假如他的表現不是那麼有力，恐怕他的虛幻的神秘的世界只是些浮淺的傷感而已。他的嚴重不許他浮淺。（《文集》，一五之二〇六）

老舍在〈景物的描寫〉中，一再重複他對康拉德景物的藝術魅力的理解：

> 在這二人（指哈代與康拉德）的作品中，景物與人物的相關，是一種心理的，生理的，與哲理的解釋，在某種地方與社會使非發生某種事實不可……他們對於所要描寫的景物是那麼熟悉，簡直的把它當作個有心靈的東西看待……讀了這樣的作品，我們才能明白怎樣去利用背景，即使我們不願以背景轄束人生，至少我們知道了怎樣去把景物與人生密切地聯成一片。（《文集》，一五之二三七）

老舍在上述討論景物的文章裡，喜歡引用康拉德的一些段落來說明其文字之內涵。現在讓我們也用一些例子來看看老舍如何把感情與靈魂放進景物裡。

（一）海德公園的暮色：「把地上一切顏色，全吞進黑暗裡去了」

《二馬》的開頭與結尾，描寫馬威在倫敦的中心地帶海德公園玉石牌樓與演講者之角一帶徘徊了一個下午，「有時候向左，有時候向右」漫無目的在漫步中觀看。打著紅旗的工人，高喊打倒資本主義的口號，「把天下所有壞事加在資本家的身上，連昨兒晚上沒眼好覺，也是資本家鬧的。」另一批守舊黨站在英國國旗下，拼命喊：「打倒社會主義」，他們「把天下所有的罪惡都擱在工人的肩膀上，連今天早晨下雨，和早飯的時候煮了一個臭鷄蛋，全是工人搗亂的結果」。此外還有救世軍、天主教講道的，講印度獨立，講快消滅中國的。馬威沒心去聽講，心情哀傷，站了老半天，倫敦的黑夜「把地上一切的顏色，全呑進黑暗裡去了。工人的紅旗也跟著變成一個黑點兒」。（以上引文見《文集》，一五之三九九-四〇二）馬威離開前的倫敦是這樣的：

> 馬威立在玉石碑樓的便道上，太陽已早落了，公園的人們也散盡了。他面前只有三個影兒：一個無望的父親，一個忠誠的李子榮，一個可愛的瑪力……（《文集》，一五之六四五）

倫敦當時是西方文明與資本主義社會最理想的世界，而海德公園演講者之角，更是自由民主精神所在地，可是政治與社會運動之紛亂，使到馬威不知何去何從。各種鬥爭，政治的、宗教的、社會的、道德的，促使馬威失落。海德公園的一幕，充滿詩意的文字，說明馬威不但爲中國的命運困擾，也爲全人類的未來騷亂不安而感到彷徨失落。李子榮象徵未來的中國，他走向資本主義、民主主義，但他爲現實利益而犧牲眞正的愛情與愛國主義，甚至中國的名聲，因此會導致倫理道德之喪失，陷於資本主義汚流裡。馬則仁完全代表舊中國傳統思想與習慣，不能適應現代世界。瑪力雖具有西方吸引人的優點與美麗，但西方不接受中國，始終對中國有偏見。馬威「有時候向左，有時候向右」，最後「楞楞的站著」，終於看見黑夜把各種旗幟（各種政治思想與社會運動）變成小黑點，代表中國過去，與未來，甚至中國正在嚮往的西方的三個也變成黑影了。馬威的悲劇與困境不正是每個中國人所面臨的嗎？

一九三〇年代的英國，當時正是一天二十四小時在她的領土上，太陽永不落下的強盛時代，可是馬威看見了日落時分的海德公園。這是代表他對西方民主的、資本主義的國家社會之走向沒落的看法，更何況他對西方人種族偏見與道德，包括宗教，都不能接受。因此《二馬》不管寫霧中的倫敦，或寫植物園，二馬眼中的景物多是灰色的。

（二）植物園：馬威的心思被中國塔引到東方去了

馬威的愛被瑪力拒絕後，帶著失戀的苦楚獨自逛倫敦郊外的植物園（Royal Botanic Gardens）。他偶而擡頭，驚見老松梢上有中國寶塔。他「呆呆的站了半天，他的心思完全被塔尖引到東方去了。」（《文集》一之五八三－五八四）後來走進小竹園，看見移植自日本、中國及東方各國的竹子，於是馬威產生這樣的感想：

> 帝國主義……不專是奪了人家的地方，滅了人家的國家，也真的把人家的東西都拿來，加

一番研究。動物，植物，地理，言語，風俗，他們全研究，這是帝國主義厲害的地方……

（《文集》，一之五八四）

老舍故意安排馬威在新年早上，獨自逛植物園，是由於洋妞瑪力拒絕他的愛而傷心失戀，這又暗寓著西方資本主義國家叫人又愛又恨的意義。年輕的中國，走向現代化的中國拼命追求西化，可是最後發現西方文化並沒想像中那樣完美，更何況西方人始終難於改變對中國及其人民的偏見。他們愛搶奪中國或東方的東西，但不愛東方人。

（三）馬則仁：繼承販賣中國的古董

《二馬》的主要故事情節，是關於馬則仁的哥哥馬唯仁在歐戰結束後不久，上英國做販賣古玩的生意。當西方人紛紛到東方搶古董的時候，中國人卻窮困得親自把古董賣到外國去，這是叫人不禁心酸的故事。馬則仁在北京琉璃廠一帶買古瓶小茶碗給他提供貨物。哥哥逝世後，留下遺囑要馬則仁上倫敦繼承販賣古董的生意。二馬抵達倫敦後，伊牧師第二天當嚮導，帶馬威（因父親身體不適沒去）去觀光倫敦故宮、聖保羅教堂和英國國會大廈。這三個地方分別說明英國或西方資本國家的權力中心：君權、神權與民權。由於君權已廢除（變成君主立憲），所以伊牧師帶他去看的是倫敦橋邊的舊宮而不是白金漢宮。古董店第一次出現只這樣淡淡一筆：

上聖保羅教堂的時候，伊牧師就手兒指給馬威，他伯父的古玩鋪就正在教堂左邊的一個小巷兒裡。(《文集》，一之四四三)

第二次出現時，也只多加幾筆：

> 馬家小古玩鋪是在聖保羅教堂左邊一個小斜胡同兒裡。站在鋪子外邊，可以看見教堂塔尖的一部分，好像一牙兒西瓜。鋪子是一間門面，左邊有個小門，門的右邊是通上到下的玻璃戶。窗子裡擺著些磁器，銅器，舊扇面，小佛像，和些個零七八碎兒的。……(《文集》，一之四四九)

父子二人初訪古董店後，站在鋪子門口，老馬站住了，發現前面有聖保羅大教堂的塔尖，後面有工廠的煙筒，他嘆息說：「風水被奪去了。」

中國人一向以過去的歷史悠久爲光榮，而且留戀舊傳統，不愛改革求新，代代相傳。哥哥把古玩店留給弟弟，弟弟又打算把它交給兒子。中國人靠賣古董爲生，說盡了中國的辛酸史。西方人唯一看得起中國的東西，就是他們的古董。馬則仁從古玩店拿了一個小白茶壺回家送給溫都太太(房東)，很得她的歡心。伊牧師的兒子保羅在中國出生，對中國一無所知，而且對中國的一切都有偏見。他的書房桌上，特地擺著一根鴉片煙槍，一對小腳兒鞋，一個破三彩鼻煙壺兒等舊文物。他每逢朋友來訪，總是亂吹一通，說中國人都是抽鴉片，裹小脚的。

聖保羅教堂是英國最古老著名的教堂，它名義上是傳教，實際上是到世界各地爲殖民主義擴張勢力，伊牧師連做夢也在祈禱中國成爲英國的土地。怪不得老舍把古玩鋪安放在聖保羅教堂旁邊的一小巷裡，而且它的風水都被教堂的塔尖與工廠的煙筒奪走了。這表示西方殖民主義勢力加上工商業，將把古舊的中國弄垮。

我也許可以借用老舍對康拉德的景物的感想來結束這部分的討論：

> 對於景物，他的嚴重的態度使他不僅描寫，而時時加以解釋。這個解釋使他把人與環境打成一片，而顯出些神祕氣味。（《文集》，一五之三〇五四）

4.「須把事實看成有寬廣厚的東西」：買訂婚戒指及其他

上面討論過，老舍欣賞康拉德忽前忽後的述說，因爲他一開始就「決定好了所要傳達的感情爲何」。所以老舍要求作家在寫第一件事的時候，已經預備好末一件事。作家與讀者都一樣，「須把事實看成有寬廣厚的東西。」作家既然是「由事實中求得意義，予以解釋，而後把此意義與解釋在情緒的激動下寫出來」，所以作爲老舍小說的讀者，我們最基本的要求，是從作者的事實的運用中，「看出個中的深義」。

現在我們讀《二馬》，小說中的事實需要特別留意其寬廣厚的東西。譬如第四段第九節中，老舍描寫老馬與溫都太太上街買訂婚戒指：

> 溫都太太挺著小脖子在前邊走，馬老先生縮著脖子在後面跟著；走大街，穿小巷，她越走越快，他越走越慢；越人多她越精神，她越精神，可越跟不上。要跟個英國人訂了婚，在大街上至少可以併著肩，拉著手走；拉著個老中國人在街上扭，不能做的事；她心中有點後悔。要是跟中國婦人一塊兒走至少可以把她落下幾丈遠，現在，居然叫個婦人給拉下多遠；他有點後悔……（《文集》，一之六〇一）

他們兩人，自己都無法解除民族幾千年積存下來的民族偏見意識，更何況社會上的阻礙力量？當老馬買戒指時，店員拿出四便士或三個先令的兩枚戒指給他選。老馬說要貴的，店員說：「再貴的可就過一鎊錢了。」當老馬說要二十鎊以上的，伙計顏色大變。想打電話叫巡警，因為她想「身上有一十鎊錢的中國人，一定是強盜。」溫都太太被「氣糊塗」，不但不買，也不敢與老馬結婚了。（《文集》，一之六〇一—六〇二）

小說中有三次重要的晚宴和一個午餐❽。第一次是伊文思夫婦宴請二馬與溫都太太母女。伊文思兒女與伊太太的弟弟亞歷山大都出席了。上面已說過，保羅書房的鴉片槍，小脚鞋子都代表西洋人對中國現代的誤解。亞歷山大在宴會大談以前在中國做生意時的所見所聞，都是充滿醜化與偏見的笑話。還有很多細節，都是說明英國人對中國之誤解與偏見（見第三段）。第二個晚宴是聖誕夜，請了二馬，本來還有溫都太太的朋友，但都因聽說她家有中國房客，想到「和中國人在一塊兒，生命是不安全的」，都沒有出席。瑪力宣布與華盛頓訂了婚，使到馬威傷心透了（見第四段）。第三個飯局是在植物園時馬威約凱薩林下午一點在唐人街狀元樓吃便飯。想不到純潔的凱薩林被中國留學生姓茅的譏笑爲妓女，後來保羅又誤會馬威在玩弄他的妹妹，罵他不配向白人討便宜，因而大打出手，結果保羅反而被打傷（見第四段）。

像上述這些事件就是老舍所說事前設計好：

> 可是在《二馬》裡所試學的那一點，並非沒有益處。康拉德使我明白了怎樣先看到最後的

---

❽夏志清（C. T. Hsia）在 *A History of Modern Chinese Fiction* (New Haven: Yale University Press, 1961)，稱三次請客爲 three dinner scenes (p. 174)，第三次的午餐爲 The third dinner (p. 175)，那是不恰當的。中譯本便被譯成「三場晚飯」和「第三個晚飯」，見劉紹銘譯《中國現代小說史》（臺北：傳記文學出版社，一九七九），頁一九五，一九六。

一頁……每一個小小的細節都似乎是在事前預備好……（《文集》，一五之三〇一）

通過一系列這些事實的細節，探討了西方種族的偏見，它植根於絕大多數人的思想意識裡，即使有一二個公民能抑制它，也無能爲力，正像溫都太太向老馬說的：

人類的成見，沒法子打破！你初來的時候，我也以為你是什麼妖怪野鬼，因為人人說你們不好嗎。現在我知道你並不是那麼壞，可是社會上的人不知道：咱們結婚以後還是要在社會上活著的；社會的成見就三天的工夫能把你我殺了……馬先生，種族的成見，你我打不破，更犯不上冒險的破壞！……（《文集》，一之六一七－六一八）

5. 探索中國人與全人類的精神病態

老舍最愛讀康拉德航海與熱帶叢林的小說。他印象強烈的是那些充滿浪漫理想主義的白人，到了東方，進入叢林，往往克服不了原始大自然，又因與當地土人發生誤會而引起了糾紛，最後以「空虛」下場：

Nothing，常常成為康拉德的故事結局。不管人有多麼大的志願與生力，不管行為好壞，

一旦走入這個魔咒的勢力圈中，便很難逃出。在這種故事中，康拉德是由個航員變為哲學家。（《文集》，一之三〇六）

接著老舍又寫道：

> 對這些失敗的人物，他好像看到或聽到他們的歷史，而點首微笑地嘆息：「你們勝過不了所在的地方。」這情調的主音是虛幻。他們有的很純潔很高尚；可是卽使這樣，他們的勝利還是海濶天空的勝利，nothing。（《文集》，一五之三〇六）

《二馬》的故事就是以這樣「空虛」的結局來結束。溫都太太無可奈何地說：「人類的成見，沒法子打破，」又說：「社會的成見就三天的工夫能把你我殺了。」老馬沒話可說。馬威則絕望地出走，離開當時世界最文明，最民主自由，最現代富有的倫敦，卻不知走向那裡。

古拉德（Albert Guerard）認爲康拉德的小說清楚表現出他對人性本質（human qualities）非常不信任。很多人信任的同情或其他倫理道德，思想信仰，對他來說，都是危險的陷阱。《黑水手》裡的黑水手 James Wait，代表人性的黑暗面，《黑暗的心》的地理位置（剛果）與克如智都是人類潛意識中的黑暗面[9]。康拉德探索人類心靈的主題，很顯然的曾影響老舍《二馬》和《駱駝祥子》，後者我在另一篇文章中已討論過[10]。老舍不但對人類、種族、社會成見、包括白人與中國人，連好心幫忙安排二馬到倫敦的伊文思夫婦都不放過。伊牧師半夜睡不著的時候，也禱告上帝快把中國變成英國的屬國，要不然也升不了天堂。為二馬找房子而奔跑後，他心裡大罵：「他媽的！為兩個破中國人。」他安排二馬來倫敦，為的是證明給教會看，他當年到中國傳教是有影響力，二馬就是教徒！從宗教信仰到政治運動，從資本主義、民主自由、工人運動到社會主義，在《二馬》中都被打上問號！

康拉德的小說中，人在航行時，固然海洋是危害與威脅人類的敵人，但在陸地上，人類也不安全，雖然陸地上的敵人不像海洋與暴風那樣明顯易見。為了維護人的基本道德與本性的完整而掙扎，而四處探索，是康拉德小說經常關心的主題[11]。在《二馬》中，馬威對舊中國失望，到了倫敦，西方最理想的英國，也是現代中國一直所要追求的，馬威仍不能接受，包括受過西方精神薰陶的李子榮：

---

[9] Albert Guerard, "Introduction," in *Joseph Conrad, Heart of Darkness, Almayer's Folly, The Lagoon* (New York: Dell Publishing Co., 1960), pp. 10-14.

[10] 見本書第七及第八章。

[11] Neville New House, *Joseph Conrad* (New York, Arco, 1969), pp. 106-108.

倫敦是大的，馬威却覺著非常的孤獨寂寞。倫敦有七百萬人，誰知道他，誰可憐他；連他父親都不明白他，甚至罵他！瑪力拒絕了他，他沒有一個知心的！（《文集》，一之六三三）

老馬代表中國，瑪力是現代西方。當馬威坐在售賣中國古董的舖子裡，而這舖子又在倫敦，這幅景象充滿著康拉德的「幻虛」氣息：

他坐在舖子裡，聽著街上的車聲，聖保羅教堂的鐘聲，他知道還身在最繁華熱鬧的倫敦，可是他寂寞，孤苦，好像他在戈壁沙漠裡獨身遊蕩，好像在荒島上和一羣野鳥同居……（《文集》，一之六三三）

馬威在小說中，是一個缺乏愛的人。八歲死了母親，沒有兄弟姐妹，只跟著父親長大。生長在不完整的家，使人想起他屬於一個領土不完整的中國。他家的經濟需要靠在倫敦賣古董的伯父提供，又叫人想起中國經濟被外國所操縱。到倫敦後，他大概有二十二、三歲，喜歡穿一身灰呢的衣裳，罩一件黑呢大氅，臉色永遠頹喪愁苦，頭永遠低著，沒有一點青年活潑氣象。老舍是很明顯的，要把馬威塑造成一個爲中國前途的困境，爲世界的危機而探索的年青人。老舍爲了配合馬威，他也故意安排伊牧師的女兒凱薩林離家出走。她的出走加強了馬威對西方社會及其制度之失望。老舍這樣描寫她：

> 凱薩林的思想和保羅的相差至少有百年；她的是和平，自由；打破婚姻，宗教；不要窄狹的愛國；不要貴族式的代議政治……（《文集》，一之六二一）

馬威在家與老爸談不來，她也說：「我在家裡也不十分快樂，父母和我說不到一塊兒。」（《文集》，一之四八九）。這兩人的家其實就等於中國與西方國家。他們都是失落的一代，他們都看到人類共同的病態。

6.「除了在文字上是沒多大的成功的」

由於在〈我怎寫「二馬」〉中，老舍說出他創作的動機：「寫這本東西的動機不是由於某人某事的值得一寫，而是在比較中國人與英國人的不同處。」（《文集》，一五之一七五）因此過去研究這部作品的學者，都把注意力放在「比較中國人與英國人的不同處」。不過老舍本人認為「比較」這部份是失敗的：

因此《二馬》除了在文字上是沒有多大的成功的。其中的人與事是對我所要比較的那點負責，而比較根本是種類似報告的東西……它缺乏文藝的偉大與永久性，至好也不過是一種還不討厭的報章文學而已。(《文集》，一五之一七五)

在老舍的小說評論中，作品一旦被稱爲報告，就是失敗之作。他最不喜歡早期作品中的「理論」內容，他罵《趙子曰》的理論發出臭味，後來自然拿出比較中國人與英國人的知識來批判。不過老舍還欣賞《二馬》許多地方，因爲它寫得很「細」，「文字上」也「成功」。我上面的分析已證明老舍並沒有自我陶醉，《二馬》確是他早期成功之作，最難得的是老舍超越當時主要作家只爲中國及其人民的「感時憂國」的狹窄範疇，去探索現代文明的病源，人類與世界的病態⑫。安基波夫斯基曾對這點有所了解：

依據藝術問題展現的廣度和深度，我以為長篇小說《二馬》是老舍在倫敦時期創作中最優

---

⑫ 夏志淸在〈現代中國文學感時憂國的精神〉一文中指出，中國現代文學與現代西方文學並無相似之處，如杜思妥也夫斯基、康拉德等人，把國家的病態，擬爲現代世界的病態，關注全人類的精神病貌。如果了解了康拉德對老舍的影響，則容易明白老舍爲什麼是少數中國現代作家超越中國的範疇，探討全人類的問題。

秀的作品。作者不僅為中國人的命運而困擾，而且為全人類的未來而騷動不安……⑬

一部文學作品的意義不等於作者創作時的動機或目的。一部藝術作品有它的獨立生命。它的整體意義的解釋與界定不應該受到作者及其同代人的限制，應該由不同時代，許多讀者來共同尋找。因此打破老舍創作動機與目的的解讀方法，正是目前研究老舍小說重要的一種方法。本文對《二馬》的解讀，只是一次嘗試⑭。

---

⑬ 宋永毅譯，安基波夫斯基著《老舍早期創作與中國社會》（長沙：湖南文藝出版社，一九八七），頁五五。

⑭ 關於作者創作動機與目的與文學作品的解讀，見Rene Wellek and Austin Warren, *Theory of Literature*, third edition (New York: Harcourt, Brace & World, 1956), pp. 41-42。更詳細的討論，見 M. H. Abrams, *A Glossary of Literary Terms*, 5th edition (New York: Halt, Rinehart and Winston, 1988), Intention Fallacy 與 Interpretation and Herm-enenties 二條所列參考書。

五、從李漁的望遠鏡到老舍的近視眼鏡

1. 望遠鏡：「他人用以遠眺，古人用以選艷」

李漁（一六一一－一六八〇？）的望遠鏡出現在他的短篇小說〈夏宜樓〉中。這篇小說是李漁以通俗的白話寫成的短篇小說集《十二樓》中的一篇❶。李漁在一六四八年後曾定居杭州十年，《十二樓》大約就是這段時期的作品，杜濬為這部小說集寫了一篇序言，序末署明順治戊戌（一六五八年），這一年李漁剛剛從杭州移居金陵（南京）❷。由於小說集中的十二篇小說都以樓名為題，如〈合影樓〉、〈奪錦樓〉、〈三與樓〉，所以李漁用《十二樓》總其書名，不過他又稱這本小說集為《覺世名言》。

❶ 李漁撰，蕭容標校《十二樓》（上海：古籍出版社，一九八六），頁六二－八五。

❷ 見上注，序，頁一－二。

〈夏宜樓〉約有一萬字，寫元朝浙江金華地方有一書生瞿佶（吉人）在古玩鋪子裡看見一個千里鏡，出自西洋，店主說它的功能是「登高之時取以眺遠，數十里外的山川可以一覽而盡。」瞿佶與朋友試看一下，非常驚駭，因爲貼在街道對面人家門首的一篇文字，通過千里鏡，不但字字清楚可讀，還比原來的粗壯！

瞿佶明白他的時代環境對他的敵意。仕宦人家的女兒深居豪華大宅院，步不出戶，有了千里鏡，就可以到高山寺浮屠寶塔之上去眺望，看看那家小姐生得出類拔萃，把她看得明明白白，然後才央人去說，就沒有錯配姻緣之痛苦了。瞿佶拿定主意後，就到高山寺租了一間僧房，以讀書登眺爲名，終日用千里鏡去了望許多大家院戶，看過無數佳人，沒有一個中意。

一日正是盛夏苦炎之日，他看見鄉紳詹筆峰的夏宜樓裡幼女嫻嫻住處，有一群女伴在女主人午睡時，竟一齊脫了衣服到荷池戲水，嫻嫻被笑鬧聲驚醒，看了大爲生氣，把她們打得皮破血流。瞿佶不但爲嫻嫻端莊貌美所動心，更欽佩她的教誨有方。於是派媒婆去說親，一連二次詹公都推托。一次小姐生病，瞿佶派媒婆去探病，小姐大爲驚訝，當她知道女伴們出浴之事爲佶人所知，更以爲神仙。嫻嫻最後以爲他倆有夙世緣份，心中暗自決定非吉人不嫁。詹父雖然再三阻攔，靠了望遠鏡帶來的科技，破除舊封建思想，詹公最終便招贅瞿佶爲婿。婚後，嫻嫻發覺丈夫並無神仙之氣，更無神術，都是千里鏡的力量。夫妻有感於望遠鏡成就好姻緣，把它供在夏宜樓上，時時禮拜。

2. 近視眼鏡：「越戴鏡子眼越壞」

老舍（一八九九—一九六六）的近視眼鏡在他的〈眼鏡〉爲題名的小說中，也是全篇的關鍵。這篇短篇小說發表於一九三四年一月出版的《青年界》第五卷第一號上，後來收集在一九三四年九月出版的《趕集》中❸。

〈眼鏡〉只有五千五百多個字，寫一個高度近視的窮大學生宋修身，他雖然學科學，卻認爲蒼蠅不骯髒，甚至相信有近視的人，越常戴眼鏡，眼睛會越壞，因此除非上課讀書時，平常走路逛街，眼鏡總是手裡拿著，即使他什麼也看不見，腦袋也發暈。有一天上學時，他把眼鏡放在盒子裡，夾在兩本科學雜誌裡，結果丟了，上課時，黑板上的字樣模糊不清，數學習題也沒法做。他家境貧苦，下兩個月的飯錢還沒著落，不可能再去配眼鏡。沒有了眼鏡，「他頭一次覺得生命沒著落，好像一切穩定的東西都隨著眼鏡丟了，眼前事事模糊不清。他不想退學，也想不出繼續求學的意義。」從第二天開始，宋修身便沒再去上課。

宋修身的眼鏡掉落在路邊時，被洋車夫王四看見了。他一看是宋修身，那位沒坐過一次他的洋車的學生，便不想告訴他。王四撿起眼鏡嘗試賣給擺破貨攤的人，因爲是近視眼鏡，而且鏡框

---

❸ 老舍《趕集》（上海：良友圖書公司，一九三四），頁二〇四—二一七。

是化學做，容易破，結果交易不成。王四後來把近視眼鏡以三毛錢賣給了父親開雜貨舖的小趙，他父親爲了表示掌櫃的身份，也愛戴上平光眼鏡。當小趙戴上，由於是近視鏡，眼前模糊不清，而且還發暈，但王四騙他說「戴慣就好了。」小趙買了眼鏡，步行回家途中，因爲感到有眼鏡而不戴，心中難過，便戴上去，在拐彎的地方被汽車闖上去，生死不詳。小說結束時老舍只說：

「學校附近，這些日子，不見了溜牆根的近視學生，不見了小趙，不見了王四。」

3.被學者忽略的〈夏宜樓〉與〈眼鏡〉

李漁的〈夏宜樓〉和老舍的〈眼鏡〉都是沒受人注意的作品。李漁把望遠鏡帶進清朝的小說，作爲細緻觀察，發掘新題材，開拓了小說創作領域的技巧，這方面固然得到了不少讚賞，但卻被扣上利用望遠鏡來「窺人家閨閣」，「用以選艷……偷香竊玉」等罪名❹。至於老舍的〈眼鏡〉，除了被選進王際眞的《中國當代小說選》(*Contemporary Chinese Stories*)，一般中國現代小說集，甚至許多老舍短篇小說選集都不被錄用❺。

---

❹ 杜濬〈夏宜樓〉篇末的評語及孫楷第〈李笠翁與十二樓〉都有這種看法。見前注❶《十二樓》頁八五，二九七–三七〇。

❺ Wang Chi-chen (tr.), *Contemporary Chinese Stories* (New York, Columbia University Press, 1944), pp 40-46.

老舍自己談他的短篇小說時，從來沒有提起〈眼鏡〉，只在〈我怎樣寫短篇小說〉中，把它歸納進「我自己的經驗或親眼看見的人與事」那類小說中，又由於老舍說「眞事原來靠不住，因爲事實本身不就是小說，得看你怎麼寫，太信任材料就容易忽略了藝術。❻」這一組的七篇小說，一般人都以爲老舍自己不重視它，其實那是個很大的誤會，更何況作者對自己作品的看法與評價都不能作爲最後的論定。

正如中國人忽略望遠鏡與眼鏡對國家與時代的重大意義，研究老舍的學者也輕易地否定這兩篇小說的藝術手法與主題意義。本文嘗試透過李漁〈夏宜樓〉的望遠鏡，站在高處，俯眺中國山河，去觀察清代與民國時代作家筆下有關中國人的近視問題。同時我又透過老舍對小說藝術的一些看法，來重新考察這兩篇不同時代作品的共同藝術特色❼。

用這個方法來分析這兩篇小說，我發現兩個不同時代的作家，都在利用一種來自西洋的科學儀器，透視中國在走向現代，走向世界時，由於自己還被鎖在病態的環境中，不得不墮落的悲

❻《老舍論創作》(上海：上海文藝出版社，一九八二)，頁三三—三九。

❼老舍的〈眼鏡〉至今未見有人評論，《十二樓》已開始引起注意。毛國權曾將它英譯，見 Nathan Mao, *The Twelve Towers* (Hong Kong: The Chinese University Press, 1975)；並與柳存仁合著 *Li Yu* (Boston: Twayne Publishers, 1977)；我的學生曹麗蓉曾撰寫〈李漁小說十二樓的藝術技巧〉，新加坡南洋大學中文系榮譽學位論文（一九七九）。

劇。當然作者用的不是悲劇形式，而是幽默。

4.全球高舉望遠鏡，放眼世界時，中國人卻用它來偷香竊玉

李漁〈夏宜樓〉的望遠鏡約在明代傳入中國的西洋科學產物，因此作者把故事發生在元朝末年（元朝至正年間），即十四世紀後半葉。這是一個各民族放眼世界的時代。蒙古人不但統治中國，攻打高麗和安南，還遠征東歐，明初成祖皇帝派鄭和下南洋，一四九二年哥倫布發現北美洲，結果西方各國四處開拓殖民地，到處通商。鄭和下南洋，哥倫布的船隊航向美洲，他們手中最重要的武器還不是槍炮，而是能有千里眼功能的望遠鏡。所以望遠鏡在開拓世界的時代，有象徵遠見，放眼世界的特殊意義。在〈夏宜樓〉中，望遠鏡第一次出現時，李漁這樣介紹它：

> 這件東西的出處雖然不在中國，卻是好奇訪異的人家都收藏得有，不是什麼荒唐之物。但可惜世上的人都拿來做了戲具，所以不覺其可寶。獨有此人善藏其用，別處不敢勞他，直到遴嬌選艷的時節，方才築起壇來拜為上將，求他建立膚功。能使深閨艷質，不出戶而羅列於前，別院奇葩，才著想而爛然於目❽。

---

❽《十二樓》，頁七一。

這段文字是說，望遠鏡本來是用來探險研究之用（好奇訪異），因此西方各國才不斷發現新大陸，開拓新領土，開採新物產，最後促進國強民富的理想。可是這東西到了中國，卻成爲「荒唐之物」，用來窺探深閨中的女子，因爲大家閨秀都是足不出戶的，在西方望遠鏡是科技用品，在中國卻當作古董來賣，瞿佶是在古玩店買到的：

> 這件東西名為千里鏡，出在西洋。一日同了幾個朋友在街上走過，看見古玩鋪中擺了這件東西，衆人問說：「要他何用？」店主道：「登高之時取以眺遠，數十里外的山川可以一覽而盡。」……衆人道：「不過是登高凭遠，望望景致罷了，還有什麼用處？」吉人道：「恐怕不止於此。等小弟買了回來，不上一年半載，就叫他建立奇功，替我做一件終身大事。」❾

作者再次暗喻，望遠鏡可以登高遠眺，「數十里外的山川可以一覽而盡」，那是一個發現新領土，開採新物產的時代，我們有了這個科學工具，便可向外發展，至少開發自己領土內的土地與物產，可是中國人偏偏把科技產品當作古董，作爲尋獵艷物之用，一如當年把火藥當作煙花玩

---

❾《十二樓》，頁七二。

賞。

西洋的望遠鏡不但登高遠望，而且焦點永遠是向屋外的山川叢林，國外的海洋與島嶼，視點落在邊疆未開拓的處女地，異域的礦產與經濟物產，可是中國人在拿到望遠鏡後，就如瞿佶，是往屋內探索，焦點落在富家院落中的美女佳人身上，然後去製造神話。

老舍在〈什麼是幽默〉裡說：

> 幽默文學不是老老實實的文字，它運用智慧，聰明，與種種招笑的技巧，使人讀了發笑，驚異，或啼笑皆非，受到教育。⑩

李漁的〈夏宜樓〉就是這樣的一篇文字。李漁借用望遠鏡強大的、長遠的「觀察力」與「想像力」，把中國社會中矛盾可笑的事讓我們一覽無遺。老舍下面這段論幽默的文字，好像是為〈夏宜樓〉而寫。

> 幽默的作家必是極會掌握語言文學的作家，他必須寫得俏皮，警辟。幽默的作家也必須有

⑩《老舍論創作》，頁二六五。

極強的觀察力與想像力。因為觀察力極強，所以他能把生活中的一切可笑的事，互相矛盾的事，都看出來，具體地加以描畫和批評。因為想像力極強，所以他能把觀察到的加以誇張，使人一看就笑起來，而且永遠不忘。⑪

看完了〈夏宜樓〉，我們不禁為中國喊了幾百年的「視野要廣濶，心靈要開放」的口號而大笑。當然笑完之後，眼淚會禁不住流下來。

5.中國的讀書人，小商人和勞工都有近視的毛病

元代正是全世界高舉望遠鏡，放眼世界，中國人雖然也得到這種科技產品，可惜沒有好好發揮其用途，而拿來偷窺女子，中國不但失去海外稱霸的大好機會，外國勢力在李漁的生活時代，四處侵略中國領土。老舍小說中的時代是民國初年，地球上的新大陸都被發現和殖民了，那是埋首從事科學研究的時代。做學問，從事科學研究的時代。做學問，從事精密科學研究的時代之象徵物便是眼鏡。戴著眼鏡的人，往往表示有學問，有見解，是一個現代人。因此老舍選取他的時代的文明象徵——眼鏡寫的小說，與李漁的望遠鏡，有異曲同工之妙；都是充滿幽默感的小說。

⑪ 同上。

老舍通過「極強的觀察力與想像力」，「把生活中一切可笑的事，互相矛盾的事，都看出來，具體地加以描寫和批評。」

眼鏡從西洋傳到中國，那是文明的象徵，不需要戴眼鏡的人，卻愛戴上。譬如小趙的父親因爲是小雜貨舖的掌櫃，凡是「每逢行個人情，或到廟裡燒香，必戴過光的眼鏡。」受了社會風氣的影響，想到父親死後，自己會當上掌櫃，更何況戴上眼鏡，女孩子便會看上他了，當他想到「南崗子的小鳳要不跟我才怪呢」，便戴上近視眼鏡，過後在轉彎處，由於看不清前途，被汽車撞倒。小趙本來沒有近視的毛病，可是社會上的壞風氣，時髦的眼鏡，反而造成他的近視悲劇⑫。

老舍小說中的主角宋修身與瞿佶一樣，也是一個書生，唯一不同他是現代學科學的大學生。可是在生活中，宋修身全不信科學理論，他不相信蒼蠅是髒的，他更不信有近視眼的人應該戴眼鏡，他迷信常戴眼鏡會更快損壞眼睛。他的拒絕科學的思想，他迷信的行爲，使他眞正的更嚴重的得了近視病。丢了眼鏡後，上課時黑板的字模糊不清，算術習題也視而不見，第二天宋修身便從學校消失了。宋修身學不成科學，象徵中國追趕不上現代科學的時代，這並非中國人天資不好（宋修身「平日最喜歡算術」），而是因爲迷信，守舊，不接受科學的思想所帶來的短視。這是中國現代社會落後的原因。

---

⑫〈眼鏡〉，見《趕集》，頁二一二，二一七。

在老舍生活時代的中國，人人都有「近視」的毛病，洋車夫王四也患了近視。他痛恨宋修身從來沒有坐過他的車，所以明明看見他的眼鏡掉落也不告訴他，作爲一種報復。後來又貪圖不利，要把它賣幾個錢，就更捨不得還給宋修身。王四這種報復，完全出於誤會，宋修身是個極端貧窮的學生，根本沒能力坐洋車上學或回家，王四的小氣，造成自己的近視，因此錯害了一個未來的科學家。中國人的自私寡情，造成許多人都有近視病。當宋修身回頭去找遺失的眼鏡，問拉車的都說沒有看見，因此他心裡罵道：「好像他們也都是近視似的」⑬。

正如李漁以瞿佶荒唐的使用望遠鏡，來暗喻中國人閉關自守，沉溺於酒色，沒有放眼世界，與各國爭一日長短，老舍則用宋修身等人對近視眼鏡態度（一個迷信多戴眼鏡會損壞眼睛，一個想用眼鏡牟利，一個想用戴眼鏡去吸引女人），造成自己的近視，來隱喻中國現代人的守舊，迷信和短視造成現代科技之落後！

老舍〈眼鏡〉表面看，只是街頭的簡單素描，我們不能把它看成是平面的。老舍在〈事實的運用〉一文中說，「欲作個小說家，須把事實看成有寬廣厚的東西」，所以讀他的小說，必須「抓住人物與事實相關的那點趣味與意義，即見人生的哲理。在平凡的事中看出意義，是最要緊的。」他還說「小說，我們要記住了，是感情的紀錄，不是事實的重述」，眞人眞事不過是起

⑬ 同上注，頁二〇六。

點，是個「跳板」。而所謂「跳板」，就是「由事實中求得意義，予以解釋，而後把此意義與解釋在情緒的激動下寫出來。」⑭這也就是我上面讀老舍甚至李漁的方法了。

6. 李漁與老舍小說人物都是「被環境鎖住不得不墮落」

老舍在〈景物的描寫〉中，說現代小說多是追憶而寫成的，他對這種小說情有獨鍾：

> 至於我們所熟悉的地點，特別是自幼生長在那裡的地方，就不止於給我們一些印象了，而是它的一切都深印在我們的生活裡……⑮

因爲如此，正如在哈代（Thomas Hardy）與康拉德（Joseph Conrad）的作品中，

> 景物與人物的相關，是一種心理的，生理的，與哲理的解析，在某種地方與社會便非發生某種事實不可，人始終逃不出景物的毒手，正如蠅的不能逃出蛛網⑯。

---

⑭ 〈事實的運用〉見《老舍論創作》，頁九〇-九四。

⑮ 〈景物的描寫〉見《老舍論創作》，頁七六。

⑯ 同上注。

老舍把康拉德看作「我最愛的作家」，寫了一篇〈一個近代最偉大的境界與人格的創造者〉以分析康拉德的小說成就。他說康拉德對人物與景物的描寫力是驚人的，他「不僅僅描寫了他們的面貌與服裝，也把他們的志願，習慣，道德……都寫出來。」對景物，康拉德不僅描寫，「而時時加以解釋，這個解釋使他把人與環境打成一片，而顯出些神秘氣味」，環境的病態與精靈往往把康拉德的小說人物捉住，「把他們像草似的腐在那裡」，他的人物，「被環境鎖住而不得不墮落」：

不管人有多麼大的志願與生力，不管行為好壞，一旦走入這個魔咒的勢力圈中，便很難逃出，在這種故事中，康拉德是由個航員而變為哲學家。[17]

如果我們從老舍這些理論角度看〈夏宜樓〉與〈眼鏡〉則更能了解小說背景與人物命運的關係。李漁的生平知道的不多，無法肯定〈夏宜樓〉的事件與作者的關係。故事雖然放在元代，而不是作者的明末清初，但是「浙江婺州府金華縣」倒是他二十多歲前居住與應試（童子試與鄉

[17] 老舍〈一個近代最偉大的境界與人格的創造者、我最愛的作家——康拉德〉見《老舍論創作》，頁三〇四—三〇八。

試）之地方⑱。表面上〈夏宜樓〉是個喜劇，但當我們看到把望遠鏡，供在夏宜樓，做了家堂香火，夫妻二人不時禮拜，後來凡是有疑事，就去卜問它，就不禁悲從中來。瞿佶雖然聰明，在病態的環境中，在「魔咒的勢力圈中」，「他被環境鎖住而不得不墮落的。」

〈眼鏡〉在〈我怎樣寫短篇小說〉中，老舍說它屬於「我自己的經驗或親眼看見的人與事」之類小說。描寫北京街頭小市民的生活，是老舍最常出現的小說題材，因爲那是他「自幼生長在那裡的地方」。這個地方，因爲望遠鏡被中國人荒唐的用做偸香竊玉的工具，不但失去世界，造成列強的經濟與軍事勢力進入中國，而且還瓜分中國領土。眼鏡、汽車、洋車都是西洋的入口產品，它們代表西方列強勢力在中國。眼鏡象徵西方的科學（所以宋修身學的是科學），如果科學學不成，就追不上當今的世界了。落後就等近視。汽車是當時西方最進步的科技與富強之象徵，它在中國已構成「魔咒的勢力」，宋修身、小趙都「被環境鎖住而不得不墮落」：宋修身因爲躲閃汽車才把眼鏡丟掉的，小趙被汽車撞倒。王四他們一群洋車夫，死抱著已被西方人淘汰的洋車，靠它謀生，但又是不賺錢的行業，以至失去做人的尊嚴。貧窮使到王四短視，錯怪了宋修身。在街頭，橫衝直撞，猛按喇叭的汽車是惡勢力，它逼使宋修身學不上科學，把小趙毀滅，把王四從謀生的地盤趕走。

---

⑱ 黃麗貞《李漁研究》（臺北：純文學出版社，一九七四），頁四-七。

把白人毀滅的環境，在康拉得的小說中，那是「自然」（原始森林），在老舍的〈眼鏡〉中，那是來自西方的汽車和中國人盲目追求西化的變態心理與守舊思想。蘇聯安基波夫斯基論老舍的短篇小說時說，他的多數作品是「揭露人性的缺陷，評擊環境如何迫使人們走向自己精神道德的反面」⑲，而〈眼鏡〉這篇小說，就是探討這個主題的一篇佳作。

7.不同時代文學作品的類同研究

比較文學的「比較」一詞是指示研究不同國家文學作品中的類同，傳統或影響。其中類同就是指相似或平行（parallels）給我們提供一種有趣又有價值的研究題目。類同研究包括分析兩部作品裡面的風格、結構、技巧、情調的相似之處。第一種相似，並不是由於兩者之間有特別的影響關係存在所造成，第二種相似是因爲兩者有互相影響之關係存在。在這兩種關係之外的其他相似點，可能由於作品在一種相同的文學氣候（Literary Climate）裡所創作，如果兩部作品不同時代，可能是由於一般的文學傳統精神，造成作者要表達某些共同思想的緣故，或是純粹的巧合⑳。

⑲（蘇）A. A. 安基波夫斯基著，宋永毅譯《老舍早期創作與中國社會》（長沙：湖南文藝出版社，一九八七）頁一一三。

⑳ A. O. Aldridge, Jan Corstius, J. T. Shaw 等比較文學學者對類同的論點，可參考譯《比較文學理論集》（臺北：國家出版社，一九八三），頁二八—二九，七三—七四。

將可以比較的作品放在一起看，對它們個別的批評會有很大的幫助和價值。不過這種方法在過去，主要被比較文學的學者用來研究不同國家的作品之類同，很少比較類同的作品是屬於同一國家同時期或不同時期的作品，因爲這是屬於比較文的研究範圍。我本文將李漁小說中的望遠鏡與老舍小說中的眼鏡比較，是國家文學的研究，不是比較文學研究，但它與比較文學的類同研究的價值還是一樣，它不但幫助了解每部作品的本質和內在價值，表現出各時期文學作品傳統的異同，認識相同的文學現象與表現手法等等。基於上面的分析，李漁與老舍雖然不同時代，但是基於要表達某些共同的想（痛惜中國人沒有把視野擴大，把心靈開放，把目光投向先進的西方），由於在一種相同的文學氣候和文學傳統裡創作（以啓蒙文學改良國民性），再加上相同的技巧（望遠鏡和眼鏡：西洋科技產品），這兩篇小說把原本分割斷的小說傳統連接起來。如果這種類似研究很多，我們更能了解清代短篇小說傳統之河流是怎樣流過現代文學的土地上的。

王瑤先生多年前曾呼籲「對現代文學的歷史考察，目光只囿於三十年的範圍會有很大的局限性；需要把研究視野作時間上的延伸」㉑。過去研究現代作家與外國文學的關係的熱列，遠遠超過探討他們與中國古典文學的關係，像謝曼諾夫《魯迅和他的前驅》這類著作㉒，可以更準確的爲中國現代作家在文學史上定位。因此類同研究是不能忽略的。

㉑ 王瑤〈中國現代文學研究的歷史和現狀觀〉，見《中國現代文學研究：歷史與現狀》（北京：中國社會科學出版社，一九八九），頁一三。

㉒ 謝曼諾夫著李明濱譯《魯迅和他的前驅》（長沙：湖南文藝出版社，一九八七）。

六、快槍使神槍斷魂，鏢局改成客棧：

論老舍的〈斷魂槍〉

1. 描寫江湖上的事的武俠小說

一九五一年開明書店出版一本《老舍選集》❶，老舍自己選了五篇一九四九年以前寫的代表作。這五篇作品，除了〈黑白李〉，其他作品〈斷魂槍〉、〈上任〉、〈月牙兒〉和《駱駝祥子》，老舍自稱爲都是描寫江湖上的事。他在〈老舍選集·自序〉中說：

這五篇作品中，倒有四篇是講到所謂江湖上的事的：《駱駝祥子》是講洋車夫的，〈月牙

❶ 一九五一年八月由開明書店出版。選集的自序的後半部全是自我檢討的文字。全文見《老舍文集》(北京：人民文學出版社，一九九一)，第十六卷，頁二二九－二三九。

兒〉是講暗娼的，〈上任〉是講強盜的，〈斷魂槍〉是講拳師的。我自己是寒苦出身，所以對苦人有很深的同情。……打拳的，賣唱的，洋車夫也是我的朋友。……在我的朋友裡，有許多是職業的拳師，太極門的，形意門的，查拳門的，打虎門的，都有。但是，他們沒有一位像〈斷魂槍〉中的那幾位拳師的，而且也根本沒有那麼個故事。其中的人與事是我自己由多少拳師朋友裡淘洗出來，加工加料炮製成的。(《文集》，一六之二二〇－二二一)❷

這篇小說原是一部長篇小說，後來因爲「索稿火急」，把它改成短篇。老舍說：「這個短篇，雖然那麼短，或者要比一部長篇更精彩一些。」(《文集》，一六之二二一)原來這部長篇叫《二拳師》，是一部武俠小說，在〈我怎樣寫短篇小說〉中，他說：

它本是我要寫的《二拳師》中的一小塊。《二拳師》是個……假如能寫出來……武俠小說。在〈斷魂槍〉裡，我表現了三個人，一樁事。這三個人與這一樁事是我由一大堆材料中選出來的，他們的一切都在我心中想過了許多回，所以他們都能立得住。那件事是我所

---

❷ 本文所引老舍作品，均根據《老舍文集》(北京：人民文學出版社，一九八〇－一九九一)，共十六卷。

要在長篇中表現的許多事實中之一，所以它很俐落。拿這麼一件小小的事，聯繫上三個人，所以全篇是從從容容的，不多不少正合適……（《文集》，一五之一九八）

老舍本人對〈斷魂槍〉特別喜歡，上面我們看過他說：「這個短篇……要比一部長篇更精彩一些。」另外他又指出把原本十五萬字的材料寫成五千字的一個短篇，那是等於「寧吃仙桃一口，不吃爛杏一筐了」（一六之一九八）。在〈人物、語言及其他〉裡，老舍又重複地稱讚這篇小說的精煉與含蓄：

寫東西一定要求精煉，含蓄。俗語說：「寧吃鮮桃一口，不吃爛杏一筐」，這話是很值得深思的。不要使人家讀了作品以後，有「吃膩了」的感覺，要給人留出回味的餘地，讓人看了覺得：這兩口還不錯呀！我們現在有不少作品不太含蓄，直來直去，什麼都說盡了，沒有餘味可嚼。過去我接觸很多拳師，也曾跟他們學過兩手，材料很多。可是不能把這些都寫上，我就撿最精彩的一段來寫：有一個老先生槍法很好，最拿手的是「斷魂槍」，這是幾輩祖傳的。……（《文集》，一六之五九）

老舍自己對〈斷魂槍〉的重視，引把不少學者對這篇小說的注意。但是老舍在一九四九年後，由於客觀環境的限制，他對這篇小說的解釋是避重就輕的。這一來，又促使一些學者把它的意義的看法限制在「不傳」上面，因爲老舍的〈人物、語言及其他〉是在一九五九年寫的，對象是一般工農兵大衆，所以老舍盡量簡單的把小說的底說成「不傳」，「從古到今有多少寶貴的遺產都被埋葬掉啦」（一六之五九）：

有一個老先生槍法很好，最拿手的是「斷魂槍」，這是幾輩祖傳的。外地有個老人學的槍法不少，就不會他這一套，於是千里迢迢來求敎槍法，可是他不敎，說了很多好話，還是不行。老人就走了。他見那老人走後，就把門鎖起來，把自己關在院內，一個人練他那套槍法。寫到這裡，我只寫了兩個字：「不傳」，就結束了。還有很多東西沒說，讓讀者去想。想什麼呢？就讓他們想想小說的「底」——許多好技術，就因個人的保守，而失傳了。（《文集》，一六之五九）

正如吳小美與魏韶華所指出，「這個『底』的揭破更多地顯示出五〇年代末的特殊接受背景，並且遠不是一個唯一的『底』。」他們還說：「我們至此仍然堅信，這篇小說的『底』還有許多許多。」❸

❸ 吳小美，魏韶華《老舍的小說世界與東西文化》（蘭州：蘭州大學出版社，一九九二），頁二四七－二四九。

本文的目的，就是要探討「還有許多許多」的其他的底。老舍既然說它很含蓄，怎麼可能謎底這麼簡單？

2.「故事的出奇，不如有深長的意味」

雖然老舍說這是根據描寫江湖上的事的武俠小說《二拳師》改寫而成，我們不能把它看作一個複雜驚奇的故事。他一向對這種故事採取保留的態度。在〈怎樣寫小說〉中，老舍說：

對複雜與驚奇的故事應取保留的態度，假若我們在複雜之中找不出必然的一貫的道理，於驚奇中找不出近情合理的解釋，我們最好不要動手，因為一存以熱鬧驚奇見勝的心，我們的趣味便低級了……（《文集》，一五之四五二）

老舍要注重的是關心人類及其社會的小說：

故事的驚奇是一種炫弄，往往使人專注意故事本身的刺激性，而忽略了故事與人生有關係。這樣的故事在一時也許很好玩，可是過一會兒便索然無味了。試看，在英美一年要出多少本偵探小說，哪一本裡沒有個驚心動魄的故事呢？可是有幾本這樣的小說成為真正的文藝的作品呢？……小說是要感動，不要虛浮的刺激。因此，第一：故事的驚奇，不如人與事的親切；第二：故事的出奇，不如有深長的意味。假若我們能由一件平凡的故事中，看出它特有的意義，則人同此心，心同此理，它便具有很大的感動力，能引起普遍的同情心。小說是對人生的解釋，只有這解釋才能使小說成為社會的指導者。也只有這解釋才能把小說從低級趣味中解救出來。（《文集》，一五之四五一）

所以〈斷魂槍〉要表現的應該不是「虛浮的刺激」，而是「有深長的意味」的故事。老舍在上面引文之後，還指出，好作家應該「養成對事事都探求其隱藏著的眞理的習慣。」（《文集》，一五之四五二）

在探求〈斷魂槍〉隱藏著的「深長的意味」時，我們必須知道老舍慣用「暗示」的方法：

暗示是個好方法，它能調劑寫法，使不致處處都是強烈的描畫，通體只有色而無影。它也能使描寫顯著細膩，比直接述說更有力。……暗示既使人希冀，又使人與作者共同去猜想，分擔了些故事發展的預測。（〈事實的運用〉《文集》，一五之二五五）

老舍說的暗示或隱示，其實與他在〈文學的傾向〉（下）裡所說的把「心覺寫畫出來」的象徵主

義是一樣的手法。它是「求知那不可知的」一種文學表現手法。(一五之一一七)

3.西洋的槍炮取代了中國的刀槍

「五虎斷魂槍」，顧名思義，是指這套槍法能使五隻老虎斷魂。老虎是地球上其中最凶猛的野獸，因此我們稱呼勇猛的武功高強的人爲五虎將。這篇小說的題目叫「斷魂槍」，固然是指中國武功高強的人，如鏢師沙子龍，二十年來，憑著一套「五虎斷魂槍」，所向無敵，在西北的荒林野店出盡風頭，其言外之意，也是暗指以刀槍所代表的中國武功，自古以來，是統治中國最佳的武器，也是捍衞國土的法寶。

不過〈斷魂槍〉這個題目本身也帶有一種幽默，老舍說「幽默乃通於深奧」(〈談幽默〉《文集》，一五之二三〇)，所以它又含有中國的刀槍（功夫）已經斷魂之意義。小說一開始便說：「門外立著面色不同的人，槍口還熱著。他們的長矛毒弩，花蛇斑彩的厚盾，都有什麼用呢？」這表示帝國主義的槍炮已轟開中國的海禁，西洋的快槍已取代了中國人的刀槍。「炮聲壓下去馬來亞與印度野林中的虎嘯。」馬來亞（卽日前之馬來西亞）與印度的老虎凶猛無比，現在由於西洋槍炮火力之傷害力極強，它們只聽到槍炮聲，就不敢吭聲地逃命去了。五虎斷魂槍，又指中國功夫，現在已被西洋槍炮轟打得斷了魂。它原本是使人斷魂的槍，現在自己卻是斷了魂的槍。

槍斷了魂，門外不同面色的人的洋槍口還熱著。沙子龍只好把他的神槍藏在後院的一個北房的牆角，只有在夜晚，才敢拿起來摸摸：

現在，這條槍與這套槍不會再替他增光顯勝了；只是摸摸這涼、滑、硬而發顫的杆子，使他心中少難過一些而已。只有在夜間獨自拿起槍來，才能相信自己還是「神槍沙」。在白天，他不大談武藝與往事；他的世界已被狂風吹了走。(〈斷魂槍〉《文集》，八之三三一)❹

中國因爲有了武功，曾經成爲東方一大強國。但是就如義和團過分迷信武術之威力，把持刀槍的江湖好漢，誇張地說成能抵抗槍炮，拒絕接受現代化的武器，因此才導致義和團慘敗於八國聯軍炮火之下，給中國帶來喪權辱國的災難。〈斷魂槍〉實際上就是要借武術來暴露中國許多古代文明的局限。譬如沙子龍的徒弟就常常爲師父吹騰：「沙老師一拳就砸倒了個牛！沙老師一脚把人踢到房上去。」實際上「他們誰也沒見過這種事，但是說著說著，他們相信這是眞的了。」

---

❹ 老舍〈斷魂槍〉在《老舍文集》及絕大多數中國大陸在一九四九年以後出版的老舍小說作品集中，內文沒有改動，不過都把這篇小說的題辭刪掉。這篇小說原版有這一行：「生命是鬧著玩，事事顯出如此。以前我這麼想過，現在我懂得了。」其中的幽默大概中共官方難於接受。

（八之三三三）

而王三勝向沙子龍學到的神槍，用來跟孫老頭比武，一下子就被後者打落二次。由於師父沙子龍不接受孫老頭的挑戰，王三勝和小順們從此不敢到土地廟去賣藝。外頭謠傳現在孫老頭是天下第一，沙子龍不是他的對手，而且「那老頭子一腳能踢死個牛。」（八之三三八）這些細節的文字，都在暗示中國的武功或其他舊傳統一向過於被神化。大家把它說得神奇又神奇，老百姓相信了，連統治者也被蒙騙了，於是用它來對付入侵中國的八國聯軍。作者似乎在暗示，中國許多古代了不起的舊傳統如功夫，都不能用在現代世界了。

可是由於一九四九年後，中共官方肯定義和團爲反封建秘密組織，屬於農民早期的革命運動，是反帝國主義入侵中國的愛國運動者。另一方面，中共又認爲義和團的失敗，是滿清王朝與帝國主義勾結的結果。而老舍本人，在一九六〇年，接受了不少中共對這個歷史的解釋，還創作了《義和團》劇本（後易名《神拳》）。老舍在一九六一年爲這劇本所寫的後記〈吐了一口氣〉中說，《義和團》的創作是受了一些新的歷史解釋而寫：

> 去年，因為是義和團六十週年，我看到了一些有關的史料與傳說，和一些用新的眼光評論義和團起義的文章。這又鼓動了我，想寫點什麼。我就寫了那本話劇。（《文集》，一二

之一八二）❺

這裡所說的「新的眼光評論」應該是指中共的看法。另一個重要的使他想寫義和團的原因，是因為他父親是在義和團抵抗八國聯軍攻打北京時陣亡的。他父親是保衛皇城的護軍，聯軍攻入地安門，在巷戰時陣亡在北長街的一家糧店裡：

父親的武器的老式的擡槍，隨放隨裝火藥。幾杆擡槍列在一處，不少的火藥就撒在地上。洋兵的子彈把火藥打燃，而父親身上又帶有火藥，於是……（《文集》，一二之一八三）

武器的陳舊是造成保護皇城軍隊失敗的主要原因。八國聯軍攻打北京，是一場大屠殺、大刼掠，不過即使在一九六一年，他對義和團還是有一點保留：

---

❺〈吐了一口氣〉這篇文章目前置於《老舍文集》中作《神拳》之後記。收集在《老舍論創作》（上海：上海文藝出版社，一九八二），頁一八三－一八六及《老舍的話劇藝術》（北京：文化藝術出版社，一九八二），頁一七〇－一七四，均用〈吐了一口氣〉為題。

> ……假若當時我已經能夠記事兒（老舍不滿兩歲），我必會把聯軍的罪行寫得更具體、更「偉大」、更「文明」。當然，我也必會更理解與喜愛義和團——不管他們有多少缺點，他們愛國、反帝的熱情與膽量是極其可敬的！
>
> 可是，我所看見到的有關義和團的記載（都是當時知識分子的手筆），十之八九是責難團民的……去年發表的民間的義和團傳說，不是那些文人的記述，鼓舞了我，決定去寫那個劇本。由那些傳說中，我取得團民的真正形象……（《文集》，一二之一八五）

以上這些資料足以證實老舍在一九四九年以前對義和團的了解是不一樣的。他父親死於使用落伍的擡槍，沙子龍的中國所以被外國人侵占，是由於中國人還迷信刀槍與武功的神奇力量。

4. 鏢局已改成客棧：沙子龍的中國

小說第一行只說：「沙子龍的鏢局已改成客棧。」從鏢局變成客棧是代表極權的舊中國淪落爲喪權辱國的半殖民地的現代中國。舊中國由皇帝統治天下，以龍旗代表權力，就如武俠小說或電影所塑造的形象，皇帝只要網羅到武林中的一流高手，把老百姓鎮壓住，天下就平安無事。所以舊中國的統治結構與替人保鏢的鏢局大同小異。沙子龍的鏢局在頂盛時代，揚威西北一帶，也是暗示舊中國強大的版圖不斷向西北擴張，因爲中國的武林高手不會越洋過海。

可是自從西洋發明的槍炮打敗了中國的刀槍，「龍旗的中國也不再神秘」：現在大家都明白長矛毒弩，花蛇斑彩的厚盾，還有鋼刀都沒有用，神明與風水也不靈了，「今天是火車、快槍、通商與恐怖。聽說，有人還要殺下皇帝的頭呢！」外國槍炮轟開中國的海禁大門，割占土地，爭奪物產，但都以通商爲名。而鏢局的中國變成客棧的中國，因爲中國已成爲「門外立著不同面色的人」的客棧，而客客氣氣、委屈求全地招待客人的，卻是以前武功高強、威震西北一帶的沙子龍：

> 鏢局改了客棧，他自己在後小院占著三間北房，木槍立在牆角，院子裡幾只樓鴿。只是在夜間，他把小院的門關好，熟習熟習他的「五虎斷魂槍」。這條槍與這套槍，二十年的功夫，以西北一帶，給他創出來「神槍沙子龍」五個字。現在，這條槍與這套槍不會再替他增光顯勝了。只是摸摸這涼、滑、硬而發顫的杆子，使他心中少難過一些而已。只有在夜間獨自拿起槍來，才能相信自己還是「神槍沙」。在白天，他不大談武藝與往事；他的世界已被狂風吹了走。（《文集》，八之三三一－三三二）

夜晚代表已消失的過去。舊中國只有在夜晚裡去尋找過去的光榮與偉大。帝國主義入侵中國後，中國從封建社會淪爲半殖民地社會，這便是客棧所象徵的變化：中國成爲冒險家、政治野心家、投機商人的天堂。

5.沙子龍：東方大夢沒法子不醒

老舍說〈斷魂槍〉寫的是「一樁事」與「三個人」。這一件事當然是指鏢局改成客棧，寄寓舊中國由威震東方的大國淪爲半殖民地的、只能以笑臉與鞠躬來迎接外國人的現代中國。至於三個人，是指沙子龍、王三勝與孫老頭三人。他們三個人實際上代表了所有的中國國民。

沙子龍原是一家鏢局的總鏢頭，他威震西北，稱霸一時。自從洋槍洋炮打敗五虎斷魂槍，武功敵不過子彈之後，他把鏢局改成客棧，自己成爲畢恭畢敬接待客人的客棧老板。清朝末年的皇帝，就是客棧老板，中國已從鏢局淪落爲客棧的局面。

沙子龍固然令人想起他是西北沙漠的龍頭，也寓意著是一盤散沙的中國人民的首領。舊中國的統治者皇帝都以龍來象徵自己，而中國人也以龍的傳人自稱。沙子龍現在變得消沉，已喪失了爭取天下第一的意志，天天除了經營客棧，便是「養養樓鴿，看看《封神》」過日子。然後在夜間，躲在後院，獨自拿起槍來，要幾招「五虎斷魂槍」，藉此相信自己曾是「神槍沙」，因而心中少些難過。

沙子龍是列強各國入侵中國以後，國民性及其生活所起變化的一種最佳說明。他明白世界之變化，現實之無情，理解到中國的武藝已被洋炮洋槍淘汰，決定讓他的五虎斷魂槍跟他一齊入棺材！堅決不再傳下去。沙子龍「不傳」，主要原因還不是要表現中國「許多好技術，就因個人的保守而失傳了」，是因爲他感到已無可傳，今後再也不是中國功夫與刀槍的時代，「他的世界已被狂風吹了走」。老舍本人就因爲「對國事的失望，軍事與外交種種的失敗」（《文集》，一五之一八八）寫了《貓城記》來否定中國及其文化。

沙子龍代表「東方大夢沒法子不醒了」。

6. 王三勝與孫老頭：沉溺於東方大夢

沙子龍的弟子王三勝在鑣局關門後，雖然也受現實的衝擊，卻拒絕夢醒，還經常提起神槍沙當年的事來嚇唬人。但他一旦敗在一個「黃鬍子老頭兒」的手下之後，就不敢再到土地廟去賣藝，也不敢再爲沙子龍吹勝，不過還是沒有師父那種醒悟：現代人並不需要武功了。沙子龍向孫老頭解釋說：「要是三勝得罪了你，不用理他，年紀還輕。」老舍用年輕無知來原諒仍然沉溺於東方大夢的人。

孫老頭在有了快槍之後，還如此迷信「五虎斷魂槍」，還遠道來學槍。他這般「咬勁」，使人想起沙子龍當年拼命學功夫的往事，當然也使人不能不感慨其大夢不醒！孫老頭的長相完全是舊式中國人，還繫著一條辮子：

> 小乾包個兒，披著件粗藍布大衫，臉上高高瘸瘸，眼陷進去很深，嘴上幾根細黃鬍，肩上扛著條小黃草辮子……（《文集》，八之三三四）

頭上的小黃草辮子表示他是保皇黨，義和團，或至少是滿清的遺民。另外孫老頭出身自「河間的，小地方」，可能那裡洋槍洋炮尚未深入，還不知道中國的功夫與刀槍早已被打垮了，被時代淘汰了，即使沙子龍樂意傳授五虎斷魂槍，又有什麼作用？沙子龍在孫老頭身上看見了自己過去迷信斷魂槍的錯誤。

王三勝因年紀還輕，不懂事，而孫老頭因住在河間小地方，沒有知識，還未覺悟到世界已起變化。這不是說明曾經震驚過東方強大的中國，年老的舊中國和年輕的新中國不是陷入長時間的昏睡之中，就是沙子龍一個人在半夢半醒中，門外等著外國人，槍口還熱著。可是功夫高強的另一個中國也立在門外，等著他去比武，徒弟王三勝則想用激將法讓老師出去：「姓孫的一個老頭兒，門外等著老師呢；把我的槍，打掉二次。」這又似乎暗示中國的內憂外患！怪不得沙子龍決心「不傳」，要把那套槍法「一齊入棺材」。白欺欺人的武功，只會帶來災難！

7. 在白天與夜晚之間

《斷魂槍》以白天開始。白天，沙子龍的鏢局已改成客棧，他是一個生意人。門外立著持槍的外國人，槍口還熱，他的東方大夢，「沒法子不醒了」。小說結束時，那是「夜靜人稀」的晚上。沙子龍在後院耍了六十四招的斷魂槍後，決定「不傳」他的絕招，因爲他的槍已斷魂了。他知道只有夜間獨自拿起槍來，才能相信自己還是「神槍沙」。白天是現代，黑夜是過去。現代是屬於洋槍洋炮的，過去才是中國武術稱雄的時代。

這種日夜背景的安排，象徵沙子龍，也就是中國人內心裡新與舊的鬥爭，兩種生活方式的衝突。一般的中國人還是沒有勇氣面對白天（現代）中國社會的現實，仍然沉溺於晚上的舊夢中。這是現代中國人面臨的困境，也是中國的困境。

七、《駱駝祥子》中《黑暗的心》的結構

1.「我決定不取中國小說的形式」：從狄更斯到康拉德

我在一篇英文撰寫的論文〈老舍的康拉德情結考〉裡❶，探討了爲人所忽略的老舍（一八九九–一九六六）對康拉德熱帶叢林小說的迷戀及其影響。老舍在一九四九年以前回憶創作經驗時，肯定地說五四運動與他沒大關係，如果不是出國，讀了西方小說，他就「不會成了個小說家」。在一九三四年發表的〈我的創作經驗〉中，老舍說：

❶ Wong Yoon Wah, "Obsession with Joseph Conrad's Stories of the Tropics," a paper presented at Symposium on Literature and Cultures of the Asia-Pacific Region, 15-19, November 1993, Singapore. 另外我又以中文改寫成〈從康拉德的熱帶叢林到老舍的北平社會：論老舍小說人物「被環境鎖住不得不墮落」的主題結構〉，收入本書第三章。

五四運動，我並沒有在裡面……直到二十五歲我到南開中學去教書，才寫過一篇小說……二十七歲，我到英國去。設若我始終在國內，我不會成了個小說家……（《文集》，一五之二九一）❷

老舍在〈我怎樣寫《老張的哲學》〉（一九三五）裡也指出，一九二四年夏天出國前，不曾有過做作家的念頭：

除了在學校裡練習作文作詩，直到我發表《老張的哲學》以前，我沒寫過什麼預備去發表的東西，也沒有那份兒願望。不錯，我在南開中學教書的時候曾在校刊上發表過一篇小說；可是那不過是為充個數兒……（《文集》，一五之一六四）

老舍把到倫敦的第二年（一九二五）完成的《老張的哲學》作為創作的起點。他在〈我怎樣寫短

---

❷ 本文所引老舍作品原文，均出自《老舍文集》一六卷（北京：人民文學出版社，一九八〇-一九九一）。老舍所說第一篇小說〈小鈴兒〉發表在《南開季刊》（一九二三）上，現收集在《文集》（九之二五七-二六三）。近年發現老舍更早的短篇〈她的失敗〉發表於日本廣島高等師範《海外新聲》一卷二期（一九二一年五月），尚未收集老舍任何文集中。

篇小說〉（一九三六）裡說：

> 我最早的一篇小說還是在南開中學教書時寫的；純為敷衍學校刊物的編輯者，沒有別的用意。這是十二三年前事。這篇東西當然沒有什麼可取的地方，在我的寫作經驗裡也沒有一點重要，因為它並沒引起我的寫作興趣。我的那一點點創作歷史由《老張的哲學》算起。（《文集》，一五之二九四）

一九五〇年以後，老舍似乎不敢再說上面的眞話了。一九五七年發表在《解放軍報》的〈「五四」給了我什麼〉，在政治壓力下，他只好跟著大家說些容易被人接受的話：

> 沒有「五四」，我不可能變成個作家。「五四」給我創造了當作家的條件。（《文集》，一四之三四五）

全文沒提到在英國讀外國小說的啓發，最後以這樣的話結束：

> 感謝「五四」，它叫我變成了作家，雖然不是怎麼了不起的作家。（《文集》，一四之三

四六）

老舍不但肯定「設若我始終在國內，我不會成了個小說家」，而且承認當他在倫敦開始寫小說時，「決定不取中國小說的形式」。請看〈我怎樣寫《老張的哲學》〉這一段話：

> 在拿筆以前……對中國的小說我讀過唐人小說和《儒林外史》什麼的，對外國小說我才念了不多……後來居上，新讀過的自然有更大的勢力，我決定不取中國小說的形式，可是對外國小說我知道的並不多……我剛讀了 *Nicholas Nickleby*（《尼考拉斯．尼柯爾貝》）和 *Pickwick Papers*（《匹克威克外傳》）等雜亂無章的作品，更足以使我大膽放野，寫就好，管它什麼……（《文集》，一五之一六五）

在眾多西方小說家中，狄更斯（Charles Dickens, 1812-1870）現實主義的作品，先啓發老舍的小說寫作，但後來，從一九二九年寫《二馬》開始，他已被康拉德的熱帶小說的魔力迷住了，而且從此老舍都擺脫不了康拉德的小說影響。但是老舍與狄更斯在表面上都很相似，同樣寫大城市的貧民，因此過去的學者都沒注意到老舍與康拉德的出乎意料之外的密切關係。

老舍在一九三五年寫的〈一個近代最偉大的境界與人格的創造者：我最愛的作家康拉德〉，

具體的指出，「康拉德在把我送到南洋以前，我已經想從這位詩人偷學一些招數。」（《文集》，一五之三〇一）。這是指《二馬》中運用了康拉德的一些藝術技巧。此外老舍也承認「因著他的影響我才想到南洋去。」（《文集》，一五之三〇一）。由於受了康拉德南洋小說的刺激與啓發，老舍在新加坡（一九二九－一九三〇）半年間寫了《小坡的生日》，以新加坡來表現最小的南洋社會。

老舍在一九三五年以後，幾乎成了康拉德專家，在許多回憶自己的創作的文章和討論小說創作技巧的論文中，經常拿康拉德來作說明，其中最重要者，要算〈我怎樣寫《二馬》〉（一九三五）、〈我怎樣寫《小坡的生日》〉（一九三五）、〈一個近代最偉大的境界與人格的創造者：我最愛的作家康拉德〉（一九三五）、〈景物的描寫〉（一九三六）、〈事實的運用〉（一九三六）及〈寫與讀〉（一九四五）。當然到了一九四九年以後，康拉德的名字便不再出現在他的文章裡了。

2. 人被環境鎖住不得不墮落：「這樣寫法無疑的是可效法的」

對老舍來說，康拉德最具有魔力的主題結構，是「人始終逃不出景物的毒手，正如蠅的不能逃出蛛網。」自然界的原始叢林或大海，往往把人「像草似的腐在那裡」：

在那些失敗者的四圍，景物的力量更為明顯：「在康拉德，哈代，和多數以景物為主體的寫家，『自然』是書中的惡人。」是的，他手中那些白人，經商的，投機的，冒險的，差不多一經失敗，便無法逃出——簡直可以這麼說吧——「自然」給予的病態。山川的精靈似乎捉著了他們，把他們像草似的腐在那裡。（〈一個近代最偉大的境界與人格的創造者：我最愛的作家康拉德〉《文集》，一五之三〇五）

康拉德小說中的人物多數是「被環境鎖住而不得不墮落的」：

Nothing，常常成為康拉德的故事的結局。不管人有多麼大的志願與生力，不管行為好壞，一旦走入這個魔咒的勢力圈中，便很難逃出。在這種故事中，康拉德是由個航員而變為哲學家。……他的人物不盡是被環境鎖住不得不墮落的……（《文集》，一五之三〇六）

老舍初讀康拉德，印象最深刻的是「康拉德有時候把南洋寫成白人的毒物——征服不了自然便被自然吞噬。」（〈我怎樣寫《小坡的生日》〉《文集》，一五之一七八）。他認爲康拉德小說中人類與景物的關係的寫法「是可以效法的」：

景物與人物的相關，是一種心理的，生理的，與哲學的解析，在某種地方與社會便非發生某種事實不可，人始終逃不出景物的毒手，正如蠅的不能逃出蛛網。這種悲觀主義是否合理，暫且不去管，這樣寫法無疑是可效法的。（〈景物的描寫〉《文集》，一五之二三七）

我在〈老舍的康拉德情結考〉與〈從康拉德的熱帶叢林到老舍的北平社會：論老舍小說人物「被環境鎖住不得不墮落」的主題結構〉二篇論文中，曾用人物「被環境鎖住不得不墮落」的結構來分析老舍小說的基本架構，結果發現，康拉德小說中的熱帶叢林，被老舍用貧窮古老的北京城取代，而康拉德與老舍兩人小說中的人物，都「被環境鎖住不得不墮落」。這裡我就不再細說了。

老舍在〈文學的傾向〉（下）中，認爲比康拉德更早期的歐洲主要寫實主義大家的小說，除了特別注意表現社會上「醜的暗的與獸欲」（一五之一〇七）之外，他們小說中的人物也是逃不出那天然律：

……佐拉（Zola），都德（Daudet），莫泊桑（Maupassant）等都是他的信徒。他們這些人的作品都毫無顧忌的寫實，寫日常的生活，不替貴族偉人吹噓；寫社會的罪惡，不論怎樣的黑暗醜惡。我們在他們的作品中看出，人們好像機器，受著命運支配，無論怎樣也逃不出那天然律。他們的好人與惡人不是一種代表人物，而是真的人；那就是說，好人也有壞處，壞人也有好處……（一五之一〇八）

〈文學的傾向〉是老舍在一九三〇—一九三四年間在齊魯大學教授文學概論時寫的一章，《駱駝祥子》作於一九三六年，可見老舍所認識到的人類難於逃出天然律的小說，非常深刻的影響著他。

3.「把內容放到個最適合的形式裡去」

上面所提到老舍談論康拉德的文章，多數是一九三五、一九三六年間寫的。這正是老舍創作《駱駝祥子》的時期。他一九三八年春天在山東大學教書時開始醞釀和收集寫作資料，九月開始在上海《宇宙風》第二十五期連載，至一九三七年十月第四十八期登完。由於抗日戰爭，單行本在一九三九年才由上海人間書屋出版。如果從康拉德最使老舍迷惑的作品結構來解讀《駱駝祥子》，更能夠更具體了解老舍如何「把內容放到個最適合的形式裡去」（〈寫與讀〉《文集》，一五之五四六），這個形式就是人物「被環境鎖住不得不墮落」，「人始終逃不出景物的毒手，正如蠅的不能逃出蛛網。」老舍不是說過嗎？「這種悲觀主義是否合理，暫且不管，這樣寫法無疑的是可效法的。」

老舍在〈寫與讀〉在談過康拉德及其他西方小說家的作品，並認爲他們作品的「形式」可學習之後，特別提到《駱駝祥子》的寫作，很明顯的指出，這些小說內容取自他自小熟悉的中國低下層的人力車夫的生活，但「文字、形式、結構」曾學習西方作品：

> 讀書而外，一個作家還須熟讀社會人生。因為我「讀」了人力車夫的生活，我才能寫出《駱駝祥子》。它的文字、形式、結構，也許能自書中學來的；它的內容可是直接的取自車廠，小茶館與大雜院；並沒有看過另一本專寫人力車夫的生活的書。（《文集》，一五之五四七）

雖然老舍並沒說明《駱駝祥子》的文字、形式、結構向什麼人的小說學習，但這已足以證明西方某些作品曾給《駱駝祥子》一些啓發與靈感。在西方小說中，康拉德的作品顯然給予《駱駝祥子》的創作極大的影響。因此本文採用《黑暗的心》(*Heart of Darkness*, 一八九九)這部康拉德熱帶叢林的代表作來解讀《駱駝祥子》❸。

❸ 本人曾翻譯這本小說成中文。王潤華譯《黑暗的心》（臺北：志文出版社，一九七七）。

在康拉德描寫熱帶叢林的小說中，在表現白人在征服不了原始熱帶叢林，反而被它腐蝕和毀滅的代表中，《黑暗的心》最完整的具有「被環境鎖住不得不墮落」的主題結構。這部小說的篇幅與《駱駝祥子》的相似，是短的長篇小說（short novel），它的倒敍手法，曾被老舍用到《二馬》的創作上去。小說中的主角克如智（Kurtz）帶著白人要開發落後的黑暗大陸的雄心，一心一意要把文明與進步帶去非洲大陸。這個理想主義者，後來過分迷戀象牙所能帶來的財富，在原始的森林中，在剛果的內地，爲了搶購象牙而走火入魔，導致道德敗壞之思想行爲之出現。他殘忍地剝削和壓迫土人，又成爲土著膜拜的神明，企圖控制土著，另外爲了獨霸象牙，也與白人爲敵，最後拒絕被救，寧願病死原始叢林中。克如智就是老舍所感興趣的白人征服不了自然反而被吞噬的人物。《黑暗的心》就是最典型的老舍所說反映「人始終逃不出景物的毒手，正如蠅的不能逃出蛛網」的康拉德的代表作。

《駱駝祥子》在大的內容主題結構上，與《黑暗的心》就很相似。祥子「帶著鄉間小伙子的足壯與誠實」（《文集》，三之六）從農村來到北平貧窮的底層社會。祥子與其他拉洋車的不同，他不嫖不賭，不喝酒不抽煙一心一意以勞力賺取一輛洋車，甚至擁有一個車行；他也是一個理想主義者，以爲只要有力氣，就能賺錢，所以他不合群，在拉車者之間沒有朋友，城市成了他的朋友。個人的奮鬥一再失敗後，他由絕望走向墮落，做盡道德敗壞的勾當，偸主人的小老婆，出賣朋友，投機取巧，吃喝嫖賭更不必說了。祥子想征服北平的惡劣社會環境而終於被環境征服和吞沒。《黑暗的心》的克如智以白人的優越感和理想，從最有現代文明、法律與道德的歐洲來到熱帶叢林，祥子從農村來到城市，他的純潔與誠實，理想與勤勞，到最後都「被環境鎖住不得不墮落」。

《黑暗的心》中的克如智在非洲剛果的內陸，變得比土著更野蠻，祥子走進文明的北平城裡，卻如同走進原始的熱帶叢林，環境使他變成一頭走獸：

> 人把自己從野獸中提拔出，可是到現在人還把自己的同類驅逐到野獸裡去。祥子還在那文化之域，可是變成了走獸。一點也不是他自己的過錯。他停止住思想，所以就是殺了人，他也不負什麼責任。他不再有希望，就那麼迷迷忽忽的往下墜，墜入那無底的深坑。他吃，他喝，他嫖，他賭，他懶，他狡猾，因為他沒了心，他的心被人摘了去。他只剩下那個高大的肉架子，等著潰爛，預備著到亂死崗子去。（《文集》，三之二一五）

4.「正如蠅的不能逃出蛛網」：虎妞是網，祥子是蠅

老舍在宏觀康拉德的小說悲劇結構時，曾用蛛網中的蠅來比喻人類在環境中的無奈：「人始終逃不出景物的毒手，正如蠅的不能逃出蛛網。」這個意象也數次以較小的形式出現。如《駱駝祥子》第六章祥子受虎妞的誘騙，與她發生性關係。這是他墮落的第一步，老舍便用康拉德小說

人物的命運如蛛網上的小蟲來比喻祥子從此被環境鎖住了：

他沒和任何人這樣親密過，雖然是突乎其來，雖然是個騙誘……彷彿是碰在蛛網上的小蟲，想掙扎已來不及了。（《文集》，三之五五）

當祥子與夏太太私通時，這蛛網又出現一次：

這比遇上虎妞的時候更加難過；那時候，他什麼也不知道，像個初次出來的小蜂落在蛛網上；現在，他知道應當怎樣的小心，也知道怎樣的大膽……（《文集》，三之一九三）

此外老舍也喜歡把康拉德熱帶叢林的「自然」比喻作精靈或毒物，如「山川的精靈似乎捉著了他們，把他們像草似的腐在那裡」，叢林是「白人的毒物——征服不了自然便被自然吞噬」，為此，祥子被誘迫與虎妞結婚後，她變成捉住祥子的精靈或毒物：

他第一得先伺候老婆，那個紅襖虎牙的東西，吸人精血的東西；他已不是人，而只是一塊肉。他沒了自己，只在她的牙中掙扎著，像貓叼住的一個小鼠……（第十五章，《駱駝祥

子》《文集》，三之一三五）

一邊走一邊踢腿，踦骨軸的確還有點發酸！本想收車不拉了，可是簡直沒有回家的勇氣。家裡的不是個老婆，而是個吸人血的妖精！（第十六章，《駱駝祥子》《文集》，三之一四六）

5.祥子被倒鎖在內亂、政治、社會、性欲裡以後

深入去讀《駱駝祥子》，我們會發現老舍對鎖住祥子的「環境」，捉住祥子的蛛網，描寫得很細膩，而且有大有小。從整體來看，祥子的三起三落，是構成中國社會環境的三大元素：內亂（兵亂）、政治鬥爭（阮明告發曹先生，孫偵探勒索祥子以及不合理的婚姻制度和社會生活。）這三個康拉德式的征服不了的環境把他活活鎖住，使得他不得不墮落。他掙扎，但最後還是被這環境吞噬掉。第一次，祥子吃盡千辛萬苦，終於有了自己的車，「他覺得用力拉車去掙口飯吃，是天下最有骨氣的事。」但是不久他就連人帶車被軍閥大兵抓去了。他大喊「憑什麼？」開始感到世界的不公平。從亂兵中逃出，他偷了三匹駱駝（第一次不道德的行為），不久又辛苦攢積了買洋車的錢，可是卻被偵探勒索了，他哭喪著臉地問：「我招誰惹誰了？」相信「車是一切」的祥子，第三次買的車因為虎妞難產死了需要安葬費用，只好把最後的車子賣了。祥子的遭遇，往往使人想起老舍所說康拉德小說人物的悲劇：「Nothing，常常成為康拉德的故事的結局。不管

有多麼大的志願與生力，不管行為好壞，一旦走入這個魔咒的勢力圈中，便很難逃出。」

除了這三大環境，還有一張張的蛛網把祥子捉住，使他逃不出毒手。祥子辭掉楊宅的拉包月回到人和車行，想不到虎妞已佈下一個陷阱，讓他掉下去。因為劉四不在家，虎妞用骨牌打了一卦，曉得祥子會回來，便準備了酒和鷄，引誘他上鈎。酒醉之後，迷迷忽忽地便與她發生了關係，後來虎妞以懷孕來誘騙他成婚。第二天祥子計畫好回人和交車還錢，決心與虎妞一刀兩斷，想不到這等於送羊入虎口：

虎姑娘過來，把錢抓在手中，往他的衣袋裡塞：「這兩天連車帶人都白送了！你這小子有點運氣！別忘恩負義就得了！」說完，她一轉身把門倒鎖上。（《文集》，三之五八）

老舍用「把門倒鎖上」眞是神來之筆，這是「被環境鎖住不得不墮落」絕妙的一幕戲。祥子在虎妞死後，曾跟夏先生拉包月，夏太太是個私娼，與夏先生暗地裡同居。當佣人楊媽被辭退後，夏太太和祥子獨居一屋，她開始勾引他。明知她是一個私娼，可能有性病，祥子貪心，還是與她發生關係，因而染上了性病。老舍安排夏先生經常住在原配夫人家，佣人被辭退，這些都是製造一個把祥子鎖上的環境，讓他無法逃避夏太太的誘惑。

把祥子一步一步走上墮落之途的另一種環境，是中國的舊風俗習慣所形成。譬如劉四為了面子，死都不肯讓女兒嫁給拉車的，雖然他自己也是流氓地痞出身，卻不能放棄陳舊的門當戶對的觀念。他心裡這樣想：

> 本來就沒有兒子，不能火熾熾地湊起個家庭來；姑娘再跟人一走！自己一輩子算是白費了心機！祥子的確不錯，但是提到兒婿兩字，還差得多；一個臭拉車的！自己奔波了一輩子，打過群架，跪過鐵索，臨完教個鄉下腦袋連女兒帶產業全搬了走？沒那個便宜事！就是有，也甭想由劉四這兒得到。（第十四章，《文集》，三之一二七）

虎妞的死亡給祥子非常大的打擊，而她的死也是舊風俗所造成的。虎妞因爲迷信，孕期裡大吃油膩的東西，缺乏運動，胎兒太大。本來就難把嬰兒生出來，卻請了巫婆陳三奶奶帶著「童兒」來念咒拜神，爲她催生。一個誠實勤勞的人，被鎖在這種陋俗中，那有不被環境吞噬的道理？如果祥子沒遭到家破人亡之災，就不會沉到最底層下去了。

6.馬羅的剛果與祥子的北平：從地理到心靈之旅

要了解《駱駝祥子》與《黑暗的心》的相似，除了通過老舍自己對康拉德小說所讚賞的主題結構來詮釋外，我曾經在〈老舍的康拉德情結考〉及〈從康拉德的熱帶叢林到老舍的北平社會：

論老舍小說人物「被環境鎖住不得不墮落」的主題結構〉二篇文章中，試用美國學者古拉德(Albert Guerard)所認定康拉德小說的內容與思想主題來解剖《駱駝祥子》及老舍的其他小說，發現相同的地方很多。不管這是直接的影響，還是偶然性的類同，目前無法拿出鐵一般的證據來斷定，雖然看來前者可能性最大，但對了解《駱駝祥子》的藝術性與主題意義，極有幫助。

根據古拉德的分析，《黑暗的心》表面意義是暴露西方白人利用到非洲去探險與開發蠻荒，把文明帶去黑暗大陸爲藉口，殘酷地去剝削黑人，去建立殖民地。但是深入地去讀這部小說，它是關於走進人類心靈去探險，發現白人心靈，甚至人類內心之黑暗的有關人類良心的小說。馬羅(Marlow)從英國的文明中心點倫敦出發，從剛果河走向內陸，隨著每一個站的前進，發現更多恐怖殘忍的人類行爲。在走向內心的旅程盡頭，馬羅發現克如智已徹底墮落，他參與土著的宗教儀式，在屋外吊著人頭，爲了搶購象牙，白人與黑人都遭受殘殺，最後他寧願死在荒蠻的叢林，拒絕回去歐洲④。在老舍的《駱駝祥子》裡，多數人看到的，是一部眞實再現的城市貧民無

④ 古拉德對《黑暗的心》的論析，我特別同意他在下面這三篇文章所陳述的意見："The Journey Within," in Conrad's *Heart of Darkness and the Critics*, ed. Bruce Harkness (Belmont, California: Wadsworth Publishing Company, 1960), pp. 103-110; "Introduction", *Heart of Darkness, Almayer's Folly, The Lagoon*, ed. Albert Guerard (New York: Dell Publishing Company, 1960), pp. 7-23; "Introduction", *Heart of Darkness and The Secret Sharer*, ed. Albert Guerard (New York: New American Library, 1950), pp. 7-15.

法擺脫悲慘命運的生活❺。如果細心多讀幾遍，我們便可認識到《駱駝祥子》也有類似走向人類內心的旅程結構。祥子從以樸實勤勞爲道德標準的鄉村來到北平這個大城市，爲的是追求一部以爲可以致富的洋車。祥子追尋洋車的旅程也有三個重要的站。第一站是人和車廠，被剝削的勞工聚集地；第二站是婚後與虎妞居住的大雜院，北平最低下的貧民窟；第三站是白房子，即北平最低賤的妓院。每一站，每個人及其社會的道德都愈來愈可怕。像白房子，便是象徵中國社會的最黑暗和骯髒的地方，也是人類心靈最墮落的象徵。

根據古拉德的分析，最常出現在《黑暗的心》及其他康拉德描寫熱帶小說的三種主題內容❻，在《駱駝祥子》中都可找到。第一種是關於白人到了熱帶叢林，常常被捲入土著的人事紛爭中。祥子因同情或好心被捲入劉四虎妞父女的家事中，二強子與小福子父女的糾紛便是相似的例子。第二種是由於白人想做「仁慈的惡霸」，見義勇爲，理想主義往往強迫自己背叛自己的道德精神。祥子愛逞強，企圖在新（壞）的環境裡保持舊（好）的習慣，結果招來許多災禍。克如智與祥子一樣，想要解救落後貧窮的，最後卻被落後貧窮毀滅了。第三種內容叫做「麻木癱瘓的恐

❺ 有關《駱駝祥子》這方面的一些論文，見曾廣燦，吳懷斌編《老舍研究資料》下册（北京：北京十月出版社，一九八五），頁六五三—七二六的各家論文；另外也可參考曾廣燦編述的《老舍研究縱覽》（天津：天津教育出版社，一九八七）中有關各章節。

❻ 同前注，第二本書，頁一五—一七。

怖」，祥子本來野心勃勃，充滿活力，但最後毀於對性欲的恐懼感。由於這三種主題內容在另二篇文章中已討論過，這裡就不詳細分析了。

7. 景物與事實：酷熱、疾病、白房子、祭神儀式，搶救垂死的墮落者

老舍在討論小說創作理論時，特別重視小說中對景物與事實的描寫，而且在〈景物的描寫〉與〈事實的運用〉中，大量引用康拉德的小說技巧作爲理論與例證。我在上面已引用過老舍對康拉德小說的景物特點：「景物與人物的相關，是一種心理的，生理的，與哲理的解析，在某種地方與社會便非發生某種事實不可；人始終逃不出景物的毒手，正如蠅的不能逃出蛛網。這種悲觀主義是否合理，暫且不去管，這樣寫法無疑的是可以效法的。」（《文集》，一五之二三七）關於事實，老舍很欣賞康拉德的新奇事實，因此《駱駝祥子》中祥子偷亂兵的駱駝、四十如虎的虎妞的性欲、有一對異常大乳房，外號白面口袋的妓女（嫁過五次，丈夫都死，到妓院當作享受）都是新奇的事實。但是他替自己辯護說：「康拉德的小說中有許多新奇的事實，但是他絕不爲新奇而表現它們。他是要述說由事實所引起的感情，所以那些事實不止新奇，也使人感到親切有趣。」（《文集》，一五之二五二）讀老舍的《駱駝祥子》很需要從這個角度來理解：

欲作個小說家，須把事實看成有寬廣厚的東西，如律師之辯護，要把犯人在作案時的一切

情感與刺激都引為免罪或減罪的證據。一點風一點雨也是與人物有關係的……抓住人物與事實相關的那點趣味與意義，即見人生的哲理。在平凡的事中看出意義，是最重要的……那麼見了妓女便只見了爭風吃醋……由妓女的虛情假義而看到社會罪惡，便深進了一層；妓女的狡猾應由整個社會負責任，這便有了些意義。（〈事實的運用〉《文集》，一五之二五一—二五二）

細讀《黑暗的心》與《駱駝祥子》，二人運用景物與事實的手法，不但相似，而且景物與事實本身，都有類同的地方。事實上，我在上面的討論，如環境與心靈之旅的類同，已是屬於景物與事實的描寫範圍了。這裡只列舉幾項小但具體的例子來討論。

在〈景物的描寫〉中，老舍說在康拉德的作品中，有時景物之重要程度難以想像，「換了背景，就幾乎沒了故事」（《文集》，一五之二三七）。像《黑暗的心》中酷熱的天氣，陰悒的非洲原始大自然，使到雄心勃勃的白人，一下子就衰竭成病，每天有人死於瘧疾，一些白人未抵達內陸，途中就自殺了。當長途跋涉到內陸貿易站，克如智已病危，船剛回航，便斷氣死了。在這片赤道上的黑暗大陸，馬羅沿途常看見一群黑人頸上繫著鐵鏈，骨瘦如柴在等死，他們是白人捉來當勞工的奴隸。酷熱的天氣和黑色的森林，代表黑暗的勢力，它征服了文明，使白人成為殘無人性的剝削者，天氣給白人帶來瘧疾，瘋狂病，象徵他們本身的道德敗壞。同樣的，在《駱駝祥子》中，作者也利用天氣的殘酷性與貧窮人民受剝削的悲苦聯繫起來。老馬在嚴冬因寒冷與饑餓昏暈街頭的情景，使人想起《黑暗的心》中馬羅進入剛果沿路所見奄奄一息的黑人景象。最精彩的當是第十六章以後，嚴冬和盛夏裡大雜院裡窮苦大眾的生活，其中烈夏的暴風雨含義最為豐富。王行之的〈《駱駝祥子》中的時間問題〉❼，就曾說明時序與小說結構的有機關係。祥子在暴雨酷熱下拉車時病倒了，許多大雜院的貧民也生病了，這些描寫都使人想起馬羅在酷日下深入剛果內陸的折磨，他最後也得了瘧疾病。對祥子來說，烈日暴風雨裡客人不准他途中休息，繼續奔跑，那是象徵虎妞性欲的折磨，對大雜院的窮人來說，那是社會剝削的壓力。

《黑暗的心》一開始，馬羅先到歐洲一個像「一座白色墳墓的城市」去跟雇主簽合同。小說結束時，他又回到那裡去：「我發現自己回到那座陰森的墳墓似的城市。」❽這個城市是比利時的布魯塞爾，它象徵當時的殖民主義大本營。就是它，驅使白人喪盡天良，到世界各地從事道德敗壞的剝削與殘殺窮人的勾當。白人一旦簽了約，便如同妓女簽了賣身契，從此出賣肉體與靈魂。《駱駝祥子》的墳墓有二個。一個是人和車廠，另一個是「白房子」。祥子是跟劉四拉車開始這行業的，結果這公司後來成為毀掉他的地方，也就是埋葬他的墳墓。小說結束時，祥子去了

❼王行之的論文是在一九九一年十一月在北京舉行的第一屆老舍研究國際研究會上的講話，至今未見發表。

❽見王潤華譯《黑暗的心》，頁六三及一六一。

西直門外萬性園附近的「白房子」，而這妓院與亂葬崗同在一個樹林裡，因此「白房子」就是代表墳墓。小說裡不是說過嗎？拉車的人最終一定會躺在「白房子」裡的，它是埋葬拉車人道德倫理與身體的大墳墓。

馬羅進入剛果叢林深處的主要任務，是拯救因搜集的象牙而導致走火入魔、瘋狂殺害土人與白人的克如智，但他墮落，還成為黑人膜拜的神明，因此拒絕回歸文明，最後在回航的船上逝世。祥子也在小說結束時，去西直門外的樹林裡的白房子尋找和拯救小福子（她希望與祥子一起生活），可是遲了一步，她已上吊死去，被埋在亂葬崗裡。克如智是他那無法容忍的貧窮與理想把他驅逐到海外去，祥子與小福子也是為了錢才進入北平最黑暗的底層。

克如智住的木屋周圍的木柱上掛著人的頭顱（那是叛逆他的人）。他讓黑人在夜晚狂歌跳舞，以最原始的宗教儀式來膜拜他，使他成為物質與性欲的英雄代表。他原來不為非洲酷熱的天氣影響健康，可是在孤獨中與非洲原始叢林對立，又被土人的生活點燃了原始的欲望，他終於被疾病擊倒，最後變成瘦骨嶙峋。祥子則更明顯，他的疾病包括勞累、性病及普通疾病。馬羅出發前往非洲時，曾做過健康檢查，及格後才准簽證的。祥子在第一章時，作者一再強調，他茁壯如樹木。他們健康的腐蝕，其實是代表他們道德倫理之喪失與敗壞。與其說他們肉身得了病，倒不如說他們的精神道德崩潰了。

克如智參加非洲土人原始宗教儀式，這也使人想起虎妞難產時，祥子竟完全不反對，全聽從巫婆陳三奶奶帶著乩童以跳神方式來替虎妞催生，而且還吃燒成灰燼的咒符，跪在燃燒的香火上。他願意做任何違反自己的道德精神的事，爲的是能挽回虎妞的生命，只有她活著，他才能擁有洋車的希望。克如智把自己變成一個比土人還野蠻的人，爲的還不是象牙？

8.忽前忽後，像康拉德把故事看成一個球：將故事進行程序割裂

老舍承認早在英國時期（一九二四—一九二九）閱讀了許多英國當代作家的著作，因此認識到當代小說作品的特色是「心理分析與描寫工細」（一五之一七三）。因此他在一九二九年寫《二馬》時，就嘗試往「細」裡寫。他不但運用心理描寫，更運用了康拉德一前一後追述的手法。他在〈我怎樣寫「二馬」〉（一九三六）中說：

> 《二馬》在一開首便把故事最後的一幕提出來，就是這「求細」的證明：先有了結局，自然是對故事的全盤設計已有了個大概，不能再信口開河。可是這還不十分正確；我不僅打算細寫，而且要非常的細，要像康拉德那樣把故事看成一個球，從任何地方起始它總會滾動……（《文集》，一五之一七三）

在〈事實的運用〉（一九三六）中，老舍又提到這樣的敍述手法，他稱之爲「忽前忽後的述

說」：

康拉德之所以能忽前忽後的述說，就是因為他先決定好了所要傳達的感情為何，故事的秩序雖顛倒雜陳亦不顯著混亂了。（一五之二五二）

老舍在〈一個近代最偉大的境界與人格的創造者：我最喜愛的作家康拉德〉，更詳細地討論康拉德寫小說常使用的方法。在兩種康拉德常用的方法中，「古代說故事的老法子」與「將故事的進行程序割裂」中，老舍特別迷惑第二種：

他在結構上慣用兩個方法：第一個是按著古代說故事的老法子，故事由口中說出的。但是在用這個方法的時候，他使一個 Marlow，或一個 Davidson 述說，可也把他自己放在裡面。據我看，他滿可以去掉一個，而專由一人負述說的責任，因為兩個人或兩個人以上述說一個故事……破壞了故事的完整。……第二個方法是他將故事的進行程序割裂，而忽前忽後的敘說。他往往先提出一個人或一件事，而後退回去解析他或它為何是這樣的遠因；然後再回來繼續著第一次提出的人與事敘說，然後又繞回去。因此，他的故事可以由尾而頭，或由中間而首尾的敘述。這個辦法加重了故事的曲折，在相當的程度上也能給一些神秘的色彩。可是這樣寫成的故事也未必一定比由頭至尾直著敍述的更有力量。像 Youth 和 Typhoon 那樣的直述也還是極有力量的。（一五之三〇二－三〇三）

我所以把第三個方法全文照錄，因爲這等於說明了《駱駝祥子》的敍述結構。老舍說「現在我已不再被康拉德的方法迷惑著」，因爲第三種方法常使人感到迷亂，所以他沒有用在他的小說中。這種小說敍述結構的特點，雖然是指康拉德的所有小說，不過《黑暗的心》是最典型的作品，其中所提到的馬羅，《黑暗的心》的故事便是由他的口中說出來的。故事是用「由尾而頭」的方式開始，馬羅已經從非洲的剛果之旅回到英國的倫敦。他與一群水手坐在泰晤士河口的遊艇上聊天。馬羅回想起當羅馬人侵略英倫三島時，這河口曾是地球上最黑暗的地方。接著他告訴其他水手，一個他剛親身經歷過的在目前地球上最黑暗最野蠻的非洲大陸發生的事件。於是他從頭說起：前往歐洲（地球最文明的地方）申請工作，那是前往比利時殖民地剛果擔任汽艇船長的職務。小說結束時，又從過去跳回到現在：馬羅與一群水手在泰晤士河口的遊艇上聊天。在小說進行時，康拉德喜歡忽前忽後，將故事進行的時間順序割裂。

老舍不喜歡「古代說故事的老法子」，沒有由一個像馬羅的人去敍述祥子的故事，但還是用傳統的「我們」來負責講故事。祥子的故事表面上，似乎是依照時間發生的先後來敍述，其實不盡然。第一章裡，小說一開始，祥子已拉車三、四年了，而且湊足了一百元，買了一部新車。這時講故事的人才回頭告訴我們祥子十八歲就已從鄉下出城來混，幹過許多別的行業，最後最喜歡拉車。從第二章至第三章，故事遵循正常時間進行，那時關於祥子第一次買車後拉了一個客人出城，在西郊遇亂兵，人車都被搶走，後來逃脫，並偷了三匹駱駝帶回來。故事直線進行到第四章的一半，突然又回頭繼續他初入拉車這行的經驗：「他的鋪蓋還在西安門大街人和車廠呢。」接下去讀到：「在買上自己的車以前，祥子拉過人和廠的車。他的積蓄就交給劉四爺給存著。把錢湊夠了數，他要過來，買上了那輛新車」，講故事者又往更早時候去追述初次買車事件。這就是老舍說康拉德的手法：「他的故事可以由尾而頭，或由中間而首尾的敍述。」它的好處是「加重故事的曲折」，並有「神秘的色彩」。

所以《黑暗的心》與《駱駝祥子》在敍事結構上最大不同的，是老舍去掉馬羅式的人物（他參與小說的事件），直接由一人負責述說，他用的方法是通體的「直接的描寫法」。

9.《駱駝祥子》中《黑暗的心》的主題意義結構

把隱藏在老舍《駱駝祥子》中康拉德《黑暗的心》的表現手法的結構勉強解剖與切割出來後，讓我們根據這種結構，再來尋找《駱駝祥子》中《黑暗的心》的主題意義。

最表面而明顯的，康拉德是描述一段漫長又危險的旅程，進入非洲大陸最黑暗的內陸剛果河的上流，沿途上惡毒的酷熱天氣、熱帶傳染病（瘧疾）、土人的襲擊、白人間的互相殘害，使馬羅的身心都受到大大的折磨與傷害。小說中馬羅就如康拉德本人，這一次非洲之旅染上難於醫治的疾病，病痛使他去尋找自我，去推論生活的意義。

馬羅出發點是比利時首都布魯塞爾一間充滿罪惡的貿易公司。它利用開發落後的非洲大陸，把文明與進步帶給原始貧窮的黑人美麗謊言，殘酷地去剝削和搶奪土人的財產，大自然的寶藏。所以剛果之旅，是借馬羅雙眼揭露殖民統治者的慘無人道的搶奪與戮殺行爲，而克如智，就是殖民主義的化身。

同樣的，一般的讀者都看見《駱駝祥子》中窮人受剝削和欺騙。祥子走向拉車行業的出發點，也是一間公司。這間人和車廠，廠主劉四是個流氓，搶過良家婦女，打過群架，坐過牢，比殖民者更壞。他的車行表面上福利最好，車最新，免費住宿，實際上他最殘忍，最善於剝削窮人：「他開了個洋車行，土混混出身，他曉得怎樣對付窮人……能把人弄得迷迷忽忽，只好聽他擺弄。」老舍讓祥子天天奔走在北平各個角落，各條街，各戶人家（有時拉包月），去見證這是一個人與人之間互相殘殺和剝削的世界，此外兵亂、政治鬥爭、婚姻和社會制度也在逼人走入絕境。祥子的拉車之旅程與馬羅行船之旅程的目的相同：去暴露這世界慘無人道的事件與生活。祥子自己的遭遇與所見的相同，窮人掙扎在社會底層，然後死在亂葬崗。馬羅實際上也差點死在白人搶奪象牙的鬥爭之中。在非洲受剝削與被殺戮的，不單是黑人，白人也遭殃，因爲財富會使人變成野獸或魔鬼。

《黑暗的心》的解讀，沒有停留在字面上。馬羅的剛果——非洲黑暗心臟之行，有更深入的象徵意義。馬羅進入的不但在地理上是當時還落後、原始的黑暗大陸的心臟，同時也是人類黑暗的心靈。「這是康拉德走向自我內心最漫長的旅程。」馬羅的旅程像噩夢一般，愈向黑暗大陸挺進，就發現更多人心是黑暗的，它能做出任何可怕恐怖的事。克如智原是一個怕羞的理想主義者，最後為了象牙，不但亂殺競爭者，還假借鬼神魔力去控制土人。為什麼一個高度文明，擁有嚴格法規道德的人會一下子就完全墮落？在極端的孤獨，苛刻的原始叢林的黑暗勢力的不停襲擊下，個人的勇氣、健康、理性都抵擋不住，倫理道德的基準也隨之混亂。當一個人原始本能被大自然震撼而喚醒，人性便逐漸荒廢與腐蝕。克如智最後顯現出人心最原始最可怕的魔性。所以《黑暗的心》是一部了不起的小說，它描寫一個白人回到原始森林，在孤獨中，文明與原始對立時，道德腐蝕與敗壞，促使文明人回到野蠻的獸性的思想行為裡去的小說。

從這個意義結構來看，《駱駝祥子》也是一部創新的、探討心靈的小說。它寫一個來自鄉村純樸的原始人與現代都市文明的對立所產生的道德腐蝕與敗壞心靈問題。祥子走進人和車廠看見的不止是洋車，他實際上走進被剝削者的靈魂裡，以及一個從流氓變成剝削窮人的資本主義者的醜惡心靈。當他走到西郊，走進了中國內亂的心靈意識世界裡，在曹家看到的是政治鬥爭的心態。祥子被安排先住在毛家灣的大雜院，其實是讓祥子住進窮人家的內心世界裡，去了解中國城市窮人的心靈世界。虎妞的性欲世界，二強子的獸性，都是中國現代小說突破的創作。小說結束前，祥子走進白房子，那是中國現代城市心靈最黑暗的地方。老舍在〈我怎樣寫《駱駝祥子》〉裡說，他「要由車夫的內心狀態觀察到地獄究竟是什麼樣子」（《文集》，一五之二〇六），我想他所說的「地獄」應不止社會底層的現實，應包括這些人的心靈世界的地獄。

北平對祥子及其他中國人來說，它是促使人墮落的熱帶叢林，當你征服不了它，它會把你吞噬掉。代表現代都市文明的北平，其對人性毀壞的可怕程度遠遠超越原始森林，來自鄉村的，生長在城市裡的文明人，通通都變成毒蛇猛獸，完全沒有人性了。因此小說中才有好些新奇的事實出現：劉四與女兒違反人倫的關係，虎妞誘姦祥子，安排房間小福子賣身，爲的是偸窺她與客人睡覺，白面口袋在五個丈夫死後，到白房子做妓女，爲的是享受，祥子不但與主人小太太通姦，還出賣朋友。

老舍開拓了城市小說的新領域。對康拉德來說，海洋或叢林是人類英雄的大敵人，而老舍認爲城市，現代文明大城市才是英雄人類的敵人。祥子和虎妞，不管如何壯健，最後身心都被毀滅了。老舍也突破了只有關心中國社會問題的狹窄的小說領域，他說過「小說是人類對自己的關心，是人類社會的自覺，是人類生活經驗的紀錄。」（〈怎樣寫小說〉《文集》，一五之四五〇）。《駱駝祥子》相信就是體現這中國小說新方向的代表作。祥子與北平，都不但屬於中國，也是世界的。老舍認爲《紅樓夢》所以偉大，原因很簡單，「它不僅是中國的，而且也是世界的。」（〈《紅樓夢》並不是夢〉《文集》，一六之三六四）我相信這是他努力創作小說的最高目標。《駱駝祥子》就是這樣的一部代表作。

八、《駱駝祥子》中的性疑惑試探

1.桌上爲什麼放了三個酒杯？

我們讀老舍的《駱駝祥子》，對性生活有關的許多文字，感到非常迷惑，總是不了解性描寫的情節及其意義。這些性生活描寫，對即使是研究老舍的權威學者，也是解不開的謎。像中國老舍研究會副會長王行之教授，他與老舍家人來往密切，目前在週末還經常與老舍夫人打牌。他在一九九二年首屆國際老舍學術討論會上，就提出要解開這些性之謎的努力。譬如虎妞引誘祥子那晚上，桌上爲什麼放了三個酒杯？她究竟在等誰？虎妞的父親知道她與祥子發生關係，並且要結婚，他爲什麼會很不尋常的震怒，而且又非常怕虎妞威脅他——立刻把車行賣掉，拿了現款逃走，從此完全失蹤。這些問題，老舍夫人及老舍的兒女舒乙與舒濟（都是老舍研究專家），都幫不上忙❶。

至於描寫性生活的含義與目的就更令人難於理解了，但又令人容易誤解。許杰早在一九四八年就認爲老舍「有意無意的性生活的強調的描寫……這或者就是討高鼻子們的注意與好感的原因吧！」他同時不滿意老舍把祥子的墮落的責任推給性：「我們忍心把社會問題，生活問題移屍滅迹地嫁罪到性生活上面嗎？我們不曉得老舍這樣強調著性生活的描寫，究竟是什麼意思？」❷

2.從平凡或新奇事實中「追求更深的意義」

如果要解開《駱駝祥子》中性隱私的一些迷惑，老舍談論小說理論與寫作經驗的文章，可提供一些線索。在〈景物的描寫〉、〈事實的運用〉、〈怎樣寫小說〉、與〈一個近代最偉大的境界與人格的創造者〉（均見《文集》第十五卷）等文章中，他一再讚賞康拉德（Joseph Conrad, 1857-1924）小說中的新奇景物與事實。他在〈事實的運用〉中說：

---

❶ 王行之的報告〈《駱駝祥子》的時間問題〉，見舒乙〈國際老舍學術討論會漫記〉《香港文學》第九十八期（一九九三年二月），頁一三。

❷ 許杰〈論《駱駝祥子》〉，吳懷斌，曾廣燦《老舍研究資料》下冊（北京：北京十月文藝出版社，一九八五），頁六五六－六七三。

康拉德的小說中有許多新奇的事實，但是他絕不為新奇而表現它們，他是要述說由事實所引起的感情，所以那些事實不止新奇，也使人感到親切有趣。（《文集》，一五之二五二）❸

他在〈怎樣寫小說〉中警告：

> 對複雜與驚奇的故事應取保留的態度，假若我們在複雜之中找不出必然的一貫道理，於驚奇中找不出近情合理的解釋，我們最好不要動手，因為一存以熱鬧驚奇見勝的心，我們的趣味便低級了。（《文集》，一五之四五二）

老舍所說「複雜與驚奇的故事」，就包涵《駱駝祥子》中的妓女，性病，及各種性關係。他本人主張小說家應多採取平凡的故事，但是如果在驚奇故事中，找到「近情合理的」，或「深長意義的」（《文集》，一五之四五一），也可以寫。單純尋找「新奇」或「驚奇」的小說是要不得的：

❸ 本文所引老舍的文章，均出自《老舍文集》，共十六卷（北京：人民文學出版社，一九八〇－一九九一），注內簡稱《文集》，一五之二五二即是第十五卷，頁二五二。

更要不得的是那類嫖經賭術的東西，作者只在嫖賭中有些經驗，並沒有從這些經驗中去追求更深的意義，所以我們的文字只導淫勸賭，而絕對不會使人崇高。（《文集》，一五之四五一）

但是如果能深一層去寫妓女，找出其中深義，那還是很好的題材：

在平凡的事中看出意義，是最要緊的。把事實只當作事實看，那麼見了妓女便只見了爭風吃醋，或虛情假義，如蝴蝶鴛鴦派作品中所報告者。由妓女的虛情假義而看到社會的罪惡，便深進了一層；妓女的狡猾應由整個社會負責任，這便有了些意義。事實的新奇要在其次，第一須看出個中的深義。（《文集》，一五之二五一－二五二）

由此可見，老舍譴責小說的低級趣味，他之所以還是寫了「複雜與驚奇」的故事，因爲他在它們之間找到深而新的意義。因此當我們讀這些新奇的文字時，應該「養成對事事都探求其隱藏著的眞理的習慣」（《文集》，一五之四五二）。同時我們也要注意，老舍在小說學了許多康拉德式的暗示手法，他描寫的景物與事實，常停留在黑影中：

暗示是個好方法，它能調劑寫法，使不至處處都是強烈的描畫，通體只有色而無影。它也能使描寫顯著細膩，比直接述說還更有力……暗示使人希冀，又使人與作者共同去猜想，分擔了些故事發展的預測……。」（〈事實的運用〉，《文集》，一五之二五五）

就是因爲這樣，祥子被虎妞灌醉後，與她發生關係那晚，老舍耐人尋味的只描寫桌上有三個酒杯，而沒有說明原因。

3. 祥子是「不甚熟的白梨，皮兒還發青」

一個初秋的夜晚，祥子受不了拉包月的楊宅的折磨，才工作四天，突然決定辭職不幹。帶著滿肚子的悶氣與失望，他又回到人和車廠。虎妞因爲爸爸劉四爺不在家，她把自己打扮起來，還預備了酒和雞：

桌上有幾個不甚熟的白梨，皮兒還發青。一把酒壺，三個白磁盅。一個頭號盤子，擺著半隻醬雞，和些薰肝醬肚之類的吃食。（《文集》，三之五一）❹

❹ 爲了省略，以下凡《駱駝祥子》引文，只注明頁數。

剛好十一點多的時候，祥子垂頭喪氣地拉著鋪蓋進來。虎妞說：「我剛才用骨牌打了一卦，準知道你回來，靈不靈？」她說要請祥子吃犒勞。祥子在這之前，從來沒喝過酒，更沒跟女人發生過關係，但在誘逼之下，他初次喝醉了，而且勇敢地捉到一些「新的經驗與快樂」。從此「她把他由鄉間帶來的那點清涼勁兒毀盡了」。

第二天祥子的心情是：越想躲避她，同時也越想向她親近。最終他決定回去交車還銀，從此再也不與人和車廠來往。可是他一踏進車廠，又與虎妞過了一夜，逃不了她的魔力：

> 虎姑娘過來，把錢抓在手中，往他的衣袋裡塞：「這兩天連車帶人都白送了！你這小子有點運氣！別忘恩負義就得了！」說完，她一轉身把門倒鎖上。（五八頁）

讀了第六章，我們都會像祥子那樣產生許多疑惑。虎妞怎麼早已不是處女？如果她平常有不規矩的地方，不管跟車夫或其他人有染，沒品德的車夫，一定會說出來，祥子也這麼想，他說車夫背地裡從來沒有講過她的壞話。為什麼虎妞能在車夫日夜進進出出的車廠，沒有人知道她已是個「爛貨」？關於這點我在下面探討劉四虎妞父女隱私再說。

祥子又懷疑虎妞是不是一心一意等他？甚至懷疑她「隨便哪個都可以」。她說用骨牌打了一卦，知道他回來。雖然這是虎妞聰明的藉口，不過從許多虎妞的言行看，這一晚她眞的是痴情且機智地等待祥子回來，讓他像「碰在蛛網上的一個小蟲，想掙扎已來不及了」。虎妞知道自己既醜又老（這時她已過了三十七八了），而且已失身，長期觀察，她最心愛的只有祥子一人，而對這個純樸的鄉下人，她只好用計謀，設陷阱來捉住他。虎妞雖然想智取父親的車廠失敗了，但跟祥子先斬後奏的結合是成功了。假裝懷孕、要祥子回去替劉四祝壽，即使跟父親鬧翻，也是一種手段，假若老頭子眞要個小老婆，她有信心聯絡繼母，爭取財產。她失敗，是萬萬想不到老頭子這麼堅決，這麼毒辣，把財產變成現錢，偷偷連人也藏起來。從虎妞心計之深，可了解她會佈下天羅地網來捕捉祥子。

當晚爲什麼虎妞放了三個酒杯？這是她防範萬一父親提早回來或第三者出現，那時她就可以輕易替自己解圍，消除猜疑，她會說：剛才占了一卦，知道劉四、祥子會回來團聚，因此預備了酒杯。如果有人懷疑虎妞，即使二個人一起來，她也不拒絕，那未免太寃枉了她！

老舍的《駱駝祥子》表面文字寫實無華，其實暗喻象徵之手法，處處皆是。譬如那晚當祥子失落在黑暗的街頭，虎妞是一盞極明而怪孤單的燈：

> 大概有十一點多了，祥子看見了人和車廠那盞極明而怪孤單的燈。櫃房和東間沒有燈，西間可是還亮著。他知道虎姑娘還沒睡……（五〇頁）

在暗夜中，他看見虎姑娘臉白了些，有了胭脂，也帶著媚氣。而她一心一意等待的祥子，是還青澀的梨子：

桌上有幾個還不甚熟的白梨，皮兒還發青。（五一頁）

因此虎妞預備了酒，讓祥子在一夜之間成熟。小說一開始，祥子大約二十歲，虎妞已三十七八歲，二人年齡相差約十七歲。

當祥子一連喝了三盅酒，迷迷忽忽中，大膽地把虎妞捉住，老舍接下來，用了一大段描寫滅了燈後，黑暗的夜空不斷地被巨星刺入。這是老舍暗喻虎妞與祥子的性高潮，沃拉（Ranbir Vohra）早已看到這點[5]：

屋內滅了燈。天上很黑。不時有一兩顆星刺入了銀河，或進黑暗中，帶著發紅或發白的光尾，輕飄的或硬挺的，直墜或橫掃著，有時也點動著，顫抖著，給天上一些光熱的動蕩，給黑暗一些閃爍的爆裂。有時一兩顆星，有時好幾顆星，同時飛落，使靜寂的秋空微顫，

---

[5] Ranbir Vohra, *Lao She and the Chinese Revolution* (Cambridge, Mass: Harvard University Press, 1974), p. 102.

使萬星一時迷亂起來。有時一顆單獨的巨星橫刺入天角，光尾極長，放射著星花；紅，漸黃；在最後的挺進忽然狂悅似的把天角照白了一條，好像刺開萬重的黑暗，透進並逗留一些乳白的光。餘光散盡，黑暗似晃動了幾下，又包合起來，靜靜懶懶的羣星又復了原位，在秋風上微笑。地上飛著些尋求情侶的秋螢，也作著星樣的遊戲。（五三頁）

這種筆法很顯然的是從康拉德那裡學來的，老舍在〈一個近代最偉大的境界與人格的創造者〉那篇文章裡，提供了一些例子，這裡就不細說了。

4.「他不明白虎姑娘……已早不是處女」：隱藏著的劉四與虎妞不可告人的醜事

祥子在失去處男的那晚後，他始終不明白為什麼虎妞「早已不是處女」，嫌疑最大的不是拉車的：

他不明白虎姑娘是怎麼回事。她已早不是處女，祥子在幾點鐘前才知道。他一向很敬重她，而且沒有聽說過她有什麼不規矩的地方；雖然她對大家很隨便爽快，可是大家沒在背地裡講過她；即使車夫中有說她壞話的，也是說她厲害，沒有別的……（五三－五四頁）

大概也不是喬二，原來虎妞打算用他來作替身，說是與他懷了孩子，爲了怕出醜，逼劉四把她嫁給祥子：

日後再慢慢的教他知道我身子不方便了。他必審問我，我給他徐庶入曹營……我才說出個人來，就說是新近死了的那個喬二——咱們東邊槓房的二掌櫃的。他無親無故的，已經埋在東直門外義地裡，老頭子由哪兒究根兒去？（八〇-八一頁）

嫌疑犯應該是劉四自己。作者在介紹他的流氓出身時，完全沒提到他的太太一個字，也使人疑惑，不過她顯然像是他的親生女兒：

劉四爺是虎相，快七十了……他自居老虎，可惜沒有兒子，只有三十七八歲的虎女……她也長得虎頭虎腦……（三五頁）

雖然虎妞相貌「嚇住男人」，劉四卻不願她出嫁。祥子人品一流，虎妞極度愛他，劉四也喜歡他，但一想到女兒要嫁她，就討厭他了。老舍向讀者透露，劉四有「私心」，而且「怕」她：

……說真的，虎妞是這麼有用，他實在不願她出嫁；這點私心他覺得有點怪對不住她的，因此他多少有點怕她。老頭子一輩子天不怕地不怕，到了老年反倒怕起自己的女兒來，他自己在不大好意思之中想出點道理來：只要他怕個人，就是他並非完全是無法無天的人的證明。有了這個事實，或者他不至於到快死的時候遭了惡報。好，他自己承認了應當怕女兒，也就不肯趕出祥子去。這自然不是說，他可以隨便由著女兒胡鬧，以致於嫁給祥子。不是。他看出來女兒未必沒那個意思，可是祥子並沒敢往上巴結。（四四頁）

一個一生「無法無天的人，怕女兒主要是怕老死之前遭了惡報」，這就嚴重了。這已說明老頭子有些極可怕的把柄被虎妞捉住：他大概把女兒給姦污了，留作自己用。既然對不起她，爲什麼有祥子可嫁，又極力反對？主要還是「虎妞這麼有用，他實在不願她出嫁。」

小說中，作者留下一大堆這方面的暗示。首先說明「人和的老板劉四爺是已快七十歲的人了；人老，心可不老實。」這不止是貪圖錢財，剝削工人，也指性行爲。在第九章，虎妞一再肯定地說老頭子一知道她要跟祥子結婚，就會要個小媳婦，這不是說明目前老頭子把她當作小媳婦嗎？而且虎妞對他的性交能力一清二楚：

咱倆一露風聲，他會娶個小媳婦，把我楞攆出來。老頭子棒之呢。別看快七十歲了，真要

娶個小媳婦，多了不敢說，我敢保還能弄出兩三個小孩來，你愛信不信！（八〇頁）

因此虎妞被罵「好不要臉」時，她嚴重警告他：

話都說出來，虎妞反倒痛快了：「我不要臉？別教我往外說你的事兒，你什麼屎沒拉過？我這才是頭一回，還都是你的錯兒；男大當娶，女大當聘，你六十九了，白活！這不是當著大衆，」她向四下裡一指，「咱們弄清楚了頂好，心明眼亮！就著這個喜棚，你再辦一通兒事得了！」

「我？」劉四爺的臉由紅而白，把當年的光棍勁兒全拿了出來：「我放把火把棚燒了，也不能給你用！」（一三一頁）

虎妞用「別教我往外說你的事兒」分明是極無恥的與女兒通奸的事兒！另外她接下去又說，就因爲老頭子有她滿足性欲，錢財才沒有被野娘們騙走：

「你的錢？我幫你這些年了；沒我，你想想，你的錢要不都塡給野娘們才怪，咱們憑良心吧！」她的眼又找到祥子，「你說吧！」（一三一頁）

另一方面，老頭子一知道虎妞要嫁人，就最生氣，「心中恨祥子並不像女兒那麼厲害」，可見父女之間一定有不可告人之醜事，他堅決「有他沒我，有我沒他」，絕不是因爲「不肯往下走親戚」這麼簡單，更不是怕「便宜了個臭拉車的」。如果父女關係正常，祥子應是最理想的對象了，有了他，死後可保住女兒的生活。

由於劉四怕姦淫女兒的事被暴露，他才那麼出乎意外的堅決，那樣毒辣，馬上把車廠變成現錢，偷偷地藏起來！虎妞原以爲自己多少一定能爭到點財產，即使他另娶小老婆。因爲她手上捉住可以用來勒索劉四姦淫女兒的罪大惡極的醜事。但是就因爲虎妞對他威脅太大，爲了逃避「遭了惡報」，只好以失踪來對付女兒。

劉四父女之間不可告人的關係，說明他是一個能令人「聽他擺弄」的魔鬼，「能把人弄得迷迷忽忽的，彷彿一腳登在天堂，一腳登在地獄」。依我看，後來大概祥子也知道劉四父女的醜事，要不然他在第二十二章重遇劉四時，不會觸發那樣可怕的憤怒，不會因爲劉四找不回虎妞，甚至不知她葬在何處而覺得戰勝了劉四，且說「誰說這不是報應呢？」

可是老舍還是不肯揭破醜陋，「把人心所藏的汚濁與獸性直說出來」。（一五之一一五）

5.「下意識所藏的傷痕正是叫人們行止失常的動力」：從心理解決虎妞及其他人物的性變態之謎

虎妞的性變態情況非常劇烈明顯，每個讀者都會覺察到。結婚前她曾二次誘騙祥子，成功地跟她上床。這對東方女性來說，已叫人感到不尋常，雖然不算變態，過後祥子發現她原來不是處女，又叫人驚奇難解。根據許多暗示點，我相信虎妞被父親姦污，後來簡直成爲那流氓的發泄性欲的工具。所以父女衝突後，虎妞說：「你的錢？我幫你這些年了；沒我，你想想，你的錢要不都塡給野娘們才怪，咱們憑良心吧。」這裡所說「幫你」不止是車廠的工作，應包括滿足老頭子的獸欲。正因爲這樣，沒有人知道虎妞有不正經的行爲，老頭子卽使遇到祥子那樣「在新的環境裡還能保持著舊的習慣」的人，也堅決壓制他女兒與他好。劉四姦污與反對虎妞出嫁是造成她日後性變態的主要原因。老舍在齊魯大學一九三〇至一九三四年間，也就是寫《駱駝祥子》（一九三六年寫）前講文學概論時，就對變態心理很自覺，他在〈文學的傾向〉（下）中說：

近代變態心理與性欲心理的研究，似乎已有拿心理解決人心之謎的野心。性欲的壓迫幾乎成為人生苦痛之源，下意識所藏的傷痕正是叫人們行止失常的動力。（一五之一一五）

虎妞婚後「行止失常」正是婚前下意識的傷痕所造成。

虎妞性心理反常變態，首先表現在對祥子過分的性要求上。但是她的愛眞誠且熾烈，由於年齡的懸殊，虎妞死時約四十二歲，祥子二十五歲，她一直用「我疼你」、「護著你」之類的口吻來保護他。）可是她正當「三十如狼，四十如虎」的年齡，而且「要在祥子身上找到失去了的青春」，造成祥子的恐懼感：「沒有回家的勇氣。家裡的不是個老婆，而是個吸人血的妖精！」

虎妞拿出資本教小福子打扮起來，把房間出租給小福子賣淫，其目的除了幫忙小福子賺錢養家，另有可怕的偷窺邪念：「可以多看些，多明白些，自己缺乏的想做也做不到的事。」她也要求小福子告訴她軍官跟她看春宮圖、性虐待的事。「在她（小福子）這是蹂躪；在虎妞，這是享受。」所以宋永毅說虎妞的心理變態病症有施虐狂和受虐狂的混合。偷窺小福子賣淫，聽她訴說如何受軍官的蹂躪，她對丈夫過分的性要求，這是施虐狂的傾向。另一方面她又要丈夫用嫖客與軍官的手段對她加以蹂躪，這已是病態的自虐狂了❻。

大概自小就與流氓父親相依爲命長大，而劉四只知吃喝嫖賭和賺錢，完全沒有文化的低級動物，這樣可怕的生活習慣和人生態度，已溶化在她的血液之中，下意識裡支配著她的言行思想。因此與軍官同居時的小福子，竟變成她追求的理想人生。因爲軍官帶她去吃過回飯館，看戲、看春宮，又與她幹許多「說不出口事」。庸俗化的人生觀如一張網，虎妞是碰在蛛網的一個小蟲：

> 聽完這個，再看看自己的模樣，年歲，與丈失，她覺得這一輩子太委屈。她沒有青春，而將來也沒有什麼希望，現在呢，祥子又是那麼死磚頭似的一塊東西！……在她眼中（小福

❻ 宋永毅《老舍與中國文化觀念》（上海：學林出版社，一九八八），頁九四-九五。

子）是個享過福，見過陣式，就是馬上死了也不寃。在她看，小福子就是代表女人所應有的享受。（一六〇頁）

祥子在虎妞死後，獨自去白房子（妓院）尋找被賣去當妓女的小福子。他遇見一個四十來歲的妓女，從後面看，有點像虎妞。她叫白面口袋，因爲她兩個大奶又長又大如袋子。「她嫁過五次，男人不久都病死，所以她停止嫁人，進入妓院享受。」她在小說就只出現過一次，也是一個性變態的女人❼。

其實《駱駝祥子》中的主要人物，都有性變態的病症。劉四把女兒佔爲己有，表面上是因爲她相貌不好嫁不出去，實際上他千方百計阻止她出嫁。一般人只知道她替父親的車行「打內」，暗地裡還與他上床。他比任何人更變態。如果深一層分析，祥子本身也有性變態的性行爲。他太

❼《老舍文集》中《駱駝祥子》第二十三章中這一段（從「祥子坐下」開始到「她想起來了」結束）被刪掉約二七〇個字：……「白面口袋」這個外號來自她那兩個大奶——能一撩就放在肩頭上。遊客們來照顧她的，都附帶的教她表演這個。可是，她的出名還不僅因為這一對異常的大乳房。她是這裡的唯一的自由人。她自己甘心上這兒來混。她嫁過五次，男人都不久像癟臭蟲似的死去，所以她停止了嫁人，而來到這裡享受。因為她自由，所以她敢說話。想探聽點白房子裡面的事，非找她不可，別個婦人絕對不敢洩漏任何事。因此，誰都知道「白面口袋」，也不斷有人來打聽事兒。自然，打聽事兒也得給「茶錢」，所以她的生意比別人好，也比別人輕鬆。祥子曉得這個，他先付了「茶錢」。「白面口袋」明白了祥子的意思，也就不再往前企扈……見《駝駱祥子》（香港：南華書店，無日期），頁一八八。

過迷信性交會損害健康，主要是他愛的是金錢，不是女人，因此他把精力都用來強姦能替他賺錢的洋車，因爲「拉車是件更容易掙錢的事」。他喜歡漂亮的車，就如別的男人喜歡漂亮的女人。劉四雖然喜歡祥子的鄉下人的勤勞誠實的個性，但他討厭他拼命強姦他的洋車：

> 劉四爺也有點看不上祥子：祥子的拼命，早出晚歸，當然是不利於他的車的。雖然說租整天的車是沒有時間的限制，愛什麼時候出車收車都可以，若是人人都像祥子這樣死啃，一輛車至少也得早壞半年，多麼結實的東西也架不住釘著坑兒使！再說呢，祥子只顧死奔，就不大勻得出工夫來幫忙給擦車什麼的，又是一項損失。老頭心中有點不痛快。他可是沒說什麼，拉整天不限定時間，是一般的規矩；幫忙收拾車輛是交情，並不是義務；憑他的人物字號，他不能自討無趣地對祥子有什麼表示。他只能從眼角邊顯出點不滿的神氣，而把嘴閉得緊緊的。有時候他頗想把祥子攆出去；看看女兒，他不敢這麼辦。（四三—四四頁）

所以祥子在街上虐待洋車跟虎妞在床上虐待祥子，其病態都是一樣的。祥子要用車去賺錢，虎妞要從祥子身上找回失去的青春，其病源也是一樣的。

還有性虐待小福子的那個軍官，以「有現成的，不賣等什麼？」（一六一頁）爲理由而要親生女兒去賣淫的二強子，那位老瘦猴夏先生與同居的姨太太（暗娼），因爲前者每兩三天就要上藥房買藥，要不然就「不大出氣」，「腰彎得更深」，都是屬於性變態的人。夏先生的原配夫人與十二個兒女住在保定，有時四五個月也得不到一個小錢，夏先生除了買藥，一分也不用，卻大方地讓姨太太亂花錢。後來這姨太太還因爲不滿足勾引更年輕的祥子。祥子在她身上看見美艷的虎妞的形象，便與她上床，結果得了性病。

《駱駝祥子》中的人物，絕大多數的人都有明顯的性變態，因爲他們都是心靈受了創傷的人，而他們損傷，是不能單純從社會經濟壓迫去尋找答案的。譬如新的心理學上的「性欲的壓迫幾乎成爲人生苦痛之源」，也是其中之一。祥子爲了賺錢，愛洋車而不敢愛女人，劉四晚年，爲了怕錢被野娘們騙光，寧願與女兒「相依爲命」，因此造成最後之「報應」。由於種種原因，造成心靈（下意識）有傷痕，他們的思想行爲才失常。所以很顯然，老舍在這部小說中，也有「拿心理解決人生之謎的野心」。

老舍在〈怎樣寫《二馬》〉（一九三五）裡，已經承認由於早年在英國，讀了許多英國當代作家的小說，發現「心理分析與描寫工細是當代文藝的特色」，他在創作《二馬》時（一九二九），便嘗試寫一部有心理分析的很細膩的作品，不過老舍坦白承認：

《二馬》只是比較「細」，並非和我的理想一致；到如今我還是沒寫出真正細膩的東西，這或者是天才的限制，沒法勉強吧。（一五之一四三）

而在《駱駝祥子》這部小說中，老舍終於成功了。這是「眞正細膩」的偉大作品。

6. 嫖妓、性病與疾病：人類不可醫治的疾病

祥子剛加入拉洋車的行業時，他是唯一「在新的環境裡還能保持著舊的習慣」（三七頁）的人。他經常提醒自己：「他曉得一個賣力氣的漢子應當怎樣保護身體，身體是一切。」（一四三頁）由於他身心都還健康，老舍經常描寫祥子喜歡把門院打掃乾淨。在人和車廠時，「院子和門口永遠掃得乾乾淨淨。」（三七頁）替人拉包月，也喜愛做，譬如在曹先生家時，「他去收拾院子，澆花，都不等他們吩咐他。」（六〇頁）替楊宅打工時，「屋裡院裡整個像大垃圾堆。祥子看著院子直犯噁心，所以只顧了去打掃，而忘了車夫並不兼管打雜兒。」（四五頁）這是象徵祥子維持心靈清高的努力動作。第一次買洋車的第一位客人，他要求：「頭一個買賣必須拉個穿得體面的人，絕對不能是個女的。」（一一頁）

與祥子剛好相反，其他的拉洋車的人，就如拉了一輩子車，現年已六十歲的小馬兒祖父說：「拉車的壯實小夥子要是有個一兩天不到街口上來，你去找吧，不是拉上包月，準在白房子爬著……」（二一二頁）所以拉洋車的，人人都嫖賭吃喝，他們的哲學就如高個子說的：「有什麼法兒呢，不如打一輩子光棍，犯了勁上白房子，長上楊梅大瘡，認命！」（一四五頁）拉車的不但嫖，都曾染上性病。嫖妓與性病是自甘沉淪，自甘墮落的象徵，它是倫理道德，全面精神的崩

潰的開始。劉四、夏先生都是墮落的人，只是他們嫖妓的方式不同。劉四曾搶婦女，找野女人，姦淫女兒，夏先生把暗娼變成姨太太養起來。夏先生夏太太也得了性病。

祥子嫖妓與染上性病的過程是緩慢的，因爲他是北平底層社會最後一個墮落的人！首先他被虎妞誘騙上床，他恨她「把鄉間帶來的那點清涼勁兒毀盡了，他現在成了個偸娘兒們的人！」(五四頁)結婚後，虎妞的過分性要求使他感到身心的汚穢「永遠也洗不掉」(一三六頁)。他去外面澡堂洗澡，也無法除掉它。祥子跟夏太太發生關係，是出於「幹嘛見便宜不撿著呢?」(一九二頁)的心理，結果第一次染上性病，於是老舍便讓祥子徹底墮落了。再去一趟白房子後，便宜布祥子的死亡：

> 他不再有希望，就那麼迷迷忽忽的往下墜，墜入那無底的深坑。他吃，他喝，他嫖，他賭，他懶，他狡猾，因為他沒了心，他的心被人家摘了去。他只剩下那個高大的肉架子，等著潰爛，預備著到亂死崗子去。(二一五頁)

《駱駝祥子》中的人物，即使不嫖，沒染上性病，也就是說，沒有心靈的疾病，至少也有身體的病。一場烈夏的暴風雨，大雜院的窮人，很多人都病了。小馬兒是病死，二掌櫃喬二大概也是。這些不是說明在一個病態的社會中，人人都有病嗎?在酷烈的夏天北平街上的柳樹都病了。

在一個病態社會，有時有病的人比較快樂，譬如二強子的酗酒病，要是他清醒地看見女兒在家裡賣淫爲生，他會「去跳河或上吊」。

7.「一點風一點雨也是與人物有關係的」：烈夏的暴雨

老舍在《文學概論講義》中對象徵主義下過定義。他議它是追求不可知的神秘性，以作者個人的記號來象徵某事：

> 要明白象徵主義，必須看明新浪漫主義是什麼。新浪漫主義有一方面是帶有神秘性的，是求知那不可知的；這個神秘性的發展便成為象徵主義，因神秘性與象徵主義是分不開的。這個由求知那個不可知的東西而走入神秘，不僅是文藝的一個修辭法，而且是一種心智的傾向。這個傾向是以某人某記號象徵某事，不是像《天路歷程》那種寓言，因為這些都是指定一些標號，使人看出它們背後的含義，這不是什麼難做的事……（〈文學的傾向〉（下），《文集》，一五之一一七）

以我的理解，「以某人某記號象徵某事」，是指使用個人的象徵（private symbol），而不是傳統象徵（conventional symbol）。《駱駝祥子》中的象徵文字所以難懂，也就因爲如此。

老舍要表現出來的是「心覺」，充滿神秘，「心會給物思想，物也會給心思想」。接著上段，老舍再說：

> 現在的象徵主義不是一種幻想，不是一種寓言；它是一種心覺，把這種心覺寫畫出來。這種心覺似乎覺到一種偉大的無限的神秘的東西；在這個心覺中，心與物似乎聯成一氣，而心會給物思想，物也會給心思想。在這種心境之下，音樂也會有顏色，而顏色也可以有音調。有這種心覺，才能寫出極有情調的作品。這極有情調的作品是與心與物的神秘聯合。
>
> （〈文學的傾向〉（下），《文集》，一五之一一七）

《駱駝祥子》中許多景物的描寫，是「心與物的神秘聯合」，是一種「心覺」，所以我在本文第三節中熄燈以後的黑暗夜空中，巨星狂悅地閃爍與爆裂，是虎妞與祥子做愛達到高潮的象徵。另外篇幅最大「心與物」神秘聯合的描寫，該是出現在第十八章描寫夏天裡最熱一天暴風雨中，客人不准他停車避雨，「一聲不出地任著車夫在水裡掙命」（一六八頁）。這是全書最精彩的一段文字。它的寫實傳神之處早已被讀者注意到，且給予重視❽。

---

❽ 關於討論烈夏暴雨文字修辭之美，見吳懷斌、曾廣燦編《老舍研究資料》，下册，研究論文目錄上所列的文章，如李效廣〈談「在烈日和暴雨下」的寫景〉、郗瑢〈在烈日和暴雨下〉分析、歐樂群〈「在烈日和暴雨下」講析〉，頁一三〇八－一三〇九。

夏日反常大熱天，象徵中國社會對住在大雜院底下層老百姓的壓力，已達到無法承受的地步。這種無形的「不公道」（一七〇頁），具體的在夏天暴風雨的形式出現，把窮人的檐牆沖塌，把許多人驅逐到妓院與監獄。暴雨過後，大雜院更多人病了，祥子也病了。這個病不單指身體的，也是心靈上的，精神上的。

這一章烈夏的暴雨，應該是老舍「帶有神秘性的」，「求知那不可知」的象徵文筆的代表作。這是「極有情調的作品」，因為「心也會給物思想，物也會給心思想。」王行之是最早注意到它的神秘性與不可知的含義。他說烈夏的暴風雨是虎妞饑渴大發作的一筆反襯，而且應證了「三十如狼，四十如虎」的世俗觀念❾。

現在讓我們細讀一下這第十八章。六月十五那大，「天熱得發了狂」。平常祥子是想逃避夜晚，今天他想去拉晚車，「可以拉到天亮」。「但虎妞催他出去」，虎妞催他上陣，去拉車，因為「小福子要拉來個客人」，並罵他「你當在家就好受啦？屋子裡一到晌午連牆都是燙的」。這是一語雙關。小福子拉客，祥子拉車，都用拉。整個上午家裡借給小福子拉客賣淫，虎妞偷窺，因此令人不好受，全身更熱。接下來，老舍描寫街上的病態的柳樹：

街上的柳樹，像病了似的，葉子掛著層灰土在枝上打著卷；枝條一動也懶得動的，無精打

---

❾ 見前注❶。

采地低垂著。（一六四頁）

這顯然是這個時候祥子的寫照。以前剛出道的祥子也曾以樹的形象出現：

到城裡以後，他還能頭朝下，倒著立半天。這樣立著，覺得，他就很像一棵樹，上下沒有一個地方不挺脫的。

他確乎有點像棵樹，堅壯，沉默，而又有生氣……（七頁）

他自己明白，現在是病了的樹，後來淋了雨水，又說「他哆嗦得像風雨中的樹葉」。當他看見「即使是最漂亮的小夥子，也居然甘於丟臉，不敢再跑」（一六三頁），他有些膽怯了。他一跑「便喘不過氣來，而且唇發焦」（一六五頁），但是虎妞命他上陣，怎麼敢不聽？接下來最神秘最感性的一段便出現了：

祥子的衣服早已濕透，全身沒有一點乾鬆的地方；隔著草帽，他的頭髮已經全濕。地上的水過了腳面，已經很難邁步；上面的雨直砸著他的頭與背，橫掃著他的臉，裹著他的襠。他不能擡頭，不能睜眼，不能呼吸，不能邁步。他像要立定在水中，不知道哪是路，不曉

> 得前後左右都有什麼，只覺得透骨涼的水往身上各處澆。他什麼也不知道了，只心中茫茫的有點熱氣，耳旁有一片雨聲。他要把車放下，但是不知放在哪裡好。想跑，水裹住他的腿。他就那麼半死半活的，低著頭一步一步地往前曳。坐車的彷彿死在了車上，一聲不出的任著車夫在水裡掙命。（一六八頁）

客人在享受著，才不理祥子的死活。他要求停下來休息避雨，客人反而要求加快速度：

> 雨小了些，祥子微微直了直脊背，吐出一口氣：「先生，避避再走吧！」
>
> 「快走！你把我扔在這兒算怎回事？」坐車的跺著腳喊。（一六九頁）

這個客人的講話語氣就像虎妞。結婚後，祥子去拉車，逃避她，虎妞一再阻止他爲逃避她而去拉車：

> 告訴你吧，這麼著下去我受不了，你一出去就是一天……（一五〇頁）

祥子在夏天暴雨中拉車病倒，是在虎妞天天偷窺小福子與嫖客做愛之後，也在這時候她懷孕了。以拉車來象徵性交，我在較早已說過。祥子為了錢，拼命拉車，就像虎妞為了找回青春，過分要求性愛，拉車也是一種性發洩的象徵。病中，他怕丁四拉壞他的車，虎妞罵他：

「養你的病吧！老說車，車迷！」

他沒再說什麼。對了，自己是車迷！自從一拉車，便相信是一切，敢情……（一七二頁）

老舍在〈事實的運用〉中說：「一點風一點雨也是與人物有關係的，即使此風此雨不足幫助事實的發展，亦至少對人物的心感有關。」所以烈夏的暴雨具有多層不同的含義。

8. 從「院子與門口永遠掃得乾乾淨淨」到「心中那點污穢彷彿永遠也洗不掉」

除了烈夏的暴風雨那一章，老舍高度發揮象徵手法的是分散在好幾章有關掃地的象徵文字。我在本文第六節，已提到祥子喜歡替人清掃庭院的好習慣。這裡有必要把分布在各章的描寫攤開來一起看，這樣便能明白為什麼老舍那樣欣賞康拉德，說他把景物當作心靈的東西看待：

他們（指哈代與康拉德）對於所要描寫的景物是那麼熟悉，簡直的把它當作是有心靈的東西看待，處處是活的，處處是特定的，沒有一點是空泛的。讀了這樣的作品……至少我們知道了怎樣去把景物與人生密切地聯成一片。（〈景物的描寫〉《文集》，一五之二三二）

同時在〈事實的運用〉中，老舍要我們「抓住人物與事實相關的那點趣味與意義，即見人生的哲理。在平凡的事中看出意義是最要緊的。」（一五之二五一）現在詳細檢查老舍怎樣描寫祥子喜歡替人清除汚垢。他這份工作的意義絕不停留在勤勞上面。

祥子最初進入人和車廠，他就看不慣骯髒的地方：

在車廠子裡，他不閑著……他去擦車，打氣，曬雨布，抹油……他們看出來他一點沒有責好討俏的意思……有祥子在這兒，先不提別的，院子與門口永遠掃得乾乾淨淨……（四一頁）

這段文字與祥子不賭不喝不嫖，還沒「入轍」的心理人格是相關的。等到他與虎妞發生關係，回去替劉四做壽時，是虎妞叫他去買把竹掃帚掃雪和做活，這是出於虎妞有所掩飾的鬼計：「討老頭子的喜歡，咱們的事有盼望。」雖然「地上的雪掃淨」，但當老頭子發現他們有不乾淨的關係時，便鬧翻了。

住到大雜院以後，祥子與虎妞都已墮落，家境也窮，住在這兒的人靈魂都被不公道的社會扭曲了，心理都不正常，人人的身體穿著也骯髒了。大雜院的中庭的髒亂象徵他們現實環境與心靈世界，這時祥子已往下淪落，從此不再有打掃的習慣了，他已習慣骯髒了：

大雜院裡有七八戶人家，多數的都住著一間房；一間房裡有的住著老少七八口。這些人有的拉車，有的做小買賣，有的當巡警，有的當僕人……爐灰塵土髒水都倒在院中，沒人顧得去打掃……（一四二頁）

祥子已開始能忍受和接受骯髒了。結婚後，在劉四及一切知道他的人眼中，他已有「偷娘們的人」的汚點時，他曾悄悄到宣武門外的澡堂子去想把身體積存的汚濁用熱水燙乾淨，但失敗了：

脫得光光的，看著自己的肢體，他覺得非常的羞愧。下到池子裡去，熱水把全身燙得有些發麻……他還覺得自己醜……他還覺得自己不乾淨——心中那點汚穢彷彿永遠也洗不掉……（一三五—一三六頁）

小說結束前，祥子還住過其他無名的車廠，但沒提到他掃地的事了。

祥子替三家人拉過車。每個宅第的清潔與骯髒，象徵主人的心靈世界之光明與黑暗。祥子對這些宅第打掃之勤勞程度也先後不同，這也象徵他自己及其主人的心地之清高與墮落。祥子拉包月的第一家是楊宅。楊先生雖在衙門做官，他跟兩個老婆都是心地險惡的人，總以爲僕人就是家奴，喜歡毒辣咒罵佣人。祥子打了四天的工就辭職不幹了。像這樣的人家其心靈世界與家裡必定很骯髒：

> 買東西回來，大太太叫他打掃院裡。楊宅的楊先生，太太，二太太，當出門的時候都打扮得極漂亮，可是屋裡院裡整個的像個大垃圾堆。祥子看着院子直犯噁心，所以只顧了去打掃，而忘了車夫並不兼管打雜兒。院子打掃清爽，二太太叫他順手兒也給屋中掃一掃。祥子也沒駁回，使他驚異的倒是憑兩位太太的體面漂亮怎能屋裡髒得下不去脚！把屋子也收拾俐落了……（一四五頁）

楊宅給僕人住的房間更髒：「屋裏又潮又臭，地上的上有個銅板厚。」（四七頁）這又象徵這家人對待僕人殘酷的心腸。祥子沒法忍受這樣的世界，他幹了四天便回去人和車廠。

在祥子所混過的宅門裡，曹宅是他沙漠中的綠洲。像曹先生夫妻二人，對人大方善良，講理又和氣，是世界上不可多見的。祥子把這位在大學教書的曹先生看作是聖賢。最難得的是連曹太太也「規規矩矩的得人心」（六一頁）。因此「曹宅處處很乾淨，連下房也是如此」（六〇頁）。住在曹宅，祥子賺的錢雖不多，但「吃得好，睡得好，自己可以乾乾淨淨像個人似的」（六〇頁）。所以祥子很自動地去維持曹宅的清潔與安靜。「他去收拾院子，澆花，都不等他們吩咐他。」（六〇頁）可惜曹先生被孫偵探追捕，逃亡去了，祥子便失去這片沙漠中的綠洲。這個乾淨的院子就是祥子尋找的最理想的社會，這對純潔善良的夫婦，也是他努力維持的心靈世界。

最後一個拉包月的宅門是夏先生。夏先生知書明禮，在衙門上班，家在保定，有太太及十二個兒女，可是他卻是一個虛僞的人。他在北京雍和宮附近挑一個僻靜的地方，偷偷跟一個姨太太同居，不敢讓家中知道。這位夏太太是一位染上性病的暗娼，夏先生因此每隔幾天便要上藥房買藥。他整天彎著腰，縮著脖子，賊似地出入。平常一分不花，錢都用在買藥治性病和姨太太身上，而家裡五六個月一分也得不到。所以他也有性變態的迹象。由於夏先生心理不正常，他院子的樹也歪曲：

> 院子很小，靠著南牆根有棵半大的小棗樹，樹尖上掛著十幾個半紅的棗兒。祥子掃院子的時候，幾乎兩三笤帚就由這頭掃到那頭，非常省事。沒花草可澆灌。他很想整理一下那棵小棗樹，可是他曉得棗樹是多麼任性，歪歪擰擰的不受調理，所以也就不便動手。（一八八

頁）

老舍表面上寫院子，實際上把夏先生的心態也一起表現出來了。像夏太太，她得了髒病，外表打扮得漂漂亮亮，就像院子半紅的棗兒吸引了祥子，她喜歡在家穿粉紅的衞生衣，擦了香水，她喜歡在做飯時，叫祥子「剝皮洗菜」。她給祥子的這個任務本身就有性的誘惑的含義。「剝皮」是脫衣，「洗菜」是故意把髒的傳染給別人。

祥子在小說結束前，虎妞死去，曾度想重新做人，便回去大雜院拯救小福子，而她已被父親賣去妓院，因爲受不了嫖客的蹂躪而自殺。曹先生原本同意祥子帶著小福子到他家長期服務，可是她的死亡，代表祥子心靈之死亡，更何況他的病已不允許他有力氣再拉車，最後他無臉回去世界上最乾淨的地方，寧願留在街頭墮落到底，等著腐爛和死亡。

9.新浪漫主義用心理學及象徵主義，「揭發人心所藏的汚濁與獸性」

在一九三六年寫《駱駝祥子》之前，即一九三○至一九三四年間，老舍由於在齊魯大學教文學概論，曾對世界文學的作品傾向作過細心考察。他認爲浪漫主義作品取材於過去，使人脫離現在，進入另一個幻美世界。浪漫主義作家常以行動爲材料，借行動來表現人，所以作品充滿堂皇而細膩的筆調，「但是他們不敢把人心所藏的汚濁與獸性直說出來。」「寫實主義的好處是拋開幻想，而直接的看社會。」由於現實主義之運用，作家開始看現實與社會，「他們所看到的有美也有醜，有明也有暗，有道德也有獸欲。」老舍很讚賞作家注意「這醜的暗的與獸欲」。描寫「缺欠」，「性的醜惡」，「這是科學萬能時代的態度。」

老舍發現歐洲重要大作家像左拉（Emile Zola, 1840-1902），都德（Alphonse Daudet, 1840-1897），莫泊桑（Guy de Maupassant, 1850-1893），都毫無顧忌地寫實，不替貴族偉人吹嘘，寫社會罪惡，不論怎樣的黑暗醜惡：

> 我們在他們的作品中看出，人們好像機器，受著命運支配，無論怎樣也逃不出那天然律。他們好人與惡人不是一種代表人物，而是真的人；那就是說，好人也有壞處，壞人也有好處……（一五之一〇八）

這個結論與老舍在康拉德小說中所看見的是一致的。在康拉德的熱帶小說中，白人無法征服自然，反而被自然吞噬，老舍的祥子以同樣的理由，征服不了大城市，反而被城市征服⑩。

⑩ 參考本書第三章。又見英文論文「"Lao She's Obsession with Joseph Conrad's Stories of the Tropics", Symposium on the Literatures and Cultures of the Asia-Pacific Region: A Community of Islands, 15-19 November, 1993, National University of Singapore, Singapore.

老舍對寫實主義有三點不滿意。第一，「寫實家要處處眞實，因而往往故意地搜求人類的醜惡；他的目的在給人一個完整的圖畫，可是他失敗了，因爲他只寫了黑暗方面。」他在左拉作品中，只見壞人、強盜、妓女、醉漢，沒有偉大與高尚的靈魂。第二，專求寫眞而忽略了「文藝的永久性」。第三，「寫實主義敢大膽地揭破醜陋，但是沒有這新心理學幫忙，說得究竟未能到家。」

老舍說，重科學觀點的現實主義與重表現個人的浪漫主義衰敗後，有一種新浪漫主義的創作方法興起，它具有前兩種創作傾向的優點而沒有其缺點：

> ……新浪漫主義者驚喜若狂地利用這新的發現了（指新心理學）。他們利用這個，能寫得比浪漫作品更浪漫，因為那浪漫主義者須取材於過去，以使人能脫離現在，而另入一個玄美的世界；新浪漫主義便直接在人心中可取到無限錯綜奇怪的材料，「心」便是個浪漫世界！同時他們比寫實主義還實在，因為他們是依據科學根據的刀剪，去解剖人的心靈。但是，他們的超越往往毀壞了他們的作品的調和之美；他們能充分的浪漫，也能充分的寫實，這兩極端的試探往往不是藝術家所能降服的。（一一五－一一六頁）

當科學萬能已失去權威的時代，寫實派所信爲救世的辦法，並不完全靈驗，尤其不能找出一些東西來解釋生命。科學，宗教，政治，道德都幫不上忙。新浪漫主義「驚喜若狂地利用新發現」的「新心理學」，去「揭破人類心中的隱痛」，這隱痛就是「人心所藏的汚濁與獸性」。同時新浪漫主義通過象徵主義（一種修辭加上心智傾向，不只是象徵技巧），去求知那不可知的神秘心靈。

老舍上述對世界文學創作傾向的省思與考察時，雖然不是針對《駱駝祥子》的寫作而說，但是他卻讓我們明白，爲什麼過去的學者，一旦把他納入正統的寫實主義位置上，發現許多無法理解的問題出現。像許杰的困惑的是，老舍怎麼「忍心把社會問題，生活問題移屍滅迹的嫁罪到性生活上面」？他質問：「我們不曉得老舍這樣強調著性生活的描寫，究竟是什麼意思？」在無法給他定位時，因此新版的《駱駝祥子》都「刪去了一些有損於作品思想光輝的自然主義的細節描寫。」⑪

從上面老舍對各種文學傾向或主義的評估分析，我們現在可以了解老舍在創作《駱駝祥子》時，他要「揭露人類心中的隱痛」，要直接表現「人心所藏的汚濁與獸性」。我相信他也「驚喜若狂地」利用新發現的新心理學，又運用了求知神秘的，不可知的象徵主義。老舍爲的是能够像新浪漫主義那樣，「直接在人心中可取到無限錯綜奇怪的材料，用科學的刀剪，去解剖人的心

⑪ 史承鈞〈試論解放後老舍對《駱駝祥子》的修改〉《老舍研究資料》下册，頁七二四。（原文發表於《中國現代文學研究叢刊》，一九八〇年十二月第四期。

靈」。其實《駱駝祥子》單行本剛出版，梁實秋當時在一篇簡單的書評中就已看到一部「人性的描寫」的小說，他說：

老舍先生的文字雖然越來越精，可是他早已超出了競尚幽默……他在另一方向上找到發展的可能了。

那一個方向呢？就是人性的描寫。……小說不可以沒有故事，但亦絕不可以只是講故事。最上乘的藝術手段是憑藉著一段故事來發揮作者對於人性的描寫⑫。

本文所分析的那些小說中的段落，就是作者發揮人性的描寫。

⑫ 引文取自陳子善〈梁實秋與老舍的文字交〉，《遺落的明珠》，（臺北：業強出版社，一九九二），頁四五－四六。

九、老舍對現代小說的思考

1.老舍對現代小說的認識與省思：重新解讀其作品的新視野

老舍很少寫文學理論的著作，主要的是一九三〇年夏天至一九三四年六月期間，在濟南的齊魯大學教文學概論時，寫了《文學概論講義》十五講。老舍不只是闡述中西文學定義與作品特點，他也提出自已獨到的見解與評論，所以這本書目前已成爲研究老舍自己的文藝思想與主張，分析和評價他的作品的珍貴資料。《老牛破車》是一部坦直表達老舍創作經驗的好書，對評析他的文學思想與寫作方法，更爲寶貴，但是我們要小心所謂創作動機與目的的陷阱（intentional Fallacy）。除此之外，收集在《老舍文集》中第十五卷的，還有一些文章，諸如第十五卷中的〈論創作〉、〈我的創作經驗〉、〈一個近代最偉大的境界與人格的創造者〉、〈三年寫作自述〉、〈怎樣寫小說〉、〈怎樣讀小說〉、〈寫與讀〉，都是打開老舍作品的一支支鑰匙。老舍在一九四九年以後寫的有關文藝理論與創作經驗，收在第十四及十六卷的，我不敢輕易引用，因爲係〈「五四」給了我什麼〉（一九五七），是在政治壓力下爲了應付時局而說的話，對研究老舍一九四九年以前的作品往往只會帶來誤解。

老舍自己承認，他讀的文學理論不多，因爲讀它對寫作的也沒多大好處：

文藝理論是我在山東教書的時候，因為預備講義才開始去讀的，讀的不多，而且也沒有得到多少好處。我以為「論」文藝，不如「讀」文藝。我們的大學文學系中，恐怕就犯有光論而不讀的毛病。（〈寫與讀〉《文集》一五之五四六－四）❶

他主張「要寫作，便順讀書」（《文集》，一五之五四一），這裡的書指的是小說創作。因此老舍對文學的看法，主要來自他所讀的作品，不是出自理論的書籍。不過這不代表老舍反對去瞭解什麼是文學。剛好相反，他要研究文學的人，「須先有明確的認識，而後才能有所獲得，才能不誤入歧途」（《文學概論講義》《文集》，一五之三）：

❶ 本文所引老舍作品，均引自《老舍文集》（北京：人民文學出版社，一九八〇－一九九一），共十六卷。爲省略起見，一律只在引文後括號內注明如（《文集》，一五之五四六－五四七），即是第十五卷，頁五四六－五四七。

中國人……凡事都知其當然，不知所以然……自然，文學界說是很難確定的，而且從文學的欣賞上說，它好似也不是必需的；但是我們既要研究文學，便要有個清楚的概念，以免隨意拉扯，把文學罩上一層霧氣……（《文集》，一五之三－四）

因此在解讀老舍在一九四九年以前的小說，我們有必要找出他對小說清楚的概念，「以免隨意拉扯」，把他的小說「罩上一層霧氣」。

2.從「事事都探求其隱藏著的真理」的小說家到「解釋人生」的小說

一九三〇至一九三四年寫的〈文學概論講義〉裡，老舍說：「小說的發達是社會自覺的表示」，它「說明人生」，「解釋人生」：

小說的發達是社會自覺的表示……每個有價值的小說一定含有一種哲學……小說之所以為藝術，是使讀者自己看見，而並不告訴他怎樣去看；它從一開首便使人看清其中的人物，使他們活現於讀者的面前，然後一步一步使讀者完全認識他們，由認識他們而同情於他們，由同情於他們而體認人生；這是用立得起來的人物來說明人生，來解釋人生；這是哲學而帶著音樂與圖畫樣的感動；能做到這一步，便是藝術，小說的目的便在此。（〈小

說》《文集》，一五之一五五—一五六）

從那裡得到哲學？怎能具體表現出這個哲學？老舍的二個答案很簡單：「要觀察人生與自然」。所以做一個小說家他應「由觀察人生，認識人生，從而使人生的內部活現於一切人的面前」（《文集》，一五之一五七）。

過了很多年後，一九四一年寫的〈怎樣寫小說〉中，老舍還是維持同樣的看法：

小說是對人生的解釋，只有這解釋才能把小說從低級趣味中解救出來。所謂《黑幕大觀》一類的東西，其目的只在揭發醜惡，而並沒有抓住醜惡的成因……作者只在嫖賭中有些經驗，並沒有從這些經驗中去追求更深的意義……所以我說，我們應先選取平凡的故事，因為這足以使我們對事事注意，而養成對事事都探求其隱藏著的真理的習慣……客觀事實只是事實，其本身並不就是小說，詳細地觀察了那些事實，而後加以主觀的判斷，才是我們對人生的解釋，才是我們對社會的指導，才是小說……（《文集》，一五之四五一—四五二）

因爲老舍認識到有價值的小說一定有解釋人生的哲學存在，所以作家都要「對事事探求其隱藏著的眞理的習慣」。作爲這種小說家，當我們讀老舍這種作品，也需要去追求小說中所描寫人生與自然（包括社會與世界）中蘊藏的哲學意義了。

即使小說中的幽默筆調，老舍也認爲與他的小說功能說有密切關係的：

他是由事事中看出可笑之點，而技巧地寫出來。他自己看出人間的缺欠，也願使別人看到。不但僅是看到，他還承認人類的缺欠……（〈談幽默〉《文集》，一五之二三〇）

幽默是幫忙表現小說中哲學意義的一種技巧與元素了。

3. 寫實主義拋開幻想，開始直接表現人類社會中醜的、暗的與獸慾

老舍在一九二四到一九二九年間在倫敦時期，開始閱讀大量的英國及歐洲當代作家的小說作品，像狄更斯（Charles Dickens, 1812-1870）康拉德（Joseph Conrad, 1857-1924）等人的作家，把他啓發成作家。他承認「設若我始終在國內，我不會成了個小說家。」（〈我的創作經驗〉《文集》，一五之二九一）。老舍開始讀的是一些通俗作品，最好的是狄更斯的現實主義作品，在〈我怎樣寫「老張的哲學」〉裡（一九三五），他說：

……對外國小說我才念了不多，而且是東一本西一本，有的是名家的著作，有的是女招待

> 嫁皇太子的夢話……況且呢，我剛讀了 *Nicholas Nickleby*（《尼考拉斯·尼柯爾貝》）和 *Pickwick Papers*（《匹克威克外傳》）等雜亂無章的作品，更足以使我大膽放野……（《文集》，一五之一六五）

後來老舍愛讀的作品的藝術成就更高，在〈寫與讀〉（一九四五）他說：

> 一九二八年至二九年，我開始讀近代的英法小說……英國的威爾斯、康拉德、美瑞地茨和法國的福祿貝爾與莫泊桑……對我的習作的影響是這樣的……大體上，我喜歡近代小說的寫實主義……（《文集》，一五之五四五-五四六）

老舍在閱讀與創作的經驗談，與〈文學概論講義〉中的看法往往是一致的。對各種文學傾向或寫作流派，他對寫實主義情有獨鍾，那又是他對小說解釋人生的定義的一種延伸。老舍喜歡寫實主義，因爲它拋開幻想和夢境，直接的看社會。科學萬能的時代，人們的靈魂不復是僧侶所控制住的，寫實主義看到現實與人類有美也有醜，有明也有暗，有道德也有獸欲，但醜的、暗的、獸欲更應該注意，應該解決。寫實派走到極端時，因爲只寫黑暗那面，在左拉的作品中，都是壞人、強盜、妓女、醉漢，沒有一個高尚的人物與靈魂，而且「人們好像機器，受著命運支配，無論怎樣也逃不出那天然律」。左拉叫這種寫實主義作自然主義，因為人的結局往往由「自然給決定」。(〈文學的傾向〉(下)《文集》，一五之一〇七-一一〇)

對老舍有極大吸引力的康拉德的作品中，也經常有人類被環境鎖住不得不墮落的主題。他在〈景物的描寫〉中說：

……人始終逃不出景物的毒手，正如蠅的不能逃出蛛網。這種悲觀主義是否合理，暫且不去管；這樣寫法無疑的是可效法的。(《文集》，一五之二三七)

在〈一個近代最偉大的境界與人格的創造者〉中，他又說：

在那些失敗者的四圍，景物的力量更為顯明：「在康拉德、哈代和多數以景物為主體的寫家，『自然』是書中的惡人。」是的，他手中那些白人，經商的，投機的，冒險的，差不多一經失敗，便無法逃出——簡直可以這麼說吧——「自然」給予的病態。山川的精靈似乎捉著了他們，把他們像草似的腐在那裡。(《文集》，一五之三〇五)

我在論析老舍的小說，如〈眼鏡〉、《駱駝祥子》的文章，曾指出這種結構之存在，且是他最強調的主題❷。

4. 寫實主義帶來的危險：走入改造的宣傳與訓誨，忽略文學的永久性

老舍對寫實主義的省思的結果，發現它帶來幾種危險。第一，寫實家爲了要處處眞實，故意搜求人類的醜惡，結果只寫了黑暗面，結果失敗了，並沒給人一個完整的圖畫，不過最可怕的是寫實派「走入改造的宣傳與訓誨」：

> 專看社會，社會既是不完善的，作家便不由得想改造；既想改造，便很容易由冷酷的寫眞，走入改造的宣傳與訓誨。這樣，作者便由客觀的描寫改為主觀的鼓吹，因而浮淺的感情與哲學攙入作品之中，而失了深刻的感動力，這是很不上算的事。（《文集》，一五之一一〇）

沒有醒悟到這種危險，三〇年代的許多中國左派作家紛紛落入「改造的宣傳與訓誨」之中，把「客

---

❷ 論點見王潤華，〈從李漁的望遠鏡到老舍的近視眼鏡〉，《中國現代文學研究叢刊》，一九九三年八月第三期，頁一九八-二〇九；王潤華〈《駱駝祥子》中《黑暗的心》的結構〉。現收在本書第五章及第七章。

觀描寫改爲主觀的鼓吹」，自然導致把浮淺的感情與哲學注入作品中。老舍知道「那寫實派所信爲足以救世的辦法，並不完全靈驗」。

寫實主義還有另一個危險，那就是忽略文藝的永久性：

> 寫實作品還有一個危險，就是專求寫真而忽略了文藝的永久性。凡偉大的藝術品是不易被時間殺死的。寫實作品呢，目的在寫當時社會的真象，但是時代變了，這些當時以為最有趣的事與最新的思想便成了陳死物，不再惹人注意。在這一點上，寫實作品——假如專靠寫實——反不如浪漫作品的生命那樣久遠了，因為想像與熱情總是比瑣屑事實更有感動力……（《文集》，一五之一一一）

由於有這種省思，老舍自己的作品與同代人比，才有所突破，樊駿說：

> 「五四」以後的新文學創作中，在一段相當長的時期裡，描寫城市貧民的作品，數量少，對於社會現實的反映比較狹窄或者淺露，藝術上往往失之單調，思想傾向又大多停留在空泛的同情……。

……打破這個局面，是老舍……❸

樊駿還說：

這部小說（指《駱駝祥子》）要比一般地揭露舊中國的黑暗，一般地同情不幸者的作品，具有更多的社會內容和思想意義……❹

5. 新浪漫主義：直接在人心中取到錯綜複雜的材料，用科學之刀剪，去解剖心靈

老舍注意到「正是科學萬能已經失去威權的時代，那寫實派所信為足以救世的辦法並不完全靈驗」（一五之一一六），這個缺欠導致「文學的傾向又不能不轉移了。」（一五之一一四）上面我們看到老舍的小說的定義，他認為小說是「解釋人生」，但是現在現實主義已不能「找出些東西來解釋生命」。在失望之餘，老舍高興的發現「新浪漫主義可以說是找尋這些不可知的東

❸ 樊駿〈論《駱駝祥子》的現實主義〉，曾廣燦、吳懷斌編《老舍研究資料》（下）（北京：北京十月文藝出版社，一九八五），頁六八九—六九〇。

❹ 同上注，頁七〇二。

西。」（一五之一一七）

新浪漫主義是寫實主義未死的一些精神與矯正過的浪漫主義的一種新結合：

> 從歷史上看，新浪漫主義是經寫實主義浸洗過的。它既是發生在寫實主義衰敗之後，不由它不存留著寫實主義一些未死的精神。浪漫主義的缺點是因充分自我往往為誇大的表現。新浪漫主義對於此點是會矯正的，它要表現個人，同時也能顧及實在。（《文集》，一五之一一五）

為什麼新浪漫主義能表現個人，同時也顧及現實？這就在於它打破傳統寫作手法的局限。以前浪漫主義的局限是不肯把人心的汙濁與獸性說出來：

> 浪漫主義作品中，差不多以行動為材料，借行動來表現人格，所以不由得便寫成冠冕堂皇或綺彩細膩；但是他們不肯把人心所藏的汙濁與獸性直說出來。（《文集》，一五之一一五）

而寫實主義大缺點是表現未能到家：「敢大膽地揭破醜陋，但是沒有這新心理學幫忙，說得究竟

未能到家。」(《文集》，一五之一一五)

當變態心理與性欲心理學被人用來解決人生之謎時，譬如性欲的壓迫成爲人生苦痛之源，下意識的傷痕是使人行爲失常的動力，新浪漫主義馬上驚喜若狂地利用這新發現去寫作，更容易揭破人類心中的隱痛了。又如新浪漫主義尋找神秘性，那不可知的東西與人性，便發展成象徵主義，這樣象徵主義(與象徵技巧不同)，不僅是一個修辭法，而是一種心智的傾向，以某人某記號象徵某事，它是一種心覺，「心會給物思想，物也會給心思想」。最後新浪漫主義便超越浪漫主義與現實主義：

> 寫實主義敢大膽地揭破醜陋，但是沒有這新心理學幫忙，說得究竟未能到家。那麼，難怪這新浪漫主義者驚喜若狂地利用這新的發現了。他們利用這個，能寫得比浪漫作品更浪漫，因為那浪漫主義者須取材於過去，以使人脱離現在，而另入一個玄美的世界；新浪漫主義便直接在人心中可取到無限錯綜奇怪的材料，「心」便是個浪漫世界！同時，他們比寫實主義還實在，因為他們是依據科學根據的刀剪，去解剖人的心靈。(《文集》，一五之一一五-一一六)

不過老舍還是覺得它有不調和之美：

> 但是他們的超越往往毀壞了他們的作品的調和之美；他們能充分的浪漫，也能充分的寫實，這兩極端的試探往往不是藝術家所能降服的。（《文集》，一五之一一六）

老舍的處女作《老張的哲學》所用的寫實主義手法，他後來取笑為攝影照像：「這是初買來攝影機的辦法，到處照像」（〈我怎樣寫《老張的哲學》〉，《文集》，一五之一六五）。現在很多學者竟誤以為老舍的寫作方法停留在狄更斯的寫實主義上。這樣是無法瞭解他的小說藝術世界的奧秘的。上面老舍對小說傾向的概論，實際上也代表他個人寫作的傾向。他相信文學流派，一個作家的創作，永遠不止的發展著。他的〈老牛破車〉及其他閱讀與創作經驗談的文章，像〈景物的描寫〉、〈事實的運用〉及〈一個近代最偉大的境界與人格的創造者〉都足於證明，他自己所走的創作方向，就是從寫實主義到新浪漫主義。

6. 好小說是由追憶而寫成

老舍在〈景物的描寫〉中論小說的題材來源時說，他所認識的好小說，多數由追憶而成：

> 許多好小說是由這種追憶而寫成的；我們所最熟習的社會與地方，不管是多麼平凡，總是最親切的。親切，所以能產生好的作品。至於我們所熟習的地點，特別是自幼生長在那裡

的地方，就不止於給我們一些印象了，而是它的一切都深印在我們的生活裡，我們對於它能像對於自己分析得那麼詳細，連那裡空氣中所含的一點特別味道都能一閉眼還想像的聞到。所以，就是那富於想像力的狄更斯與威爾斯，也時常在作品中寫出他們少年時代的經歷，因為只有這種追憶是準確的，特定的，親切的，真能供給一種特別的境界。這個境界使全個故事帶出獨有的色彩，而不能用別的任何景物來代替。在有這種境界的作品裡，換了背景，就幾乎沒了故事；哈代與康拉德都足以證明這個。……（《文集》，一五之二三六—二三七）

他在〈三年寫作自述〉（一九四一）中，回憶自己在創作的經驗時，承認自己自始至終喜歡寫自小長大的北平：

在抗戰前，我已寫過八部長篇和幾十個短篇。雖然我在天津、濟南、青島和南洋都住過相當的時期，可是這一百幾十萬字中十之七八是描寫北平。我生在北平，那裡的人、事、風景、味道，和賣酸梅湯、杏兒茶的吆喝的聲音，我全熟悉。一閉眼我的北平就完整的，像一張彩色鮮明的圖畫浮立在我的心中。我敢放膽地描畫它。它是條清溪，我每一探手，就摸上條活潑潑的魚兒來。濟南和青島也都與我有三四年的友誼，可是我始終不敢替它們說話，因為怕對不起它們。流亡了，我到武昌、漢口、宜昌、重慶、成都，各處「打游擊」。我敢動手描寫漢口碼頭上的挑夫，或重慶山城裡的擡轎的嗎？絕不敢！小孩子乍到了生地方還知道暫緩淘氣，何況我這四十多歲的老孩子呢！（《文集》，一五之四三〇）

知道了全海，才寫一個島，積累了十幾年洋車夫的生活，才寫一部《駱駝祥子》，不能一股熱情去寫新認識的生活。這些都是老舍寫作嚴守的原則：

還有，依我的十多年寫小說的一點經驗來說，我以為寫小說最保險的方法是知道了全海，再寫一島。當抗戰的初期，誰也把握不到抗戰的全局，及至戰了二三年後，到處是戰爭的空氣，呼吸既慣，生活與戰爭息息相通，再來動筆，一定不專憑一股熱情去亂寫，而是由實際生活的體驗去描畫戰爭。這也許被譏為期待主義吧？可是哪一部像樣的作品不是期待多時呢，積了十幾年對洋車夫的生活的觀察，我才寫出《駱駝祥子》啊——而且是那麼簡陋寒酸哪！（《文集》，一五之四三一）

老舍的《老張的哲學》、《趙子曰》、《離婚》、《駱駝祥子》、《四世同堂》和《正紅旗下》，約佔老舍長篇小說字數之百分之六十，都是以北京為地理背景，短篇的故事差不多都是發生在北京的。他的十四部話劇，除了《西望長安》和《神拳》，全是以北京爲起點。根據舒乙的考證，老舍筆下的北京相當眞實，山水名勝古跡，胡同店鋪基本上用眞名，都經得起實地核對和驗證。《駱駝祥子》中祥子拉著駱駝走過的路線，舒乙曾騎自行車沿著這條路走過一次，發現完全符合實際❺。

7. 曾使老舍迷惑的將故事進行程序割裂忽前忽後的敍事結構

老舍在英國讀了英法等國的當代文學作品，發現「心理分析與描寫工細是當代文藝的特色；讀了它們，不會不使我感到自己的粗劣，我開始決定往『細』裡寫。」（〈我怎樣寫《二馬》〉《文集》，一五之一七三）。上面我們已談過老舍看重的心理分析在文學的運用之意義。至於「描寫工細」，他用杜甫的「晚節漸於詩律細」來比喻，是指整部長篇小說之結構的嚴密與巧妙，作者是在深思熟慮後才動筆，小說還未開頭，便已把故事發展與結局都構想好了。

第一部往細裡寫的作品是《二馬》：

《二馬》一開首便把故事最後一幕提出，就是這「求細」的證明：先有了結局，自然是對

---

❺ 舒乙〈談老舍著作與北京城〉，同注❸，頁九八四-九九九。

故事的全盤設計已有了個大概，不能再信口開河。可是這還不十分正確；我不僅打算細寫，而且非常的細，要像康拉德那樣把故事看成一個球，從任何地方起始它總會滾動的……（〈我怎樣寫《二馬》〉，《文集》，一五之一七三）

老舍很清楚的承認，這是受了康拉德的影響。在〈事實的運用〉中，老舍又提到這是康拉德慣用的寫小說方法：

康拉德之所以能忽前忽後的述說，就是因為他先決定好了所要傳達的感情為何，故事的秩序雖顛倒雜陳亦不顯著混亂了。（《文集》，一五之二五二）

在〈一個近代最偉大的境界與人格的創造者〉中，他分析曾使他迷惑的康拉德小說上的敍事方法時，又再提起這種忽前忽後的敍事方法：

他將故事的進行程序割裂，而忽前忽後的敍說。他往往先提出一個人或一件事，而後退回去解析他或它為何是這樣的遠原；然後再回來繼續著第一次提出的人與事敍說，然後又繞回去。因此他的故事可以由尾而頭，或由中間而首尾的敍述。這個辦法加重了故事的曲

折，在相當的程度上也能給一些神秘的色彩。(《文集》，一五之三〇三)

上面老舍用《二馬》為例子，說他「一開首便把故事最後一幕提出。」這是指小說結束時，馬威與父親馬則仁交惡，離家出走，在倫敦海德公園玉石牌坊旁邊的演講者之角徘徊一個午後。由於錯過前往歐洲的船期，他在李子榮處投宿一夜，第二天天未亮，就悄悄離開。可是這一幕既是小說的開始，也是小說的最後一章❻。它的寫法，與康拉德《黑暗的心》第一及最後一章很相似：馬羅（Marlow）在泰晤士河上遊艇上等待錯過的漲潮。它既是小說之結局也是開始。忽前忽後的手法，在《駱駝祥子》中也有運用❼。

老舍在〈一個偉大的〉、〈景物的描寫〉、〈事實的運用〉及其他文章中討論了許多西方小說家的作品結構方法，這些方法老舍都實踐在他的作品中。譬如他佩服康拉德使用電影變換鏡頭的描寫，把海與陸，老年與青春，時間與空間聯繫起來（《文集》，一五之三〇三）。在《駱駝祥子》裡，祥子在妓院遇見白麵口袋，與夏太太通姦時，都彷彿看見她二人有點像虎妞，其手法與意義都是一樣的：縮短時間與空間距離，讓過去與現在，不同時空的下意識聯繫起來。

---

❻ 參見本書第三章。

❼ 我在〈《駱駝祥子》中《黑暗的心》的結構〉已有討論。見本書第七章。

對小說結構方法的注意與嘗試運用，說明老舍把小說看作一種嚴肅的藝術作品，也因爲這樣，在西方作家中，他最喜愛康拉德的作品，受其影響也最深：

這個，就是我愛康拉德的一個原因；他使我明白了什麼叫嚴肅。每逢我讀他的作品，我總好像看見了他，一個受著苦刑的詩人，爲藝術拚命！至於材料方面，我在佩服他的時候感到自己的空虛；想像只是一股火力，經驗——像金子——須是搜集來的。（〈一個近代最偉大的〉《文集》，一五之三〇〇）

老舍是他同代作家人少有的「爲藝術拚命」的人，而他最崇拜的偶像自然是康拉德了，因爲他的小說的寫作態度與作品的藝術成就都是天下第一的：

從他的文字裡，我們也看得出，他對於創作是多麼嚴重熱烈，字字要推敲，句句要思索；寫了再改，改了還不滿意；有時候甚至於絕望。他不拿寫作當作遊戲。「我所要成就的工作是，借著文字的力量，使你聽到，使你覺到——首要的是使你看到。」是的，他的材料都在他的經驗中，但是從他的作品的結構中可以窺見：他是把材料翻過來換過去的佈置排列，一切都在他的心中，而一切需要整理染製，使它們成爲藝術的形式。他差不多是殉了

藝術，就是這麼累死的……（〈一個近代最偉大的〉《文集》，一五之二九八－二九九）

他在〈我的創作經驗〉（一九三四）中，自稱他的寫作態度是「玩命」那樣嚴肅：

我寫的不多，也不好，可是力氣責得不少……這差不多是「玩命」。雖然一天只准自己寫二千多字，但是心並沒閑著，吃飯時也想，喝茶時也想——累人！……（《文集》，一五之二九三－二九四）

8.創造人物是小說家的第二項任務：人物的感訴力比事實深厚廣大

老舍很喜歡談怎樣寫小說，他的〈老牛破車〉及其他許多文章，都在憑著他的實踐，很確實把他的方法告訴我們。在關於小說的寫法許許多多意見中，老舍特別強調在小說中創造人物的重要性：

創造人物是小說家的第一項任務。把一件複雜熱鬧的事寫得很清楚，而沒有創造出人來，那至多也不過是一篇優秀的報告，並不能成為小說。因此，我說，應當先寫簡單的故事，好多注意到人物的創造。（〈怎樣寫小說〉《文集》，一五之四五一）

老舍經常提醒寫小說的人，小說不是報告，他一生努力「把小說從低級趣味中解救出來」（一五之四五一）：

> 故事的驚奇是一種炫弄，往往使人專注意故事本身的刺激性，而忽略了故事與人生有關係。這樣的故事在一時也許很好玩，可是過一會兒便索然無味了。試看，在英美一年要出多少本偵探小說，哪一本裡沒有個驚心動魄的故事呢？可是有幾本這樣的小說成為真正的文藝的作品呢？

即使是文藝作品，讀者讀過之後，歷久不忘的是小說中的人物，而不是複雜的故事：

> 試看，世界上要屬英國狄更斯的小說的穿插最複雜了吧，可是有誰讀過之後能記得那些勾心鬥角的故事呢？狄更斯到今天還有很多的讀者，還被推崇為偉大的作家，難道是因為他的故事複雜嗎？不！他創造出許多的人哪！他的人物正如同我們的李逵、武松、黛玉、寶釵，都成為永遠不朽的了……（一五之四五一）

老舍自己主要的著作，單從書名看，書名主要取自小說中的人物，如《老張的哲學》、《趙子曰》、《二馬》、《小坡的生日》、《牛天賜傳》、《駱駝祥子》、《文博士》，都以人物來帶動故事。

《紅樓夢》是中國偉大的小說，老舍認爲它的成功是「它創造出人物，那麼多那麼好的人物，它不僅是中國的，而且也是世界的，一部偉大的作品！」（〈《紅樓夢》不是夢〉《文集》，一六之三六四）。他還指出，他反對《紅樓夢》的自傳說，因爲作者固然作品中都有我的存在，但成功的作品必定不是全是自傳：

我反對《紅樓夢》是作者的自傳的看法：我寫過小說，就知道無論我寫什麼，總有我自己在內；我寫的東西嘛，怎能把自己除外呢？可是小說中的哪個人是我自己？哪個人的某一部分是我？哪個人物的一言一行是我自己的？我說不清楚。創作是極其複雜的事。人物創造是極其複雜的綜合，不是機械的拼湊。創作永遠離不開想像。（《文集》，一六之三六七）

雖然作者本人與模特兒有關係，作者是隨著人物走，而不是人物隨著作者走：

我的人物的模特兒必定多少和我有點關係，我沒法子描寫我沒看見過的人。可是，你若問：某個人物到底是誰？或某個人物的哪一部分是真的？我也不容易說清楚。當我進入創造的緊張階段中，我是隨著人物走，而不是人物隨著我走。我變成他，而不是他變成我……

我的作品的成功與否，在於我寫出人物與否，不在於人物有什麼「底版」。（《文集》，一六之三六七）

所以老舍在〈事實的運用〉裡，說「眞人眞事不過是個起點，是個跳板」（《文集》，一五之二五三）

用老舍自己的創作經驗來看，他眞的把這種理論用在自己的作品裡。他說《駱駝祥子》的洋車夫、〈月牙兒〉的暗娼、〈上任〉的強盜、〈斷魂槍〉的拳師，由於出身苦寒，他都有這種人的朋友。不過他聲明：

我所寫的並不是他們裡的任何一位，而是從他們之中，通過我的想像與組織，產生的某一件新事或某一個新人。舉個例說：在我的朋友裡，有許多是職業的拳師，太極門的，形意門的，查拳門的，撲虎門的，都有，但是，他們沒有一位像〈斷魂槍〉中的那幾位拳師，而且也根本沒有那麼個故事。其中的人與事是我自己由多少拳師朋友裡淘洗出來，加工加

料炮製成的。(〈老舍選集・自序〉《文集》,一六之二二〇—二二一)

早在三〇年代,老舍就開始覺察到人物之創造逐漸不受重視:在〈景物的描寫〉(一九三六)他說:

可是近代文藝受了兩個無可避免的影響——科學與社會自覺,受著科學的影響,不要說文藝作品中的事實須精確詳細了,就是人物也須合乎生理學心理學等等的原則……人物個性的表現成了人物個性的分析。這一方面使人物更真實更複雜,另一方面使創造受了些損失,因為分析不就是創造。至於社會自覺,因為文藝想多盡些社會的責任,簡直的就顧不得人物的創造,而力求羅列事實以揭發社會的黑暗與指導大家對改進社會的責任……報告式的揭發可以算作文藝,努力於人物的創造反被視為個人主義的餘孽了。(《文集》,一五之二四四)

這篇寫於一九三六年的文章,可說完全是針對當時開始流行的揭發式的左派文學。老舍接下去指出,小說中人物永遠不會被淘汰的,因爲人物的感訴力比事實深厚又廣大:

> 現在的文藝雖然重事實而輕人物，但把人物的創造多留點意也並非是吃虧的事，假若我們現在對荷馬與莎士比亞等的人物還感覺趣味，那也就足以證明人物的感訴力確是比事實還厚大一些，說真的，假若不是為荷馬與莎士比亞等那些人物，誰肯還去讀那些野蠻荒唐的事兒呢？（《文集》，一五之二四四）

事實有它的時間性，人性是永恒的，老舍自己小說都經得起時代的考驗，因爲他表現的是人性，他的人物能從紙上走出來，立在咱們的面前的這些人物「它不僅是中國的，而且是世界的。」

成功的小說人物，老舍喜歡用「立得住」來解釋它的永恒的生命力。《紅樓夢》中的人，他說：「書中的對話使人物從紙上走出來，立在咱們的面前」（《文集》，一六之三六五）。老舍自己欣賞〈斷魂槍〉的三個人物，他說：「這三個人與這一樁事是我由一大堆材料中選出來，他們的一切都在我心中想過了許多回，所以他們都能立得住」（《文集》，一五之一九八）。立得住，是不但指有獨特的個性，而且要有世界性，即具有普通性的意義：

> 我們必須首先把個性建樹起來，使人物立得牢穩；而後再設法使之在普遍人情中立得住。個性引起對此人的趣味，普遍性引起普遍的同情。哭有多種，笑也不同，應依個人的特性與情形而定如何哭，如何笑；但此特有的哭笑須在人類的哭笑圈內，用張王李趙去代表幾

個抽象的觀念是寫寓言的方法……（《文集》，一五之二五〇）

中國現代小說中許多人物被作者強硬捉去充當抽象觀念的傀儡，他們的笑，尤其資本家和地主的笑，農婦與妓女的哭，常常哭笑不在「人類的哭笑圈內」，因此現在讀來，叫人難於忍受。

9. 從事實到藝術品：真事靠不住，太信任材料就忽略藝術

眞人對一個好作家，只是一個起點，一個跳板，眞事也如此。這是老舍經常重複的論點，因爲他是藝術意識很強的作家，在〈我怎樣寫短篇小說〉裡他說：

> 真事原來靠不住，因為事實本身不就是小說，得看你怎麼寫。太信任材料就容易忽略了藝術。（《文集》，一五之一九六－一九七）

在〈怎樣寫小說〉又說：「客觀事實只是事實，其本身並不就是小說」。事實是死的，作者應該放膽去運用和發展事實。要不然即使「把一件複雜熱鬧的事寫得很清楚」，「那至多也不過是一篇優秀的報告，並不能成爲小說」（《文集》，一五之四五一）。因此應該一切的資料是由我們支配：

我們需以藝術家自居，一切的資料是由我們支配的；我們要寫的東西不是報告，而是藝術品——藝術品是用我們整個的生命、生活寫出來的，不是隨便地給某事某物照了個四寸或八寸的像片。我們的責任是在創作……我們……是一切的主人。(〈怎樣寫小說〉《文集》，一五之四五三)

老舍要作家從這些經驗(事實)去追求更深的意義，事事探求其隱藏著的眞理。「詳細地觀察了那些事實，而後加以主觀的判斷，才是我們對人生的解釋，才是我們對社會的指導，才是小說。」(《文集》，一五之四五二)。老舍舉例說，蝴蝶鴛鴦派的作品只是報告，作者把事實只當作事實看，見了妓女便只見爭風吃醋，或虛情假義，但好作家應由妓女的虛情假義看到社會的罪惡以及更深進的一層意義。下面運用事實的手法是解讀老舍小說時必要知道的，他就是這樣把事實鍛練成藝術作品：

我們若能這樣看事實並找事實，就不怕事實不集中，因為我們已捉到事實的真義……

小說，我們要記住了，是感情的紀錄，不是事實的重述。我們應先看出事實中的真意義，這是我們要傳達的思想；而後把此意義下的人與事都賦與一些感情，使事實成為愛，惡，仇恨，等等的結果或引導物……

不高明的作家往往被事實管束住：

由事實中求得意義，予以解釋，而後把此意義與解釋在情緒的激動下寫出來；這樣，我們才敢以事實為生材料，不論是極平凡的，還是極驚奇的，都有經過鍛煉的必要。我們最怕教事實給管束住：看見或聽見一件奇事，我們想這必是好材料，而願把它寫出來。這有兩個危險，第一是寫了一堆東西，而毫無意義；第二是只顧了寫事而忘記了去創造人。反之，我們知材料是需要我們去煉炮製的，我們才敢大膽地自由地去運用它們，使它們成為我們手中的東西。小說中的事實所以能使人感到藝術的味道就是因為每一事實所給的效果與感力都是整個作品所要給的效果與感力的一部分……（〈事實的運用〉《文集》，一五之二五四）。

寫了一堆毫無意義的東西，正是中國現代小說的最普遍缺點，當然也是致命傷。我在上面已經指出，老舍不但害怕毫無意義，更怕把事實寫成驚奇刺激的故事的小說，他甚至貶它爲趣味低級的小說。

10「多讀……把內容放到個最合適的形式裡去」

老舍主張「要寫作，便須讀書，讀書與著書是不可分離的事。」（〈寫與讀〉《文集》，一五之五四一）這是他創作小說的眞正經驗，因爲：

藝術是普遍的，無國界的，文學旣是藝術的一支，我們怎能不看看世界上最精美的學說，而反倒自甘簡陋呢？（〈文學概論講義・引言〉《文集》，一五之四）

他早期雖然偏向寫實主義，他自寫作初期，各派作品都愛讀，也向他們學習，因爲各派都有久傳之作：

各派的小說，我都看到了一點，我有時候很想仿製。可是由多讀的關係，我知道摹仿一派的作風是使人吃虧的事。看吧，從古至今，那些能傳久的作品，不管是屬於那一派的，大概都有個相同之點，就是它們健康，崇高，眞實。反之，那些只管作風趨時，而並不結實的東西，儘管風行一時，也難免境遷書燬。在我的長篇小說裡，我永遠不刻意地摹仿任何文派的作風與技巧；我寫我的。在短篇裡，有時候因興之所至，我去摹仿一下，為的是給

自己一點變化。(《文集》,一五之四)

由於認識到文學是有機的,是社會的命脈,永遠不停止的發展。他警告:「設若我們認定了派別的口號,而去從事摹擬,那就是錯認了文學,足以使文學死亡的」。(〈文學的傾向〉,《文集》,一五之一二〇)。

雖不模仿,但他經常靈活運用別人的方法去創作小說,這是多讀的好處:

多讀,儘管不為是去摹仿,也還有個好處:讀的多了,就多知道一些形式,而後也就能把內容放到個最合適的形式裡去。(《文集》,一五之五四六)

老舍還進一步拿《駱駝祥子》作例子:

讀書而外,一個作家還須熟讀社會人生。因為我「讀」了人力車夫的生活,我才能寫出《駱駝祥子》。它的文字,形式,結構,也許能自書中學來的;它的內容可是直接的取自車廠,小茶館與大雜院的……(〈寫與讀〉《文集》,一五之五四七)

前面我已談過老舍熟讀的生活的讀，要求也很高，最好是自小到大就生活著的環境中，熟悉的人事與社會生活。

所以我們需要從四方八面的角度來解讀老舍的小說，這樣就可避免「隨意亂扯」，而能直接進入他的作品的內在結構之中。

十、老舍研究的新起點

——從首屆國際老舍研討會談起

1. 重新認識老舍在文學史上的地位

老舍研究將會進入一個新階段，老舍在中國現代文學上的地位，將會重新給予定位，我們對他的認識也會更加完整。這是我參加首屆國際老舍學術討論會後的看法與感想。

首屆國際老舍學術討論會在一九九二年八月二十一日至二十五日在北京語言學院舉行。老舍逝世至今已二十六年，一九六六年八月二十三日紅衞兵在「掃四舊」行動下，到北京國子監（孔廟）焚燒戲裝道具時，老舍也被他們從北京市文聯辦公室拉出，與其他作家推上卡車送到孔廟火場毒打。老舍當場暈倒，滿臉血迹，第二天（二十四日）他在北郊太平湖公園獨坐整天，午夜投湖自殺（見甘海嵐編《老舍年譜》）❶。雖然今天太平湖已被塡平，老舍的慘死並沒有被忘記，

❶ 甘海嵐《老舍年譜》（北京：書目文獻出版社，一九八九），頁五二一－五二二。

因此首屆國際老舍學術討論會便選擇北京與他遭受毒打後投湖自殺的日子來舉行，研討會期間雖然沒有任何悼念儀式，大家都明白開會日期與地點的特殊意義。重新研究老舍的文學作品是紀念他最好的方式。

這次的研討會主辦單位主要是中國老舍研究會（一九八五年成立）與北京語言學院，地點設在北京語言學院，因爲中國老舍研究會設立在這學院裡，而且該院圖書館也設有「中國老舍研究中心」。老舍生前曾到英國東方學院教漢語，目前被中國看作對外國人教漢語的前輩教師，這次就有劉小湘的〈我們對外漢語教學的珍貴遺產——試論老舍在倫敦期間的對外漢語教學〉，探討了老舍在倫大東方學院的五年漢語教學成績。把老舍研究與北京語言學院掛鉤，是很理想的，老舍生平與外國接觸很多，英國、美國、新加坡都曾居住過，老舍寫作是在英國與新加坡期間開始嘗試，他的人生觀與文學技巧，都比較廣濶，而北京語言學院的教授，就以這次參與組織工作的來說，他們都具有世界性的眼光與學識，態度開明，我想以這樣的環境作爲中國老舍研究會與中國老舍研究中心的附屬機構，老舍研究將會朝向純學術的方向發展，我們必能重新認識老舍在文學史上的地位。

2.日本研究老舍的著作，世界之冠

這次的討論會一共有八十二位學者出席，其中三十四位來自外國，四十八位來自國內（沒正式註册者不算在內），在外國學者中，日本人佔了二十位，多是日本老舍研究會的成員，對老舍具有宗教性的崇拜，他們在東京，每個月至少有一個星期日的聚會，研讀老舍作品，或邀請學者作有關老舍研究的專題演講。他們代表了日本老中青三代的老舍研究學者，下面的名單是大略根據他們的前後輩排列：柴垣芳太郎（七三）、中山時子（七〇）、伊藤敬一（六五）、藤井榮三郎（六五）、橫山永三（六三）、平松圭子（六一）、杉本達夫（六五）、陳謙臣（五四）、蘆田肇（五〇）、岡田樣子（五〇）、日下恒夫（四六）、高橋由利子（四四）、渡邊武秀（四一）、齋藤匡史（三八）、千野拓政（三八）、倉橋幸彥（三六）、石井康一（三〇）、杉野元子（三〇）、小林康則（？）❷。

日本老舍研究會成立於一九八四年，比中國老舍研究會還早一年，會員至今已有一百多人。這一次日下恒夫與倉橋幸彥聯合提呈的報告〈近十年以來日本老舍研究簡介〉，介紹了日本學者在文獻目錄、翻譯、論析等著作的成績。日下與倉橋在一九八四年，也曾出版過一本小冊子〈日本翻譯研究老舍文獻目錄〉❸，把八四年以前的有關老舍的著譯整理出來。從這兩種目錄可以證

❷ 關於日本老舍研究會的學術研究與活動，參考曾廣燦《老舍研究縱覽》（天津：天津教育出版社，一九八七），頁一三五－一四三。

❸ 京都：朋友書店，一九八四年。頁六六。有關老舍研究在日本，中文書目可參考孫立川，王順洪編《日本研究中國現代文學論著索引，一九一九－一九八九》之老舍部份（北京：北大出版社，一九九一），頁一八五－二一二。

明，日本人研究與翻譯有關老舍的著作，比任何國家還要多，也超越了中國人的著作數量。當世界各國學者聽說《駱駝祥子》在日本有約十種的日文翻譯本，大家都感到驚訝。這一次居然有二十人的隊伍來出席，也是日本學術勢力的展示。

在上述日本學者中，柴垣芳太郎與中山時子、藤井榮三郎是老前輩，研究老舍的先驅人物，其次是伊藤敬一、杉本達夫、日下恒夫等人，他們在資料整理上，貢獻特大，給我們做好評論分析的基礎研究，像中山時子編的《老舍事典》，簡直就是一部有關老舍及其著作的百科全書❹。這次在北京召開國際老舍研討會期間，為了方便學者們去尋找老舍小說戲劇散文中的北京街道及文物，中岡時子特地贈送每人二張，民國十年前後的北京詳細地圖，連中國大陸學者也感到珍貴難得❺。像伊藤、杉本及日下等人，他們不但能整理資料，文學分析也能與西方學者相比，如伊藤的細讀〈微神〉的一系列論文，就是這方面的代表作。❻

日本學人以一大群人來分工合作，精細的研究一個作家，這種以合資來搞企業的精神與管理

❹ 中山時子編《老舍事典》（東京：大修館書店，一九八八）。

❺ 第一張為〈最新北平詳細全圖〉（北京學古堂發行，中華民國二十三年輿地測繪處印行，彩色。第二張為〈最新北平全圖〉（中華印刷局印行，中華民國十七年十月六版），兩圖均由東京生活文化研修所再版，中山時子編《舊北京市地圖》。

❻ 伊藤敬一〈老舍の「微神」を讀む〉見《中國語》第三六四-六六，一九九〇年四-六月，頁三七-四〇。

方式來研究一個中國作家，實在給世界各國的學者帶來很大的威脅。在中國及其他地區，像老舍研究會之類的學會，除了主辦會議，其他時候都是各自為政，關起門做自己的研究，更沒有組團出國作調查研究的習慣。

3. 世界各國老舍研究學者的威脅

這次出席大會的前輩學者中，除了上述來自日本的學人之外，有來自美國的寧恩承和蘭比爾・沃拉（Ranbir Vohra）等人。今年九十二歲的寧恩承在一九七〇年發表〈老舍在英國〉而引起注意。由於他在英國時與老舍來往密切，對老舍在開始創作時期的讀書、寫作、交遊生活知悉甚詳，這是要瞭解老舍的思想與文學藝術體系的重要資料❼。由於他的開拓，才引導後人更深入的探討，譬如李振傑的《老舍在倫敦》專書出版。沃拉在一九七〇年完成的博士論文（哈佛大學），就是以老舍為研究對象，後來又出版成書《老舍與中國革命》，算是最早的老舍專論。史丹佛大學的賴威廉（William Lyell）在一九七〇年就曾出版英譯《貓城記》❽。美國的高美

---

❼ 寧恩承〈老舍在英國〉《明報月刊》，一九七〇年五月及六月號，頁一七—二三，五三—五九。

❽ Ranbir Vohra, "The Chinese World of Lao She; Dealing with Lao She's Life and Fiction Up to 1937." Ph D dissertation, Harvard University Press, 1970; *Lao She and the Chinese Revolution* (Cambridge, Mass: East Asian Research Center, Harvard University, 1974); William Lyell(tr.), *Cat Country, A Satirical Novel of China in the 1930's.* (Columbus, Ohio: Ohio State University Press, 1970).

華博士（June Rose Garrott）一九八七年在紐約的哥倫比亞大學巴特勒圖書館找到老舍四十多封英文信原件，這些信佔了現存老舍書信三分之一，提供了老舍於一九四八至四九年間在美國居住時期，少為人知道的生活內容。目前這些信已譯成中文，收集在舒濟編的《老舍書信集》中。這次從英國來的艾米拉・戈爾（Amira Goehr），她是最早把《駱駝祥子》及其他小說譯成希伯萊文在以色列出版的學者。舒乙在一次講演中，說我一九七八年寫的論文〈老舍在《小坡的生日》中對今日新加坡的預言〉，是最早把它深入分析，並肯定其藝術價值，然後才引起學者重視。⑨

這次的會議最可惜的是，歐洲，尤其東歐與俄羅斯沒有元老學人前來。譬如法國的巴迪（Paul Baby）、波蘭的斯烏普斯基（Slupski Zbigniew）、俄羅斯的費德林、安琪波夫斯基、索羅金。在東歐與俄羅斯，他們最早把老舍納入博士研究範圍，而且沒有受到太多大陸政治

---

⑨ 王潤華〈老舍在新加坡及其南洋小說〉《中國時報・人間副刊》（臺北），一九八一年七月十七日，現收在《秋葉行》（臺北：當代叢書，一九八八年），頁二三七-二五二。又見王潤華〈老舍在「小坡的生日」中對今日新加坡的預言〉《從司空圖到沈從文》（上海：學林出版社，一九八九），頁一五六-一七六；原文為英文："A Chinese Writer's Vision of Modern Singapore: A Study of Lao She's Novel *Little Po's Birthday*," *Essays on Chinese Literature: A Comparative Approach*, (Singapore: Singapore University Press, 1988), pp. 1-10.

的影響，雖然研究方法與觀點比較偏向馬克斯的文藝理論❿。

臺灣、香港也沒有一位學者前來宣讀論文，這也是叫人感到遺憾。像王德威、馬森、胡金銓、胡菊人都對老舍研究有素，發表過不少著述。

4.從禁區到老舍研究中心

在中國大陸，有系統的，有深度的研究分析老舍著作，比其他國家慢了近二十年，因為在文革前後十多年，它是一個禁區，沒人敢把老舍當作自己的研究重點，大學研究院更進不了。第一次的全國老舍學術討論會遲至一九八二年才在山東大學召開，後來每二年一度的研討會，才把中國對老舍的研究大大向前推進⓫。中國以外的人簡直不敢相信，《老舍研究論文集》（山東人民出版社，一九八三）及佟家恒《老舍小說研究》（寧夏人民出版社，一九八三），居然成為五十多年來最早出版的老舍研究專著。

❿ 有關世界各國學者研究老舍的專書與論文，可參考 Donald Gibbs and Li Yun-Chen, *A Bibliography of Studies and Translations of Modern Chinese Literature* (Cambridge, Mass: Harvard University Press, 1975), pp.85-90, 223-226; 曾廣燦《老舍研究縱覽》（見注❷），及曾廣燦、吳懷斌《老舍研究資料》（北京：北京十月文藝出版社，一九八五）下册，頁一〇三一－一四〇四。

⓫ 前三屆的論文題目，詳列成表，見曾廣燦《老舍研究縱覽》，頁九五－一〇七。

這次參加首屆國際研討會的國內學者，許多是有成就的資深老舍專家。像王行之、孫鈞政、曾廣燦、趙園、樊駿、吳小美、舒乙、舒濟、史承鈞、周關東、甘海嵐、王惠雲、范亦豪等人，像曾廣燦和甘海嵐專長資料整理，前者有《老舍研究資料》與《老舍研究縱覽》（天津教育出版社，一九八七），後者有《老舍年譜》。以探討角度，分析方法與個人創見有所突破的學者中，王行之、趙園、吳小美、樊駿等人就是代表人物。王行之這次發表的論文〈「駱駝祥子」的時間問題〉，眼光獨特，有驚人的發現。他看見《駱駝祥子》中帶有民俗觀念的農曆時序，在小說的敍事、事件的發生上有神秘性的緊密關係。這是瞭解《駱駝祥子》小說藝術結構的重大發現。王行之的分析方法，與歐美學人比較，有過之而無不及。

大會主辦單位贈送每位出席者一套近年來出版的老舍研究專著。這些書說明中國大陸在短短的時間內，已開始追趕上其他國家，下面研究專著中，居然有六本是一九九二年出版的：

蔣瑞（編）《〈龍鬚溝〉的舞臺藝術》（北京：中國戲劇出版社，一九八七）。

李振潼、冉憶橋《老舍劇作研究》（上海：華東師範大學出版社，一九八八）。

劉誠言《老舍幽默論》（南寧：廣西民族出版社，一九八九）。

陳震文、石興澤《老舍創作論》（瀋陽：遼寧大學出版社，一九九〇）。

舒濟《老舍和朋友們》（北京：三聯書店，一九九一）。

孫鈞政《老舍的藝術世界》（北京：十月文藝出版社，一九九二）。

李振傑《老舍在倫敦》（北京：國際文化出版社，一九九二）。

舒濟《老舍書信集》（天津市：百花文藝出版社，一九九二）。

王曉琴《老舍幽默小品精粹》（北京：作家出版社，一九九二）。

崔明芬《文化巨人老舍》（濟南：山東友誼書社，一九九二）。

吳小美、魏韶華《老舍的小說世界與東西方文化》（蘭州：蘭州大學出版社，一九九二）。

諸家英譯《老舍作品英譯》（Lao She），共三册（南京：譯林出版社，一九九二）。

由這些專書，我們可以看出，老舍研究中心，已從外國轉移到中國本土上了。所以這次首屆國際老舍研討會在北京語言學院開幕當天，設在該院新圖書館的中國老舍研究中心也同時揭幕成立，這是很有象徵意義的安排，它代表老舍研究終於回歸本土⑫。

5. 期待老舍善本作品之出現

老舍雖然被紅衛兵折磨而死，二十六年後，他該感到很榮幸，因為目前中國老舍研究會與北京語言學院的重要老舍研究推動者，都是有學術膽識與遠見的好學者，譬如這次積極主持會務工作的王行之、孫鈞政、關紀新、曾廣燦、范亦豪、吳小美都是與會者所尊敬的學人。除了他們之

⑫曾廣燦在《老舍研究縱覽》一書對中國一九二九—一九八六年間的研究成績，有相當詳細的概述，見頁六一—一三〇。

外，老舍的二位兒女舒乙、舒濟也是把老舍研究推向科學性的研究重要學人。

開會期中，老舍夫人經常參加活動，她還很健康。舒乙和舒濟，都是以一流的老舍研究專家身份，參與研討會，當然舒乙也是大會重要工作者之一。舒乙的論文是〈有人味兒的爪牙：老舍先生筆下的巡警形象〉，舒濟則以〈老舍作品整理〉爲題，報告了她自己進行著的，預計一九九九年才能完成的《老舍全集》工作情況。他們兄妹二人，有學識，治學態度嚴謹，對世界各國翻譯研究的成果，非常熟悉，而且判斷力和接受力都很強。他們分析作品和整理資料時，往往以學者的態度來進行，不是以兒女的親屬感情來處理。舒濟明白全世界的老舍研究者，需要一套完整無缺，沒有遭受政治或親屬感情刪改的《老舍全集》。要不然我們就不能認識到眞正的老舍。目前許多現代作家的作品版本已引起危機，因爲一九四九年後，相當嚴重的被政治閹割過（包括官方的或作者在壓力下的刪改）。

王行之目前幾乎每星期日都到老舍夫人家作客，他是有批評眼光的學者，當他宣讀完有關《駱駝祥子》的論文後，他手中還拿著一本他在封面上寫著「還原本」的《駱駝祥子》，我問他這是最完善的嗎？他說：「是目前最好的，不過還有五十多個字忘了還原。」可見我的擔憂是有根據的。完善的版本，或校勘本，恐怕還要很久以後才能出現。

6. 首屆國際老舍研討會的論文

這次大會收到的論文約四十多篇，如果勉強的分類，可歸納成下面九種。由於這些論文不太可能都收集成書，我把它們的作者與篇日抄列如下，對研究老舍的學者，該有參考的價值：

(一)論老舍與幽默

一、賴威廉(William Lyell)，〈論老舍的幽默〉。

二、李姃宣(Yi Jung-Sun)，〈老舍幽默藝術的來源和在長篇小說中的表現〉。

三、關德富〈論老舍的喜劇創作實踐與探索〉。

(二)論老舍的文化意識

四、董炳月〈論《四世同堂》的文化憂思〉。

五、楊劍龍〈一個古老民族文化心理的藝術沉思：老舍《四世同堂》的文化分析〉。

(三)老舍與宗教

六、陶善義(Britt Towery)〈老舍對中國耶穌教堂「三自運動」的貢獻〉。

七、徐德明〈老舍的宗教態度與創作〉。

(四)從比較文學角度論老舍小說

八、王潤華〈從李漁的望遠鏡到老舍的近視眼鏡〉。

九、王成〈貓與諷刺：《貓城記》與《我是貓》的比較〉。

十、史承鈞〈「貓城記」與西方「反面烏托邦小說」〉。

十一、胡光璐〈談老舍的意識流小說：「丁」〉。

十二、方瑛〈老舍與加納〉。

（五）老舍與中國現代作家

十三、黃裔〈老舍郁達夫人品文品比較〉。

十四、萬平近〈文學史視角看老舍和趙樹理〉。

十五、嚴革〈老舍：一個社會學家對國民性的批判與思考，兼與魯迅比較〉。

（六）老舍作品中的民俗

十六、洪忠煌〈老舍的俗文學觀念〉。

十七、王惠云〈老舍小說的地域特徵及其美學價值〉。

十八、王曉琴〈古老文明的歷史積澱：老舍話劇的民俗美初探〉。

（七）老舍劇本研究

十九、石井康一《茶館》。

二十、孫蘭湘〈論老舍抗戰時期的話劇創作〉。

二十一、馬風〈寓言：對《茶館》的解讀〉。

（八）老舍作品研究

二十二、柴垣芳太郎〈老舍著作解題〉。

二十三、謝昭新〈論老舍小說的敘事結構〉。

二十四、趙澤民〈論《貓城記》的藝術地位〉。

二十五、曾廣燦、劉秉仁〈論三〇年代老舍的文學反思〉。

二十六、石興澤〈老舍三〇年代文學思想初探〉。

二十七、伊藤敬一〈老舍筆下的知識份子〉。

二十八、王行之〈《駱駝祥子》的時間問題〉。

二十九、舒乙〈有人味兒的爪牙：老舍先生筆下的巡警形象〉。

三十、舒濟〈老舍作品整理〉。

三十一、趙澤民〈談老舍小說的文體研究〉。

三十二、王富仁〈論老舍的文學成就〉。

（九）老舍作品的語言

三十三、張清常〈學習老舍作品的語言〉。

三十四、李明〈北京口語和包含歐化句式的書面語的巧妙融合〉。

三十五、周關東〈談「駱駝祥子」中的動詞運用的幾個特點〉。

(一〇)其他

三十六、蘭比爾·沃拉〈老舍與中國文化〉。

三十七、埃米拉·戈爾〈把《駱駝祥子》譯成希伯萊語〉。

三十八、日下恒夫，倉橋幸彥〈近十年以來日本老舍研究簡介〉。

三十九、杉本達夫〈關於老舍與北路慰勞團的資料〉。

四十、樊駿〈從張簡、唐弢到老舍〉。

四十一、冒壽福〈老舍研究在匈牙利〉。

四十二、劉小湘〈我國對外漢語教學的珍貴遺產〉。

7.新一代老舍研究學者的出現

老舍研究跟魯迅及其他作家比，起步較慢，雖屬不幸，其實也是大幸，因爲目前政治框框已逐漸拆除，評析的視野日漸開濶，雖然開會期間，來自山東聊城師範大學的石興澤說，老舍研究的垃圾已開始堆積，但還沒有嚴重到像魯迅研究，需要用開山的剷泥機來清除[13]。

在上述論文上，好幾位年輕一代學者論文的探討角度非常新穎，看法很有見地，譬如北京第

[13] 孫隆基〈「世紀末」的魯迅〉《二十一世紀》(香港)，一九九二年八月號(總十二期)，頁九二－一〇六，又見同一期王潤華〈重新認識魯迅〉，頁一〇七－一一六。

二外國語學院的王成，今年才二十九歲，他用夏目漱石的《我是貓》與老舍的《貓城記》比較，挖掘出老舍與夏目在諷刺文學創作上的異同。另一位目前是法國籍的李妅宜，她目前在巴黎大學遠東研究院，在巴廸的指導下，撰寫有關老舍作品的幽默問題的博士論文，目前已進入最後完成階段，從她宣讀論文中，知道她以後必然會大有作爲。日下恒夫以前的學生倉橋幸彥，目前已建立起自己的地位，算是日本年輕一代最有潛力的一位老舍研究學者。

我盼望新一代的年青學者，能在不久的將來能開創新的局面，帶來更好的成果。這樣我們才能重新給老舍在文學史上定位。

附錄　老舍研究重要參考書目解題

雖然老舍研究的專著，除了歐美的例外，中國大陸出版的，主要都是在一九八〇年以後才出現。《老舍文集》從一九八〇一年直拖到一九九一年才把第十六卷出版，而且只是目前搜集到的老舍全部著作的三分之二作品。老舍的第一批書信只有一百六十十件，一九九二年才第一次出版，中國國內第一本《老舍年譜》一九八九年才出版，至今還沒有一本用中文寫的正式的《老舍傳》。由此可見，老舍因爲遲至一九七八年才被平反，有關他的學術研究著述自然起步就比許多中國現代文學大家要遲得多了。老舍的作品也是平反後才陸續出版，比較容易買到。

儘管老舍研究受到大陸政治的避諱之妨礙，自八〇年代中期以來，在短短十多年內，具有一家之言的專著與參考專書之出版，也令人興奮。我這一篇書目主要根據我在研究老舍小說時，常需要參考的參考書而編定。專著與單篇論文不在編列範圍之內，因爲重要者，我在論文的注釋中都有所引述過了。

我將這些有參考價值的書目分成六大類：1.老舍傳記‧年譜‧生平史料；2.老舍的著作；3.老舍作品英譯；4.老舍著譯年表及目錄；5.老舍研究學術論著索引書目及6.其他參考書。這一批書，相信不管是老舍研究的學者或剛開始研究的學生，都會成為既便利又有益處的工具，在開發老舍及其作品的新境界時，能提供一個很好的基礎。

1.老舍傳記‧年譜‧生平史料

(一)舒乙《老舍》(北京：人民出版社，一九八六)，一八六頁。

這是老舍的兒子舒乙所寫的一本老舍小傳，分為一八九九–一九一八，一九一八–一九二四，一九二四–一九三〇，一九三〇–一九三七，一九三七–一九四九，一九四九–一九六六，六個時期，內容詳實可靠。

(二)舒乙《老舍的關坎和愛好》(北京：中國建設出版社，一九八八)，一四二頁。

這本書是老舍的兒子舒乙縮寫的一部老舍「評傳」。共分成四部份。第一部份是老舍四十歲時自擬的一份小傳。第二部份是寫老舍十二個生命的轉折點、里程碑。第三部份叫「老舍的愛好」，從十九篇散文來寫他的性格。第四部份是老舍的早年年譜從一八九九到一九二六，即誕生前一年到二十七歲止。

（三）郎雲蘇《寫家春秋：老舍》（太原：北岳文藝出版社，一九八八），二九七頁。

這是一本帶有幻想的創作，不是句句有所憑據的傳記。作者寫老舍自小到從美國回到中國時期爲止，共分二十八章。

（四）郝長海、吳懷斌《老舍年譜》（合肥：黃山書社，一九八八），二五八頁。

這本年譜所列事件相當詳盡，而且增加一九六七—一九八六年老舍研究事項。凡知道者，以某月某日列述。凡老舍著述寫作與發表日期及其他細節，均一一記載。年譜附錄一是〈老舍朋友談老舍〉，附錄二〈老舍主要書目〉，附錄三〈老舍作品國外譯本與研究論著目錄〉（此錄爲舒濟所編）。

（五）甘海嵐編《老舍年譜》（北京：書目文獻出版社，一九八九），五二二頁。

這本年譜將老舍一生的主要生活事件，行踪軌迹、文學活動、社會交往以及全部著譯，按年、季、月、旬、日的次序編列記載，有關的歷史背景材料，則隨本事編入。入譜的絕大部份著作都附有內容提要和必要的寫作背景說明，理論著作的主要論點，則盡量採用摘錄原文的方式表述。譜中所據資料均注明出處，首次引用時標明作者、篇名（或書名）、刊物（或出版社），及年代。

這是中國國內第一部《老舍年譜》，搜集和吸取了現有發掘的資料以及研究成果，是研究老舍必備的工具書。

（六）胡絜青編，《老舍生活與創作自述》（香港：三聯書店，一九八〇），五六二頁。

這是一本研究老舍極好的參考資料。全書由第一部份〈寫自己的創作過程〉，第二部份〈寫自己的身世與經歷〉所構成。這樣老舍夫人把老舍生前寫下的大量創作經驗、自傳、及日記錄，按年份分類編輯，形成一部有關作者自己的創作經驗和生活經歷。

（七）胡絜青編《老舍寫作生涯》（天津：百花文藝出版社，一九八一），三三九頁。

這是一部從老舍著述中精挑細選出來的一部老舍自述文集，收錄的都是作家寫自己生活和創作的文章，既可當老舍自傳讀，又是研究老舍的可貴資料。

（八）胡絜青、舒乙《散記老舍》（北京：北京十月文藝出版社，一九八六），二九二頁。

這是老舍夫人與兒子寫老舍的第一個文集。作者以生動的文筆記述了著名作家老舍的生活、創作、交友諸方面的情況，並且從具體生活感受中提出了關於研究老舍的新鮮觀點，對於了解和研究老舍的生活和創作道路，分析和理解老舍的作品，很有參考價值。這五十七篇共分成三類：(1)憶老舍·論老舍，(2)記和老舍有關的人和事，(3)〈老舍作品寫的序和後記〉及(4)介紹老舍的一些作品。

(九) 李犁耘《老舍在北京的足跡》(北京：北京燕山出版社，一九八六)，一〇二頁，另附二十四頁照片。

作者擔心老舍在北京居住過、學習過、工作過、或作品寫過的地方逐漸被拆除，因此在舒乙與王行之等人陪同，追尋老舍在北京的足迹，還拍下一疊照片。老舍最明顯的一種文學現象，凡是在他作品中出現過的地名，都是真有其地，經得起實地核對。因此本書對閱讀和研究老舍作品，都會獲益不淺。

(一〇) 舒濟編《老舍和朋友們》(北京：三聯書店，一九九一)，六六八頁。

書中收有老舍寫朋友的二十三篇，八十五位朋友寫老舍的八十五篇。這些短文在不同年代不同角度寫下朋友的印象，是珍貴詳實的研究老舍的一手資料。像舒濟在〈編後〉中說，這是一本難得的「傳記」。由於文章照寫作時間先後安排，更富有歷史意義。

（一一）李振杰《老舍在倫敦》（北京：國際文化出版社，一九九二），一三六頁。

老舍在一九二〇到一九二四年間曾在倫敦的倫敦大學東方學院教中文。他爲了學英文，用心讀小說，結果被狄更斯、康拉德等西方現代小說家啓發，發奮寫小說，完成《老張的哲學》、《趙子曰》及《二馬》。本書及寧恩承的《老舍在英國》（香港《明報月刊》一九七〇年五、六月號）是研究老舍這段時間的生活思想的好材料，對研究老舍在倫敦的創作小說，尤其《二馬》很有參考價值。

2. 老舍的著作

（一二）《老舍文集》（北京：人民文學出版社，一九八〇—一九九一），共十六卷。

這個文集收輯了老舍自一九二五年至一九六六年爲止四十年創作生活中的文學著述，按小說、戲劇、曲藝、詩歌、散文、論文、雜文等體裁和著作年代編次。是目前老舍所出版的著作中最完整最可靠的版本。當然未收進的作品還有很多，目前舒濟正在積極編輯《老舍全集》，據估計，《全集》將比目前的《老舍文集》要多一倍的篇目和三分之一的篇幅，總計二十卷，預定《全集》在一九九九年全部出版。

《老舍文集》每卷的前面說明中，雖然多數卷首都說「以上作品收入本卷時，都根據初版本進行了校勘，並增加一些必要的簡注」，但還是被刪改的地方（有些是作者自己，有些是編者所改），一些是出於政治思想的考慮，一些是出於藝術。根據宋永毅《老舍與中國文化觀念》（上海文學出版社，一九八八），老舍「因時勢的變化和個人思想的覺悟」，最早動手刪改出品，出現在一九四七－一九四九年上海晨光公司出版他的《趙子曰》、《老張的哲學》與《離婚》上。一九四九年以後，他的著作多數都有加以刪改，不過在《老舍文集》中，多數都已恢復原貌，但還是有不少的地方不能或不敢改回來，如《駱駝祥子》第二十三章寫祥子到下等妓院「白房子」去找小福子，遇上「白麵口袋」大奶妓女，關於她身世的描寫還是被省略了。短篇小說〈斷魂槍〉的幽默的題記「生命是鬧著玩，事事顯出如此，從前我這麼想過，現在我懂得了」，也未補上；大出於避諱，它有「歷史虛無主義」之嫌。《文集》中的短篇小說如〈黑白李〉、〈柳家大院〉等概十二篇是老舍在一九四九後政治刪改的樣本，全出現在《老舍短篇小說選》（北京：人民文學出版社，一九五六）中，所以《文集》編者特別聲明這些小說是「是根據本社一九五六年出版的《老舍短篇小說選》發排，當時作者曾在個別地方作了文字潤色。「這表示改動得比較研究。」

老舍對自己著作的刪改（有些是編者幹的），那些出於語句錘煉，把土話改成普通話，對不夠貼切的加以修飾，當然沒有什麼影響，另一些出於避諱的刪改，即使是一些髒話的刪掉，會影響人物性格心態及其粗鄙的氣質，至於因對極左文學思想的屈從而改的，則損害了作品的思想深度、結構之完整，因此對研究老舍及其眞正作品原本藝術與精神的學者，對其版本，應該要特別小心。《老舍文集》中還是有不少此類陷阱。

(一三)《駱駝祥子》(北京：人民文學出版社，一九五五)，二二〇頁(一九六二年橫排本)。

這個版本是典型的一九四九年以後，中共對中國現代文學作品舊版本，因政治、思想之忌犯避諱而進行大量刪改。它與原作首次在《宇宙風》上連載(一九三六年九月至一九三七年十月)、人間書屋版(一九三九)、文化生活出版社(一九四一)有極大的不同。

首先刪去全部有關「革命者」阮明的描寫，因爲這個壞革命者怕被人誤爲共產黨，如第十二章全部有關阮明的文字，第二十四章全部，及第二十三章後半部。除這些明顯的因政治思想避諱而動刀砍掉外，另外還有因性描寫的忌諱而刪掉，嚴重的有四處，即第六章虎妞與祥子初次發生關係，在「屋內滅了燈」之後一長段，全部刪掉。第二十一章祥子受到夏太太誘惑之前的那段，第二十一章祥子因和夏太太發生關係而染上性病，有一長段心理描寫，也被刪掉。第二十三章關於「白麵口袋」的描寫也刪剪了。

這種因政治、思想、性描寫等等忌諱的刪減，嚴重的毀壞原版小說的主題內容與思想，也破壞了小說的藝術結構。因此研究時所用老舍小說的版本，不管長篇還是短文，非小心選擇不可。

(關於《駱駝祥子》的刪改，見宋永毅《老舍與中國文化觀念》及史承鈞〈試論解放後老舍對

「駱駝祥子」的修改〉見《中國現代文學研究叢刊》第四輯（一九八〇年十二月）。）

（一四）《老舍短篇小說選》（北京：人民文學出版社，一九五六），二〇六頁。

內收〈黑白李〉、〈斷魂槍〉、〈犧牲〉、〈上任〉、〈柳屯的〉、〈善人〉、〈馬褲先生〉、〈微神〉、〈柳家大院〉、〈老字號〉、〈月牙兒〉、〈且說屋裡〉、〈不成問題的問題〉等十三篇。老舍在〈後記〉中說明：「在文字上，像北平之類的名詞都原封不動，以免顛倒歷史。除了太不乾淨的地方略事刪改，字句大致上未加增減，以保持原來的風格。」

（一五）王行之編《老舍論劇》（北京：中國戲劇出版社，一九八一）。

內收老舍談論戲劇文章六十四篇，並附有《老舍劇作著譯目錄》〈舒濟、王行之合編〉

（一六）《老舍曲藝文選》（北京：中國曲藝出版社，一九八二）。

內收老舍談論曲藝文章共五十篇。

（一七）胡絜青、舒濟《老舍論創作》（上海：上海文藝出版社，一九八〇，第二版），三五七頁。

本書初版（一九八〇）由老舍夫人胡絜青編選，第二版由老舍女兒舒濟增補了三十八篇文章，編成第三、四兩輯。由於編選工作是在一九七六年以後，這本談自己創作歷程和創作經驗，又評論他人的創作及泛論文藝觀問題，相當正確反映老舍的看法與信仰。由於老舍夫人與女兒都是對文學有見識，對老舍有深切了解，這本恐怕是這一類書中最好者。像《魯迅論創作》那一本就很明顯的有很多故意隱瞞和忌諱而故意不選的重要論文。

(一八)《老舍小說集外集》(北京出版社，一九八二)，二八〇頁。

收入這集子中的十四篇短篇小說，是散落在各報刊雜誌上的老舍舊作，其中最早者是一九二三年刊登在《南開季刊》上的〈小玲兒〉，當時老舍還未去英國。這是老舍的第一篇短篇小說。另外還有〈蛻〉與〈民主世界〉，均是尚未完成的長篇小說。這本集外集的小說已收在《老舍文集》(一九八六)第九集裡。

(一九)曾廣燦等編《老舍新詩選》(石家莊：河北花山出版社，一九八二)。

老舍所寫新舊詩不少，舊體詩另有《老舍詩選》(香港：九龍獅子會出版，一九八〇)。

(二〇)吳懷斌等編《老舍文藝評論集》(合肥：安徽人民出版社，一九八二)

雖然不是十分完整，但可看出老舍的主要評論視境與方法，共收理論性文章六十五篇。

(二一)老舍《老舍序跋集》(廣州：花城出版社，一九八四)，一五四頁。

老舍有二種作品，一是序跋集，一是自評，如收到《老牛破車》裡的。從這些作品中，可更透徹知道一些他的創作心得。所以這是一本很方便的資料性參考小書，可免去尋找每一本書之麻煩。

(二二)舒乙編《老舍寫北京》(天津：百花文藝出版社，一九八六)，一六二頁。

老舍小說中，描寫北平的筆墨相當多，相當寫實，相當精，而且涉及面很廣。這本書所輯各段落取自《老張的哲學》、《趙子曰》、《離婚》、《駱駝祥子》、《我這一輩子》、《四世同堂》、《正紅旗下》，此外還挑選了一些專寫北京的散文。內容分爲北京的氣候、北京的節日、北京的地方、北京的習俗和玩藝兒、北京的人們等。

(二三)胡絜青、王行之編《老舍戲劇全集》共四卷(北京：中國戲劇出版社，一九八二—一九八八)。

王行之共整理出三十九部，一百七十萬字。這本老舍創作全集是目前版本最佳，戲作最完整者。

（二四）舒濟編《老舍書信集》（天津：百花文藝出版社，一九九二），二五八頁。

這本集子是目前唯一出版的老舍書信，共一百六十一件，寫於一九二五至一九六四年間，同時也是刼後殘存的老舍書信。在《老舍文集》及其他文選中，都沒有印過。據舒濟的〈後記〉說，老舍逝世後，家中書稿信件，全被抄走，目前搜尋的結果是「沒有了」，「毀掉了」。其他朋友像趙家璧、羅常培等人所藏大量書信都在文革中被抄走，然後銷毀。在這一百六十一件書信中，其中四十多封遲至一九八七年才在美國哥倫比亞大學巴特勒圖書館善本及手稿圖書中找獲，原是老舍一九四八至一九四九年在美國居住所寫的英文原件。

（二五）舒濟編《老舍幽默詩文集》（海口：海南出版社，一九九二），五六五頁。

舒濟說這是一本老舍幽默詩文全集，全書共有二十三萬字，包括自二〇年代末至六〇年代初的一百二十六篇詩文，所以其完整性遠遠超越一九三四年上海時代圖書公司出版的《老舍幽默詩文集》（這是老舍最早的一部幽默小品集，只收進三十五篇詩文）。這本集子又比舒濟編的《幽默詩文集》（香港：三聯，一九八二）的十萬字本多，而且還增方成、丁聰、韓羽三位大師的插圖。

3. 老舍作品英譯

(二六) Lao She, *Rickshaw Boy*, tr. by Evan King (New York: Reynal and Hitchcock 1945), 315 pp.

譯者擅自刪改、增加、省略原作，因此這本英譯本距離老舍的《駱駝祥子》原作很遠，更令人難於接受，把結尾改成大團圓。這些更改，完全沒經過老舍的同意。出版後，成為美國每月之書俱樂部 (Book-of-the-Month Club) 的選書，也是當年的暢銷書。

(二七) Lao She, *Divorce*, tr. by Evan King (St. Petersburg, King Publications, 1948), 444 pp.

在這本英譯本中，譯者也未得到作者同意，自作主張，改變故事的結尾，老舍極為不滿，因此請郭鏡秋再全譯一次。

(二八) Lao She, *The Quest for Love of Lao Lee*, tr. by Helena Kuo (New York: Reyal and Hitchcock, 1948), 306 pp.

這是《離婚》的英譯本，譯者爲郭鏡秋，名水彩畫家曾景文之夫人，早年畢業於金陵女子大學，後赴美國定居。

(二九) Lao She, *The Yellow Storm,* Abridged translation by Ida Pruitt (New York: Harcourt, Brace & Co, 1951), 533 pp.

老舍《四代同堂》的節譯本。老舍當時在美國，親自參與翻譯工作。成爲美國每月一書俱樂部的優秀新書。

(三〇) Lao She, *Heavensent,* tr. by Ida Pruitt (?) (London: J. M. Dent & Sons, 1951), 284 pp.

這是《牛天賜》的英譯本。

(三一) Lao She, *The Drum Singers,* tr. by Helena Kuo (New York: Harcourt, Brace & Co, 1952), 283 pp.

這是《花鼓藝人》的英譯，它比中文原版還早出版。譯者爲郭鏡秋女士。這部小說是寫抗日藝人山藥旦、富貴花父女的遭遇，老舍曾向他們學習通俗文學，替他們寫鼓詞。

(三二) Lau Shaw (Lao She), *The Drum Singers*, tr. by Helena Kuo (London: Victor Gollancz 1953), 283 pp.

郭鏡秋所譯，先在美國出版，一年後再在英國印一版，譯文與一九五二年美國所出完全相同。

(三三) Lao She, *Cat City*, tr. by James Dew (Ann Arbor: Center for Chinese Studies, Occasional Paper, No.3 University of Michigan, 1964), 63 pp.

這是《貓城記》的節譯本。

(三四) Lao She, *Cat Country*, tr. by William Lyell, Jr. (Columbus, Ohio: Ohio State University Press, 1970), 294 pp.

這本《貓城記》是根據一九四九年由晨光出版社出版的版本譯成英文。前面有作者序言及導論，譯文加了一些注腳。

(三五) Lao She, *Rickshaw*, tr. by Jean James (Honolulu: The University Press of Hawaii, 1979), 249 pp.

這本譯本根據香港印刷的一個版本，跟原版一樣，因此是目前所據版本最好的一種英譯本。

(三六) Lao She, *Teahouse*, tr. by John Howard-Gibbon (Beijing: Foreign Languages Przss, 1980), 86 pp.

《茶館》三幕話劇英譯。

(三七) Lao She, *Camel Xiangyi*, tr. by Shi Xiaoqing (Beijing: Foreign Languages, 1981), 236 pp.

這本北京外文出版社的英譯本，只有二十三章，譯本是根據一九五五年北京人民文學删改本爲底本。因此政治忌諱删改之處甚多。

(三八) Lao She, *Beneath the Red Banner*, tr. by Don Cohn (Beijing: Panda Books, 1982), 215 pp.

《正紅旗下》是老舍未完成的小說。這本英譯本由《中國文學》雜誌社出版，列爲《熊貓叢書》。

(三九) Lao She, *The Two Mas*, tr. by Kenny Muang and David Finkelstein (Hong Kong: Joint Publishing Co. 1984), 306 pp.

這本《二馬》英譯由黃庚和馮達微合譯，丁聰插圖，香港三聯書店出版，前面有胡絜青的序言。

（四〇）*Lao She* (**Nanjing: YiLin Press, 1992), 3 vols. 497 pp.; 614 pp.; 604 pp.**

這套老舍作品英譯是由南京譯林出版社過去出版的一些譯文集合而成，共有三卷。各卷譯作書目如下：

第一卷：《駱駝祥子》、《離婚》(*Comel Xiangxi,* tr. by Shi Xiaoqing, *The Quest for Love of Lao Lee,* tr. by Helena Kuo)

第二卷：《四世同堂》(*The Yellow Storm,* tr. by Ida Pruit)

第三卷：《正紅旗下》、《月牙兒及其他短篇小說》、《茶館》及《龍鬚溝》(*Beneath the Red Banner,* tr. by Don Cohn; *Crescent Moon and Other Stories,* tr. by Don Cohn and others; *Teahouse,* tr. by Ying Ruo Cheng; *Dragon Beard Ditch,* tr. by Liao Hung Ying)

4. 老舍著譯年表及目錄

（四一）舒濟《老舍曲藝作品目錄》見《老舍曲藝文選》（北京：中國曲藝出版社，一九八二）。

這是該書的附錄。

（四二）舒濟、王行之合編《老舍劇作著譯目錄》見《老舍論劇》（北京：中國戲劇出版社，一九八一）

此乃該書的附錄。

（四三）北京圖書館書目編輯組編《中國現代作家著譯書目》（北京：書目文獻出版社，一九八二），四七二五四頁。

本書《老舍》部份（頁一八六－二〇二），分文藝理論、綜合性選集、詩、戲劇、曲藝、散文、小說七類。每一本書的各個版本，甚至第幾次印刷都一一注明。對核對各書版本問題，非常方便。

（四四）舒濟《老舍劇作著譯目錄》見《老舍的話劇藝術》克瑩與李穎編（北京：文化藝術出版社，一九八二），頁六二九－六四八。

這是《老舍的話劇藝術》附錄，編者把每本劇本的發表與出版資料詳盡的注明。

（四五）曾廣燦、吳懷斌編《老舍著譯年表和著作目錄》見《老舍研究資料》下册（北京：十月文藝出版社，一九八五），頁一〇三一-一二一〇。

這是目前其中最詳盡的老舍著譯年表，所列著譯，包括書與篇章，即使與創作無關之文件也在年表內。並收入翻譯、冒名、盜版書目。

（四六）郝長海、吳懷斌《老舍主要書目》見《老舍年譜》（合肥：黃山書社，一九八八），頁二四〇-二四五。

這篇書目分小說、戲劇、散文、曲藝、詩歌、綜合與理論。是《老舍年譜》的附錄二。

（四七）宋永毅《老舍生平和創作年表》見《老舍與中國文化觀念》（上海：學林出版社，一九八八），頁三七四-四〇七。這是該書的附錄之一。

（四八）甘海嵐編《老舍年譜》（北京：書目文獻出版社，一九八九），五二二頁。

這本書雖名為年譜實際上也是老舍著作年表，對老舍每一篇作品，每一本書的出版資料，提供很詳細的項目與背景。

5. 老舍研究學術論著索引書目

（四九）Zbigniew Slupski, *The Evolution of a Modern Chinese Writers* **(Prague: Oriental Institute in Academia, 1966), 165 pp.**

這本捷克學者的《一位現代中國作家的歷程——老舍小說分析》是一研究專著，書後附有四篇有關老舍的著作目錄及研究老舍的論著目錄，很有參考價值。

（五〇）季博思、李芸貞《中國現代文學目錄》(Donald Gibbs and Yun-chen Li, *A Bibliography of Studies and Translations of Modern Chinese Literature, 1918-1942* **(Cambridge, Mass: Harvard University Press, 1975), p. 239.**

本書老舍部份（頁八五-九〇）把英文及少數其他西方語文的研究論文、專書、翻譯詳細列出其出版細節。

（五一）胡金銓《老舍和他的作品》（香港：文化・生活出版社，一九七七），一六二頁。

這本老舍專著也可用作老舍研究資料（生平、創作、翻譯研究）用。對一九七〇年代以前之歐美日研究專著與翻譯之評介，甚爲寶貴，且是早期從文學價值來評論老舍的少數好著述。

（五二）克瑩、李穎編《老舍的話劇藝術》（北京：文化藝術出版社，一九八二），六五〇頁。

本書收集了老舍自己討論戲劇創作的論文，同時又放進別的學者討論老舍的戲劇論文，全部文章，共分七部份：⑴老舍的生平和創作；⑵老舍談自己的生平和創作道路；⑶老舍說自己的戲劇創作；⑷老舍論戲劇創作的基本功及其他；⑸評論老舍戲劇作品的部份文章；⑹老舍戲劇作品的綜合評論；⑺對老舍的懷念。另外還附錄了〈老舍劇作著譯目錄〉及〈老舍劇作演出評論文章目錄索引〉二種。

（五三）舒濟《國外翻譯和研究老舍文學作品概況》見孟廣來等編《老舍研究論文集》（濟南：山東人民出版社，一九八三），頁三六二—三七五。

這篇資料主要內容是：四十年來中國以外翻譯研究概況及對老舍重要作品的評論摘要。另附一份〈老舍作品國外譯本與研究論著目錄〉。

（五四）日下恒夫、倉橋幸彥編《日本所出版老舍研究文獻目錄》（自印本，京都：朋友書店代發行，一九八四），六六頁。

這本目錄提供在日本出版的日文研究老舍的資料目錄，包括研究老舍的書目，年譜目錄，各類文體的日文翻譯、譯本及注釋本，及研究論文。

(五五) 曾廣燦、吳懷斌編《老舍研究資料》(北京：北京十月文藝出版社，一九八五) 上下冊，一四〇八頁。

本書由幾種不同性質的資料所構成。第一部份是〈老舍生平資料〉，收錄老舍自己回憶的文章及別的作家的談論老舍生活的文章。第二部份是〈老舍創作自述和文藝主張〉，選錄了論述序文七十多篇（以上為上冊）。第三部份是〈老舍研究論文選編〉，選錄了四十多篇論析老舍小說與戲劇的文章。書後附有〈老舍著譯年表和著作目錄〉及〈老舍研究資料目錄索引〉兩種，資料收集很齊全。其中第二及第三部份由於是選錄，不能較完整的表現老舍的文學觀及其作品成就。

(五六) 曾廣燦編《老舍研究縱覽》(天津：天津教育出版社，一九八七)，三四五頁。

這本書分成三部份。上篇是針對一九二九－一九八六年間一些研究老舍的論文與專著進行評述與介紹。另有一章綜述中國以外，日本、蘇聯、歐美及港臺的老舍研究。第二部份是資料，共有〈老舍筆名考釋〉、〈老舍研究專著、資料專著書目〉、〈老舍研究散見篇目索引〉(一九二九－一九八六)；〈部分國外老舍研究專著、文章目錄〉及〈老舍著作盜版、冒名書目〉等篇。

（五七）宋永毅《老舍與中國文化》（上海：學林出版社，一九八八），四二一頁。

這是一本研究老舍生活思想及其作品藝術思想的綜合研究專著。但是關於老舍作品的修改、五十年來對老舍的學術研究（包括中國及世界各國），再加上附錄的〈蘇聯老舍研究〉、〈老舍生平和創作年表〉及〈本書主要參考書目〉，形成一本具有參考工具書的價值的老舍研究專著。

（五八）宋永毅《歐美、蘇聯、日本、中國主要參考書》，見《老舍與中國文化》（上海：學林出版社，一九八八），頁四〇八－四一八。

（五九）舒濟《老舍作品國外譯本與研究論著目錄》見《老舍年譜》郝長海、吳懷斌編（合肥：黃山書社，一九八八），頁二四六－二五六。

（六〇）孫立川、王順洪編《日本研究中國現當代文學論著索引，一九一九－一九八九》（北京：北京大學出版社，一九九一），三八〇頁。

這是一本資料索引工具書，收錄了七十年來日本學者研究中國現、當代文學的文獻目錄近八千餘條。有關魯迅、老舍等幾位文學巨匠的文獻，格外的多，內容分列成專題，如老舍部份（頁一八五－二一二）分：一、日譯老舍著作；二、有注釋的老舍單行本著作；三、老舍研究專著與論文（其中又分生平研究、年譜、創作研究及辭典、文學史四種）。對日本所出版的老舍研究資料，可說收集相當齊全。

（六一）日下恒夫、倉橋幸彥〈近十年以來日本老舍研究簡介〉（一九九二年八月北京第一屆國際老舍研討會論文），一六頁。

作者採錄的年代是從一九八四至一九九二年六月，分成翻譯、研究論文等五大類。此目錄是二位編者一九八四年所編《日本所出版老舍研究文獻目錄》之續篇。用中文編寫日本所出版老舍研究目錄，可參考孫立川、王順洪的《日本研究中國現當代文學論著索引》。

6.其他參考書

（六二）宋孝才、馬欣華編《北京話詞語例釋》（東京：鈴木出版社，一九八二），三二一頁。

這本北京方言土語的詞書，在編寫過程中，參考過老舍的作品，因此可用來解讀老舍作品中的詞語。

（六三）楊玉秀《老舍作品中的北京話詞例釋》（北京：北京大學出版社，一九八四），一七三頁。

收老舍作品中北京話詞語（包括詞、短語、成語、俗語、諺語、歇後語等）一千零六十四條並加以解釋。除北京特有的詞語外，也酌收北方其他地區常用者。

（六四）周關東《老舍小說比喻擷英》（上海：華東師範大學，一九八七），一七二頁。

作者就老舍小說中所用的比喻作詳細的分析、概括，以比喻與喻體的屬性分爲六編，共一千零五十七條。此書既屬工具書，很能幫助我們了解老舍的語言藝術。

（六五）朱子明、崔毓秀《中國語令大師錦句錄：老舍卷》（上海：文匯出版社，一九九〇），二〇六頁。

這本書把作者著作中描寫得最精彩、形象生動的段、句摘錄匯編，便於青年文學愛好者閱讀、欣賞、借鑑，便於教學和研究人員參考，共分人物描寫、社會生活描寫與景物描寫與比喻四大部份。

（六六）George Kao (ed.), *Two Writers and the Cultural Revolution: Lao She and Chen Jo-hsi* (Hong Kong: The Chinese University Press, 1980), 212 pp.

這本書收集了原來刊登在香港中文大學《譯叢》上的論文與翻譯，其中關於老舍的佔三分之二，陳若曦三分之一。老舍部份有三篇文章及老舍代表作《駱駝祥子》、《鼓書藝人》、《貓城記》、《老字號》、《老年的浪漫》的英文翻譯。編者爲喬志高（高克毅），老舍在美國生活期間，曾得其照顧。

滄海叢刊書目(二)

國學類

先秦諸子繫年	錢　穆　著
朱子學提綱	錢　穆　著
莊子篡箋	錢　穆　著
論語新解	錢　穆　著
周官之成書及其反映的文化與時代新考	金春峯　著
尙書學術(上)(下)	李振興　著
周易縱橫談	黃慶萱　著
考證與反思——從《周官》到魯迅	陳勝長　著

哲學類

哲學十大問題	鄔昆如　著
哲學淺論	張　康　譯
哲學智慧的尋求	何秀煌　著
哲學的智慧與歷史的聰明	何秀煌　著
文化、哲學與方法	何秀煌　著
人性記號與文明——語言・邏輯與記號世界	何秀煌　著
邏輯與設基法	劉福增　著
知識・邏輯・科學哲學	林正弘　著
現代藝術哲學	孫　旗　譯
現代美學及其他	趙天儀　著
中國現代化的哲學省思——「傳統」與「現代」理性結合	成中英　著
不以規矩不能成方圓	劉君燦　著
恕道與大同	張起鈞　著
現代存在思想家	項退結　著
中國思想通俗講話	錢　穆　著
中國哲學史話	吳　怡、張起鈞　著
中國百位哲學家	黎建球　著
中國人的路	項退結　著
中國哲學之路	項退結　著
中國人性論	臺大哲學系主編

中國管理哲學	曾仕强 著
孔子學說探微	林義正 著
心學的現代詮釋	姜允明 著
中庸誠的哲學	吳　怡 著
中庸形上思想	高柏園 著
儒學的常與變	蔡仁厚 著
智慧的老子	張起鈞 著
老子的哲學	王邦雄 著
當代西方哲學與方法論	臺大哲學系主編
人性尊嚴的存在背景	項退結編著
理解的命運	殷　鼎 著
馬克斯・謝勒三論	阿弗德・休慈原著、江日新譯
懷海德哲學	楊士毅 著
洛克悟性哲學	蔡信安 著
伽利略・波柏・科學說明	林正弘 著
儒家與現代中國	韋政通 著
思想的貧困	韋政通 著
近代思想史散論	龔鵬程 著
魏晉清談	唐翼明 著
中國哲學的生命和方法	吳　怡 著
孟學的現代意義	王支洪 著
孟學思想史論(卷一)	黃俊傑 著
莊老通辨	錢　穆 著
墨家哲學	蔡仁厚 著
柏拉圖三論	程石泉 著
倫理學釋論	陳　特 著
儒道論集	吳　光 著
新一元論	呂佛庭 著

宗教類

佛教思想發展史論	楊惠南 著
圓滿生命的實現（布施波羅密）	陳柏達 著
薝蔔林・外集	陳慧劍 著
維摩詰經今譯	陳慧劍譯註
龍樹與中觀哲學	楊惠南 著
公案禪語	吳　怡 著

儒家政論衍義	薩孟武 著
制度化的社會邏輯	葉啟政 著
臺灣社會的人文迷思	葉啟政 著
臺灣與美國的社會問題	蔡文輝、蕭新煌 主編
自由憲政與民主轉型	周陽山 著
蘇東巨變與兩岸互動	周陽山 著
教育叢談	上官業佑 著
不疑不懼	王洪鈞 著
戰後臺灣的教育與思想	黃俊傑 著
兩極化與分寸感 ——近代中國精英思潮的病態心理分析	劉笑敢 著
唐人書法與文化	王元軍 著

史地類

國史新論	錢穆 著
秦漢史	錢穆 著
秦漢史論稿	邢義田 著
宋史論集	陳學霖 著
中國人的故事	夏雨人 著
明朝酒文化	王春瑜 著
歷史圈外	朱桂 著
鳥啼鳳鳴有餘聲	陶百川 著
宋代科舉	賈志揚 著
當代佛門人物	陳慧劍 編著
弘一大師傳	陳慧劍 著
杜魚庵學佛荒史	陳慧劍 著
蘇曼殊大師新傳	劉心皇 著
近代中國人物漫譚	王覺源 著
近代中國人物漫譚續集	王覺源 著
魯迅這個人	劉心皇 著
沈從文傳	凌宇 著
三十年代作家論	姜穆 著
三十年代作家論續集	姜穆 著
當代臺灣作家論	何欣 著
師友風義	鄭彥棻 著
見賢集	鄭彥棻 著

思齊集	鄭彥棻	著
懷聖集	鄭彥棻	著
周世輔回憶錄	周世輔	著
三生有幸	吳相湘	著
孤兒心影錄	張國柱	著
我這半生	毛振翔	著
我是依然苦鬥人	毛振翔	著
八十憶雙親、師友雜憶（合刊）	錢穆	著

語文類

標點符號研究	楊遠	著
訓詁通論	吳孟復	著
入聲字箋論	陳慧劍	著
翻譯偶語	黃文範	著
翻譯新語	黃文範	著
中文排列方式析論	司琦	著
杜詩品評	楊慧傑	著
詩中的李白	楊慧傑	著
寒山子研究	陳慧劍	著
司空圖新論	王潤華	著
詩情與幽境──唐代文人的園林生活	侯迺慧	著
歐陽修詩本義研究	裴普賢	著
品詩吟詩	邱燮友	著
談詩錄	方祖燊	著
情趣詩話	楊光治	著
歌鼓湘靈──楚詩詞藝術欣賞	李元洛	著
中國文學鑑賞舉隅	黃慶萱、許家鶯	著
中國文學縱橫論	黃維樑	著
漢賦史論	簡宗梧	著
古典今論	唐翼明	著
亭林詩考索	潘重規	著
浮士德研究	李辰冬	譯
蘇忍尼辛選集	劉安雲	譯
文學欣賞的靈魂	劉述先	著
小說創作論	羅盤	著
借鏡與類比	何冠驥	著

情愛與文學	周伯乃 著
鏡花水月	陳國球 著
文學因緣	鄭樹森 著
解構批評論集	廖炳惠 著
世界短篇文學名著欣賞	蕭傳文 著
細讀現代小說	張素貞 著
續讀現代小說	張素貞 著
現代詩學	蕭蕭 著
詩美學	李元洛 著
詩人之燈——詩的欣賞與評論	羅青 著
詩學析論	張春榮 著
修辭散步	張春榮 著
橫看成嶺側成峯	文曉村 著
大陸文藝新探	周玉山 著
大陸文藝論衡	周玉山 著
大陸當代文學掃描	葉穉英 著
走出傷痕——大陸新時期小說探論	張子樟 著
大陸新時期小說論	張放 著
兒童文學	葉詠琍 著
兒童成長與文學	葉詠琍 著
累廬聲氣集	姜超嶽 著
林下生涯	姜超嶽 著
靑 春	葉蟬貞 著
牧場的情思	張媛媛 著
萍踪憶語	賴景瑚 著
現實的探索	陳銘磻 編
一縷新綠	柴扉 著
金排附	鍾延豪 著
放 鷹	吳錦發 著
黃巢殺人八百萬	宋澤萊 著
泥土的香味	彭瑞金 著
燈下燈	蕭蕭 著
陽關千唱	陳煌 著
種 籽	向陽 著
無緣廟	陳艷秋 著
鄉 事	林清玄 著

余忠雄的春天	鍾鐵民 著
吳煦斌小說集	吳煦斌 著
卡薩爾斯之琴	葉石濤 著
青囊夜燈	許振江 著
我永遠年輕	唐文標 著
思想起	陌上塵 著
心酸記	李　喬 著
孤獨園	林蒼鬱 著
離　訣	林蒼鬱 著
托塔少年	林文欽 編
北美情逅	卜貴美 著
日本歷史之旅	李希聖 著
孤寂中的廻響	洛　夫 著
火天使	趙衛民 著
無塵的鏡子	張　默 著
關心茶 —— 中國哲學的心	吳　怡 著
放眼天下	陳新雄 著
生活健康	卜鍾元 著
文化的春天	王保雲 著
思光詩選	勞思光 著
靜思手札	黑　野 著
狡兔歲月	黃和英 著
老樹春深更著花	畢　璞 著
列寧格勒十日記	潘重規 著
文學與歷史 —— 胡秋原選集第一卷	胡秋原 著
忘機隨筆 —— 卷三・卷四	王覺源 著
晚學齋文集	黃錦鋐 著
古代文學探驪集	郭　丹 著
山水的約定	葉維廉 著
在天願作比翼鳥 —— 歷代文人愛情詩詞曲三百首	李元洛 輯注
鳴酬叢編	李飛鵬 編纂
千葉紅芙蓉 —— 歷代民間愛情詩詞曲三百首	李元洛 輯注
秩序的探索 —— 當代文學論述的省察	周慶華 著
邁向一流大學	馬哲儒 著

美術類

音樂與我　趙　琴　著
爐邊閒話　李抱忱　著
琴臺碎語　黃友棣　著
音樂隨筆　趙　琴　著
樂林蓽露　黃友棣　著
樂谷鳴泉　黃友棣　著
樂韻飄香　黃友棣　著
弘一大師歌曲集　錢仁康　著
立體造型基本設計　張長傑　著
工藝材料　李鈞棫　著
裝飾工藝　張長傑　著
人體工學與安全　劉其偉　著
現代工藝概論　張長傑　著
藤竹工　張長傑　著
石膏工藝　李鈞棫　著
色彩基礎　何耀宗　著
當代藝術采風　王保雲　著
都市計劃概論　王紀鯤　著
建築設計方法　陳政雄　著
建築鋼屋架結構設計　王萬雄　著
古典與象徵的界限 —— 象徵主義畫家莫侯及其詩人寓意畫　李明明　著

滄海美術叢書

五月與東方 —— 中國美術現代化運動在戰後臺灣之發展 (1945～1970)　蕭瓊瑞　著
中國繪畫思想史　高木森　著
藝術史學的基礎　曾　堉、葉劉天增　譯
唐畫詩中看　王伯敏　著
馬王堆傳奇　侯　良　著
藝術與拍賣　施叔青　著
推翻前人　施叔青　著